聚地丁文丛

耿 庸著

未完的
人生大杂文

广东省出版集团
花城出版社

图书在版编目（CIP）数据

未完的人生大杂文／耿庸著.－广州：花城出版社，
2008.10
　（紫地丁文丛）
　ISBN 978-7-5360-5410-3

　Ⅰ．未… Ⅱ．耿… Ⅲ．散文－作品集－中国－当代
Ⅳ.I267

中国版本图书馆 CIP 数据核字（2008）第 107043 号

责任编辑：林贤治　胡雅莉
技术编辑：易　平
装帧设计：林露茜

出版发行　花城出版社
　　　　　（广州市环市东路水荫路 11 号）
经　　销　全国新华书店
印　　刷　广东广彩印务有限公司
　　　　　（广东省佛山市南海区盐步河东区中心路）
开　　本　880×1230（毫米）　32 开
印　　张　7.5　1 插页
字　　数　190,000 字
版　　次　2009 年 1 月第 1 版　2009 年 1 月第 1 次印刷
印　　数　5,000 册
定　　价　16.00 元

如发现印装质量问题，请直接与印刷厂联系调换。
购书热线：020－37604658　37602819
欢迎登陆花城出版社网站：http://www.fcph.com.cn

序《紫地丁文丛》

林贤治

大地养育生命，也养育了文学。

文学与大地的联系，可以从先民的关于劳动、游戏、节庆和祭神活动的文字记载中看出来。其中，生命直觉，生命力，生命状态的表现特别生动而鲜明。后来，文学几乎为官方和专业文人所垄断。当文学被供进廊庙和象牙之塔以后，生存意识日渐淡薄，人生中的辛劳、挣扎、抵抗、忍耐与坚持不见了，多出了瞒和骗，为生存的紧迫性所激发的喜怒哀乐，也被有闲阶级的嬉玩，或无动于衷的技巧处理所代替。文学的根系一旦遭到破坏，枝叶枯萎，花果凋零是必然的事。

写作的专业化促进了文学的发展，但也因此产生了异化。要使文学保持活力，除非作家在与大地的联系方面获得高度的自觉。文学革命往往发生在社会的转型期，不是没有因的。由于周围的梗阻和痛楚加剧，对于作家来说，不可能不构成某种压力和刺激，为此，他们真切地感知到了大地的存在。这时的文学，是富于生活实感的文学，是郁勃的文学，突围的文学，力的文学。可是，当社会变动渐渐趋于平复时，寄生的、浮靡的、伶俐乖巧的作家就又随之滋生繁衍起来了。

上个世纪七十年代末，中国文学出现了一个带根本性的变化，就是部分蜕去意识形态的硬壳，而重返大地之上。至八十年代中期，无论韵文或散文，几乎同时开始了新的畸变。文体的细化，对于文学创作实践来说，本来便没有什么好处。就以散文论，粗分是虚构和非虚构两大类；倘从后者特意划出"艺术散文"或"美文"之类加以培植，难免流于狭窄和荏弱，全然不见自由的大精神。有人标榜所谓"大散文"，恰恰不是从精神的要求出发，惟是依赖题材，有一类"文化散文"，就是这样应运而生的。这类散文，缀连文史掌故，发掘废墟故址，把时空距离尽量拉大，在"陌生化"的途中，变着戏法贩卖陈腐的帝王思想和臣仆思想（在这方面，尤以电影电视界为甚）。还有描叙不同地域不同民俗者，食也文化，色也文化，实际上与消费主义时尚合流。此外，就是追求形式上的"大"，篇幅冗长，结构庞杂，文风铺张夸诞。总之，"大散文"的病根，盖在于脱离大地，脱离底层，脱离实际生活，以致失去痛觉。

　　本丛书所编为非虚构散文，广义的散文，不拘记叙、抒情、议论，不限文章、日记、书信，重要的是同大地的关联。这其中，有泥土的沉重、朴实、芳香与苦涩，有水的柔润，也有干旱及焦渴。地丁是一种野草，地丁是"地之子"，开紫花者为紫花地丁。紫色，是血的深红外加了幽黯的颜色，可以看作是一种身份或品质。紫花地丁原产中国，具本土性，民间性，全草入药，是古来草野小民常用的疗治诸疮肿痛的良药。矜贵的君子固然大可以卑贱视之，但似乎这也并不怎么妨碍它的生长，自然也不妨碍对它的利用。这里拿来做丛书的名目，用意在强调它的野性，与大地的联系；究其本义，简括一点说，也就是为人生罢。

　　是为序。

2

目　录

序

路莘

  本书原由上海远东出版社 1995 年初版，承花城出版社及林贤治先生好意，得以再版。此次增补了几篇文稿，其中《回忆童晴岚》一文，写于 1980 年，我是在耿庸 2008 年元月去世后整理他的文稿时，在一些零乱的纸堆里看到的，之后交于《厦门文学》于 2008 年第 6 期发表。这篇回忆文，不仅是他对于年轻时的诗人朋友的怀念，也写出了他早期的一些生活和写作经历。另外一篇《温枫其人》，写于 1991 年，曾收入了他的杂文集，此次特收入本书。温枫的名字，在今日也许少有人知，我所知也并不多。今年 4 月，我为查找耿庸早期作品，到了重庆，在重庆图书馆，我看了大量胶卷影像，我在《商务日报》等报纸副刊上看到聂绀弩、耿庸、秦牧、秦似的名字外，也看到温枫的名字不断出现。之后，我在福州福建省图书馆，在台湾的《公论报》等报纸上查找耿庸的作品时，也看到温枫的名字，我并不十分了解，温枫先生是怎么会去台湾，又怎么会回到上海。但我知道，耿庸与温枫在重庆时就同在中华书局工作，后又同在台湾，后又同在上海。他们是有着较深的朋友情谊的。这篇文章虽然简单，但字里行间依然充满了感情和对友人淡泊名利的性情的赞赏。

  此次增补的另外几篇，是耿庸写于文革时期一些文字。这些文字是他在 1968 年间"文革"中被隔离审查时所写的交代。平反后得以发还。在此后的岁月里,至少在我和他共同生活的日子里,他不曾再打开看过。我想这并不是因为遗忘,也并不是不能承受内心的伤痛。更多的因素,我感到是因为这些文字不是在正常的情况下产生的,而产生于被动的不以他意愿而进行的情形之下。而我也不想去触动那一份记忆,因之从未曾看过或提起。所以一直封存。在他去世后,在整理书房的东西时,我首次打开了这些封存的材料。读着他在特殊时期写下的这些文字,我更深刻地感受到他的正直他的挚爱。在《我和胡风的认识和交往》中,他写到了他与胡风往来,尽管他说与胡风有意见不一的地方,但他承认"我以胡风为不渝的朋友",这是一种朋友情意,也更是他的为人作风和处世态度。而《我在押时期和释放以来的思想》中,不仅写下了他对家庭的悲剧的痛心,也有他对于文学信念的执着。在《出狱后与父亲的通信》和《关于我的家庭》中,他提到了他的父亲、他的已故的妻子和他的孩子。文字中无不渗透了一个身为儿子、丈夫、父亲的人交织于心中的爱与负疚和无奈的痛楚心情。我将这部分文字整理发表,是想人们可以从中了解他的思想、为人和情感。

在初版文稿中,涉及到个人经历的内容并不多。此次,我将相关几篇整理之后收入本书,我所写《同行的日子》也附于书中,以此能对他的人生经历和思想性格有更多的反映。我非常感谢花城出版社给予的支持,特别感谢林贤治先生的热情和为本书出版所做的工作。

2008 年 5 月 25 日

回忆黎烈文

　　听说沉名已久、既成古人也有二三十年了的曾为《礼拜六》主编之紫罗兰庵主人周瘦鹃于今忽又声名鹊起，便——大抵势所必至吧——立即记起来了超一甲子以前从这个礼拜六派人接过来加以改弦易辙、除旧布新了的《申报·自由谈》的主编人黎烈文。

听来的几个故事

　　我知道有一个黎烈文却并非看过《自由谈》。最初知道这个人是从鲁迅的《伪自由书》，随后则从《译文》和《中流》以及 J. 罗曼的《医学的胜利》、A. 法朗士的《企鹅岛》、P. 洛蒂（原译似是"罗逊"）的《冰岛渔夫》和《梅里美选集》；中间还从《作家》或《中流》看到十二个作家抬鲁迅先生灵柩照片里模糊的黎烈文形象。那时期，我还是个才从教科书里读到"好读书不求甚解"便颟顸地引以为一种信条的少年。直到四五年后，即 1940—1941 年，我在桂林和建瓯，陆续又读了他翻译的泰纳的《红萝卜须》、巴尔扎克的《乡下医生》、纪德等人合集的《邂逅草》、不记得作者名字了的《期待之岛》和不记得书名了的莫泊桑的小说，还重读了正是"西装革履"了的《世界文库》单行本的《冰岛渔夫》，才凭着浅薄的文学知识，对作为翻译家的黎烈文有一个虽然未定的——说夸大些——认识，即是，他似乎有什么就翻译什么地把三个基本文学派别的现实主义、浪漫主义和自然主义的作品不加区别和选择地翻译过来，似乎他没有确定的文学思想立场。但这又有好处，即对于什么翻译作品都想读的人来说是正合需要的，不仅是单从他翻译的作品会就能获得一种比较和辨别派别不同的文学思想、方法和风格的方便，也许这正是他从事翻译的旨意吧。……

1941 年 3 月间，我匆匆从建瓯出走，准备要去桂林，路过永安时留住了三四天。一天，摆脱不了久不相见了的，在黎烈文当社长的改进出版社工作的同学，十六岁就出版诗集《星之歌》的郭英的好意，被他和他的同事、写小说的姚隼带着，徒步到七里外的蛤蟆村他们编辑部去吃"草包饭"。战时福建省会的这个小城郊外早上的太阳仿佛发了霉，一副又愧报又沉郁又歉疚的情态。这或许由于旅费难筹而情绪不好的我又听说他们出版社社址在城里的污沟街而觉得他们以至他们出版社倒霉在龌龊里的缘故。事实上，我想说句"黎烈文和你们准是想吃天鹅肉，想要做出污泥而不染的荷莲"的笑话也说不出来。直到郭英打了一下我的胳膊，说"你怎么啦，告诉你两遍我们就到啦你都不响"，姚隼跟着问："你听见了什么吗？"我摇摇头。姚又问："你在报馆里工作，没有听过印刷机响吗？"我这才听见了"咯哒咯哒"的印刷机的哭叫，却回了他们一句"你们大概初入鲍鱼之肆，听那破机器的声音响像听漂亮的女高音"，说出了也就觉得无聊。这唯一一次的蛤蟆村之行也真的是无聊，只除了我认为是无稽之谈却又无从反驳的两桩事还有点——怎么说呢——没意思的意思。这两桩事之一是，郭英说，社长黎烈文规定，谁找他都不许敲更不许擅自推开哪怕一小条缝儿他的办公室的门，都须在门外喊"报告"，须听他叫"进来"才可以推门进去。我不信，我认为把黎烈文说得像是打足官气的部队长，是郭英吃多了草包饭吃得人也变成"草包"了的卤莽瞎扯。可是姚隼肯定郭英说的是事实，郭英还说"他这个规定其实很好，人家有要紧事也不找他了，等到看到他在外边再说"。这越发是"草包"话。我想"将"死他的"军"，问了"雨田去找他呢"，郭英答："不知道，没有看见过。倒是有一次看见王西彦敲他几下门说了一句'我是西彦'。"我看看姚隼，姚隼不能作证明人了，说他没看到过。但他立即说出了"这里有许多人都知道的"另一桩事："有个晚上，王西彦和黎烈文关在房间里号啕大哭。住在这里的人都听见了，就是不晓得怎么回事也不晓得该怎么办。总之，一件奇事。"我问郭英，郭英说他那时还没来，后来听说过。我于是说：倘若这都是真事，那么，我想黎烈文这人的感情态度大抵是坚实而明朗的，无论表现为冷峻还是表现为热烈。

1943 年夏季，我在永安《大成报》工作了一段日子，偶尔听先前高年级同学、在改进出版社编《现代青年》的赵家欣说起，黎烈文已和许粤华（雨田）结了婚。

1945 年，日本无条件投降后大约两个月，重庆的"秋老虎"放肆肆虐的日子里，我工作所在的《新中华》杂志编辑部从市内热闹的督邮街搬迁到郊外冷静的李子坝中华书局编辑所那座楼里。我也住到那里的集体宿舍里了。不知怎么，住在这楼上一个小房间的编辑所所长金兆梓先生似乎特别和我"有缘"（这话是编辑所的张先达说的）：天天，无论我坐在哪个位子上，坐在固定位子上的金先生总是面向着我说话。他那金华语音的普通话使我连听带猜也懂不了他所说的大抵是文史掌故的话的一半。却不好像别人那样吃了饭放下筷子就走，直陪到他喝罢酒开始就着残汤剩菜吃没了热气的饭。有个周末，晚饭时少了四五个人，另外多了一个金先生的老朋友、我在督邮那时见过的丁晓先先生。我窃喜这回可以不当金先生的旁听人了。不想刚吃完饭就忽而听见两个酒人在说沈雁冰。丁先生说"这个朋友前年出了一本《霜叶红似二月花》"，金先生说"哎，你弄错了，樊川这句诗是'霜叶红于二月花'"，丁先生说不是他的错，"是这个朋友强改古人句，恐怕是怕太红了"。虽然，这个"强改古人句"的故事我早就听钱歌川说过，然而，"恐怕是怕太红了"却新鲜而幽默，引起了我旁听下去的兴趣了。但他们往下却一个说"还有一个耿济之"，一个说"还有一个胡愈之，还有一个王统照"。他们是在互相补充地数当年文学研究会人，我的兴趣下降了，想走，还没动，又听见丁先生说"还有一个蒋百里，差一点忘记这个大军事家了。"我于是又听下去，想听听还有哪些我所不知道的。金先生可问起"数了多少人啦"来了，可又不等回答就说"差不多了，还有就是你同我啦"。我先前已听说过丁晓先是文学研究会的，这下知道金兆梓也是，有点诧奇。金先生突然问我："你知道还有谁？"我说我知道的人很少，他们一定都说过了。这时"咚"地一响，丁先生把酒杯子起劲地搁在桌上，说，"对了，那时还有一个就像他这样年青的，你记得吗？忘记了？就是后来跟鲁迅一起的黎烈文啊。"我忍不住问"黎烈文也是文学研究会的？"丁先生回应："是啊。他本来在商务印书馆当个学徒，才十六七岁吧，写起小说来了，还真写得不错，后来出版了一本集子，叫什么？"他转过脸去问金兆梓，却自己想起来了，说，"叫《舟中》。好像就是这时候，他当编辑了，也参加了文学研究会，在会里数他最年轻。你认识他？"我说我只是读过几种他翻译的书。丁先生就问："芥川龙之介的《河童》，他翻译的头一本书，看过吗？"我没有看过，而且刚刚才知道有这么一本书。丁先生刚又说了一句什么，金先生又催他喝酒，立即自呷了一口，说了一句"争说往时事，白头更少年"——却是丁先生"翻译"给我听的。他们随即转而谈起金华哪个诗人，咏起诗来了。我于是又成了——无心旁听了的——旁听人。

三个月后，我已在吴清友当所长的宣怀经济研究所，正在天天到《中央日报》馆资料室翻查早年《东方杂志》上有关盛宣怀的材料（让由中苏文化协会的郁文哉介绍来的两个女青年抄录在资料卡上）的日子里。一天，我回来得晚了，一进兼作客厅的饭厅便看见吴清友和聂绀弩在那里谈话，看见我了的吴清友对绀弩说："嗱嗱，他回来了，你问他。我要先走了。"大步赶路回来还喘着气的我莫名其妙地看看绀弩看看清友，绀弩说看来我还没有吃饭，先吃了再说。可是我盛了微温的饭坐到餐桌边，他也走过来，说"吴清友走了"便也坐了下来，立即问道："你知道黎烈文在哪里？"我奇怪了：不仅不解他为什么向我问起黎烈文，还因为他问得好像我准定知道黎烈文的行踪。我张口就冲出一句"我怎么知道"。他似乎也奇怪了："你不知道黎烈文？吴清友刚才还说你来重庆以前在永安，认识黎烈文的。"我来不及吃饭就回答他吴清友的话是想当然的。随后我告诉他，我在过永安，还到过改进出版社编辑部，可是不认识黎烈文，连见都没见过。我甚至把并不相信的从郭英听来的找黎烈文要喊"报告"的事也告诉他。绀弩笑了起来了，说："他是有点官老爷的神气。我刚看到他那时也有这样的感觉，但是我没有看到他有官老爷的行为。他不大说话，似乎冷淡，也不是摆架子，是他稳重。像你这样，心里存不住事，嘴上没遮拦，同他谈起话来很快就会了解他也是热心人了。但是，你真的一点儿也不知道他现在的情况，没有福建朋友给你写信提到他吗？"我记起来了：几个月前，即1945年圣诞前夕我离开《新中华》当天收到在福州《民主报》的朋友叶康参的信，说到台湾光复，福建大员们大都涌往台湾，改进出版社却将"关门大吉，我们的几个朋友又面临饭碗问题了"。我于是说给绀弩听，并说"也许黎烈文也去了台湾。"绀弩沉吟半会儿说出"不会回上海吧"这个未必是问我倒像是问黎烈文的话来了。我问他为什么忽然寻问黎烈文，他说："是储安平想着了编《中流》的人，向我打听的。好了，我拿你的话回答他就行了。……"

1947年10月，我在台北，由先是我父亲郑之翰的学生后是台湾闻人李万居的学生施君介绍我去见了即将完成筹备工作、进行试刊的《公论报》的社长李万居先生之后一两天，也将参与编辑《公论报》的朋友周铮带我去会见当主笔的、曾是改进出版社编撰的倪师坛。如果我没记错，那就正是这次在倪师坛那里看到黎烈文的笔迹——他书写的将制版作为报头的"公论报"三字。看着看来很用心很认真写出的这透着斯文秀气的三个字，我想，它显示这个人的一个性格内容吗？但我不能给自己任何回答。过了一个多月，报纸已是试刊并正式出版了些日子了。一个正午，李万居找了我在他家外厅"个别谈话"。稍为听了我回答他关于我的经历和爱好的询问后，大出我意外地对我说起他的一些经历和爱好来，并在叙述里带出了黎烈文。我从而知道：1925年"北伐"以前他正在法国，1927年严冬时节和新到法国不久的黎烈文相识。"烈文的祖先在台中当知府时候发生甲午战争，日本占领台湾时参与刘永福率领的黑旗军军民联合抗日战争。这段历史使烈文对陷在日本奴役下的台湾人民抱有关切的同情。"

学政治经济的他则由于爱好文学而在文学、人生和社会的问题上"同黎烈文总有共同的认识和见解"，因此，先后同住异国五六年的一个台湾人和一个湖南人成了相知甚深的朋友。1945年尾，他，李万居，从重庆回到台湾，当台湾参议会副议长；他，黎烈文，隔年春天从福州来到了台北，却被陈仪"暂时安排"为行政长官公署的闲职——参议。"恰好参议会要办《新生报》，"李先生说，"要我主持，我就邀请烈文当总主笔兼副社长。""二·二八"后，陈仪下台，魏道明来当省长，"《新生报》受到的限制不断加严，我不干了，决定自办《公论报》。烈文本来就厌谈政治，这时更是嫌恶政治对言论的钳制，与其办报还不如去当个教师能够洁身自好，到台湾大学当教授去了，也有工夫写作和翻译了。"就由于李先生谈了黎烈文，我对他说我读过好些黎先生翻译的外国小说和戏剧，从而两人又谈了法国文学起来。看来他很有兴致，直谈到留我和他一同喝威士忌、吃晚饭后才让我走。

虽然已经听说了这么些故事了，我对黎烈文其人还只能说是知之甚少。但我也并没有了解他这个人的想法，也不曾想要和他相识。

我却随即认识他了。

初识

1948年春节假日里或假日过了而春节气氛依然很浓的一天下午，李万居的年青的妻舅、在报社经理部管财务的钟国元（？）忽上三楼宿舍找我说"李社长请你过去坐坐"。我放下"无聊才读"的一本武侠小说，就"过去"即到经理部隔路对角的李家去了。被一个不说话只作个手势的老妇人带领着走拐了几个弯的廊道到那里边一个敞亮的客厅，便看到李万居正在给一个像他那么胖的客人斟咖啡。我叫了他一声，他没放下咖啡壶就站起来了，那个客人也站了起来，我感到稀罕。李先生向我说"这就是黎先生，黎烈文"，却没向黎先生介绍我，等我们握了手，他才说"坐吧"，黎烈文已同时对我说"早些时候听说你编过几种文学报刊，喜欢《冰岛渔夫》那样的小说"。我还没回答，李先生已对他说我"对法国文学很熟悉",随即问我咖啡要加什么酒,我只好先回应李先生,然后回应黎先生,说我读得比较多的其实是19世纪俄罗斯的作品,这在客观上可能是由于翻译过来最多的是俄罗斯和后来的苏联的作品。"法国作品读到的也有好些,可不敢说熟悉,李先生说的是鼓励我的话?"黎先生于是问我读过哪些法国作家,我才说了几个,说到罗斯当,他就"好、好"地说"这就不错了,读过这个作家就说明读过许多法国作家。《西哈诺·德·倍若拉克》吗?"是的。可我也只是读过这个作家的这一部诗剧。不记得译者是谁,也记不清是不是世界书局出版的,倒是记得封面上把罗斯当错成"曷斯当"。"后来读过两部法国文学史,却没有提到这个作家,是因为他在这个诗剧里嘲笑了莫利哀吗?"李先生说"这恐怕是一种原因",黎先生说:"罗斯当是19世纪末那时代自然主义文学思潮的叛徒,他似乎倾向于恢复浪漫主义,但又反对浪漫主义的美化主要人物的古典主义传统。他的英雄不是相貌堂堂英俊潇洒,而是丑八怪,像西哈诺;他的美人愚蠢到了最后才明白自己爱的和爱自己的是什么样的人,像洛克沙娜。他嘲笑莫利哀只在莫利哀是宫廷装饰师,一个时期里还是路易十四的宫廷戏剧家,有几个戏剧是为路易十四演出的。他还有一部《幼小的鹰》,也很精彩。可是他人缘不佳。你记得吗?"他对李先生说,"我们在巴黎谈论过罗斯当写西哈诺死于被杀,好像他意识到自己将被文坛埋没。"李先生说他记得,却立即换个话题,说他们那时更爱读夏多布里昂和梅里美,"大概我们那时喜欢浪漫主义,可是不大喜欢雨果。"黎烈文又笑了,说"我们那时就像他这个年纪,"又回过头来问我,"你喜欢不喜欢雨果?"我读初中二年级时读过《万有文库》本的《可怜的人》(李先生说他不知道雨果有这部书,要不就该是《苦难的人》,黎先生说这书是伍光建翻译的)。那样的故事,我不喜欢。后来在重庆从一部法国文学史看到它译为《悲惨世界》,说是雨果的代表作,恰好那时中华书局的朋友陈本肖有这本书（似乎就是在中华书局总处编《中华少年》的张梦麟翻译的），我就借来再读一遍。我还是不喜欢，觉得它在真心善意地进行宗教的欺诳，好像还在迷恋宗教裁判所。黎先生"嗬嗬"笑了说："没有想到，你好严厉呵。"李先生却说我"有道理。雨果是站在宗教的立场反对法律，让神力最终战胜了王法，纯粹是一种主观观念，不合实际也不合逻辑，的确可以说是欺骗。……呵，对不起。"钟国元在门洞那儿喊他并用手势把他招出去了。黎先生说，"李先生是学政治的，又对哲学和文学有所探索。他受德萨米、卡贝、圣西门直到孟德斯鸠和狄德罗的影响很深。这和他好像是天生的浪漫主义气质密切相关。他不喜欢雨果，是因为他认为雨果思想多变，无所执着，与其说是自由主义者不如说是机会主义者，大不如乔治·桑。但是，人的思想总是会变的，问题是忽东忽西忽左忽右地变还是沿着一个方向的过滤纯净提高扩大的发展。李先生在法国那时因为和李璜他们接触多，给拉进了青年党，这也因为他倾向政党政治，但他本来是赞成民主主义而不是国家主义，所以，你看他有什么青年党的气味？他办《公论报》就是设置一个公众论坛，一切是非诉之公论。我以为这倒是脚踏实地了，思想更单纯更实际了。但是环境是这样的环境，危机四伏，我有时为他担虑。我和他不同，我不懂政治，也不想给卷到政治里去，我只想做文人。我……"他没有说下去，李先生进来说他一会儿得出去应酬一下，让我们尽管在他这儿谈天，他已吩咐给我们准备晚餐。黎先生和我都推辞了，我们还比李万居先走一步。走在多转弯的走廊上，我差点儿就把因为腾不出空才憋在心里的问题——他在改进出版社时真有要人家喊"报告"的事吗——向他提出来了。忍住了，没提，全由于这第一次见面他就跟着李先生一同站起来，和我谈话又使我觉得我是在和熟人无所禁忌地聊天。我没有感到他有官老爷的气息，我倒感到这个领带结子都打歪了的人对自己自由解放到了比我还随便的程度。我相信他回避政治，可是他能相信因此政治就不会干扰他吗？……走出了李家，他说："我今天很高兴，可是李先生说你要辞职了，要到银行去做研究工作了，真的?"是真的，但是还没有向李先生提出，只是向总编辑杜文思讲过。我白天在华南商业银行研究室工作，午夜三四个小时编《公论报》国际新闻版，睡眠不足还无所谓，难过的是读书写字的时间太少了，所以想专在银行工作。他说我"太瘦了，应该注意睡眠问题"。我指着宿舍对他说，我到了，吃了晚饭看会儿书，然后睡三个小时。他站住了，伸出手来，说"再见了，希望多有些机会谈谈"。我就站在那儿看他一直走进衡阳路上熙熙攘攘的行人里，分辨不出他来了。

临近台湾的忌日"二·二八"一周年，2月18日深夜即19日凌晨，台湾又发生了一个令人十分震惊的事件：许寿裳先生被谋杀了。从报社的记者们都知这事件的发生和引起的种种不同的议论是在2月19和20日，我还在高烧不退和咳得要死的时候。我不相信会是一个小偷杀死了许先生，我觉得凶手准是个奉命行凶的特务，策划者也就是台湾统治当局。甚至有这样的想法：他们企图以杀死一个正直和善、名望崇高的老学者的血腥手段压制他们为之预先惶恐的或有的又一次"二·二八"起义。这又使我产生一个担忧：和许先生同在台湾大学、同是鲁迅先生的朋友的台静农和黎烈文，恐怕正面临凶险。我连忙去找李万居。李家客厅里坐着和站着的人们——我认识的只有一个倪师坛——正在七嘴八舌地议论许先生遭难的事。我就在门里边肩背靠着墙歪站着，看着稍稍压着一边眉头、眼睛时而看看说话的这人那人却抿着嘴分明另有所思的李万居，希冀着他快点看到我并示意我到他那边去，头沉脚软却使我发急了的心已从叮咛自己再等三分钟再等一分钟、缩短到再等一息儿再等一息儿，——傻到了抑制着本来能够引起注意的咳嗽。总算好，李先生在我还支持住自己的时候看见我了，却脸无表情，只是缓缓地立起身来缓缓地说："对不起，请大家继续谈。我去去就来。"随即朝我走来。我随即走到门外，靠边站着。他一走出来就问我："你怎么看？""我看是谋杀。"我立即回应而且说出了我的推想：制造这个卑劣的血案旨在恐吓纪念"二·二八"的人们。他一脸严重的神情，说："你这话不要对谁都说。你没听见人家都在讲什么小偷小偷吗？"我说："小偷可以收买，小偷也可以是行动特务假做的，连用立功赎罪的谎话说动死刑犯去杀人的事不是也干过吗。"他还是一脸严重的神色，低着声音说："我明白，我想的也同你差不多，我还知道他们反倒抄他的家拿走了日记。我是担心你……太心直口快。"这可使我惭愧了，他却拍拍我的胳膊。我低声说："我担心黎先生。"他说他已经叫人去看过黎先生了，"他平安无事。本来想请他住过来，或者换个地方，想想不好，不妥，还是若无其事好。看你还在病呢，还是小心点，注意身体。我得进去了。"

4月尾或5月初，我已辞去《公论报》的工作一个多月了，已经得到华南银行分给我在东门町的一座有小花园甚至有喷水养鱼池的日本式房子，还另外分配给我一辆脚踏车。我准备搬出报社宿舍了，就又去找李万居。对他说一下，也对他表示我的感谢。李先生告诉我，我离开报社刚几天，黎烈文来了，"一听说你走了，他说我不该让你走，说《公论报》最可看的就是国际版，有时候一整版没有一条中央社的稿子，许多标题有感情、有正气、有讽刺。其实我也不想让你走，但是杜文思已经同意，你又介绍了李林义来了，我也不能强留。"我说应该得到称赞的不是我，而是陈建邦（？）陈永篪夫妇俩，国际版所有可看的外国电讯都是他们收译的。李先生蓦地站起来说"等一下"，就走到客厅边上房间里去拿出两本书来给我，说这是黎烈文给我的，"一本新书，一本是他多存了的旧书。"这是梅里美的《伊尔的美神》和倍尔纳（我第一次知道这个作家）的《阿尔维的秘密》（?），扉页上分行写着的却是"赠与晓正先生 烈文 三七年四月"。我对李先生说"这不是给我的"。他笑了，说"是给你的。他对我称呼你'小郑'，可是大家互相叫'先生'，他还说鲁迅大他二十几岁还叫他'先生'，他又不知道你的名字是哪两个字，写错了不好，写'小郑先生'又太滑稽了，就这样写个谐音名字了。他是写好了带来的。"我觉得这个给我起个别名的故事本身就郑重得滑稽。但我喜欢这个名字，后来在香港还用来写过一些杂文，——却并非由于李万居说这有"深明正义"的意思。

难忘的谈话

8月，传说高雄酝酿辟为自由港，银行要我去那儿"考察考察"，我不信国民党政府有这样的本事，大概只是放空气造势而已。我决定先找李万居了解一下情况。李先生说是有这种说法，但他认为我"说得不错"，甚至说"死人都要打扮得脸孔红彤彤比活人还神气"。也就在我们说话的当口，我意外地看见进门来了的黎烈文。而随后又来了倪师坛和一个我不认识的人，李先生向我和黎烈文说他同那两人有事谈就和他们进了里间。黎先生感叹道："他（李万居）人事关系太多"，但"他保持着自己的本色"。说完，他的话题便一下子转到了文学。他问我对送给我的两本书的看法。而我却越出他的谈话题目，提出很久以来我一直希望得到解答的问题。即：他翻译的作品包括各种文学流派，让人觉得他对翻译的作品是不加选择的，或许他是有意让读者去辨别和认识，或许是他超脱了一切文学派别，执着的只是艺术之所以是艺术、而艺术就在于在美学意义上显示所发现的平凡人生中人性的非凡特点。他是否就是依据他对艺术的执着进行作品选择的。

他说，他从事翻译，并没有有意识地选择，但也可以说是依据自己的感受来选择。也就是把作品内在的活力、那激动了自己启发了自己还让人确信它是作者和自己的情意的交流、是一个心灵和一个心灵的平等亲和的对话作为标准来选择。他因此不计较作家属于哪个流派。他同时认为，各种文学倾向本来就不像火车和轮船那么容易区别。"斯汤达和巴尔扎克，现在都说是现实主义派了，在浪漫主义思潮兴盛时期，他们都被认作浪漫主义派。我在法国时，也还有坚持认为他们是浪漫主义的。他说，浪漫主义因此似乎有一种异常的命运：本来的法国浪漫主义体现在夏多布里昂的小说《阿达拉》和说明在斯达尔夫人的论著《论文学与社会建构》里，可以说是德国18世纪末理想主义的浪漫主义在法国19世纪初丰富了的情感主义的浪漫主义。作为一种文学运动就在于它开始打破绝对理性主义的古典现实主义教条戒律的禁锢，但是，非常奇怪，后来的文学理论却把雨果说成法国浪漫主义的发起者和奠基人。我在《梅里美评传》里就说过这单对梅里美来说就已是不公道的。事实上，雨果自己就明明白白说他是借用早已流行的'浪漫主义'这个词来作为他的文学主张的标榜。"我不禁提问，雨果在哪里这样说，他回答并继续说下去，"在《克伦威尔·序言》里，就是人们把它说成是'浪漫主义宣言'的那一篇。这就连浪漫主义的概念意义和历史过程都搞混了。苏联人对浪漫主义实行一种切割法，一刀两断，把雨果以前的说成'消极、反动的'，以后的说成'积极、革命的'。奇怪的是苏联人居然忘记了马克思三番五次对雨果其人其作品的指摘，简直引雨果为前驱同志了。浪漫主义便越发被弄得难以理解。在中国也有类似的问题，鲁迅说过，中国输入外国文学的种种主义的名目，却各各给以按照自己理解甚至臆测的解释，这是可怕的。办《译文》那时，又有人引进'超现实主义'这名目，他（鲁迅）就要我翻译超现实主义派自己对这名目的说明，可见他对于这种工作是十分严肃的。我以为这才是一个现实主义者的态度，一种知己知彼的态度。他 20 年代就翻译过说明‘表现主义’的文章，他翻译的外国文学作品也包括着不同的文学派别的作品。我欣赏也赞同这种态度。我也这样做，不过，我没有提供读者去辨别不同派别的想法。有心的读者会得出自己的认识的。我还有一种选择，就是选择别人没有翻译过的。别人已经翻译过了，即使我认为译得不好，我现在也不再译它，等以后……”这时，李万居和那两个人从里间出来，随即送走了那两个人，回头就说：“你们谈得好起劲。”又转对黎烈文说：“现在你多了个谈文学的青年朋友，可以少寂寞了。”我诧异：“怎么会寂寞呢？许寿裳先生被杀害了，台大还有台静农，李霁野，李何林，还有钱歌川，傅斯年，还有许多学生。”

“傅斯年目前还允许学生在校园里扭秧歌，”黎先生说，“这还算他保持着一点儿五四精神，可同他最没什么话好说。钱歌川一副英国绅士的派头。李何林已经离开台湾回上海去了。只有台静农和李霁野可以谈谈，可也好像话已经谈完了。学生倒是有几个常来的，倒是不读文学的看来比读文学的更有文学知识，只是同他们谈话，我就好像是在接受考试。”

我说，“你同我谈话，肯定也好像在受考试！我这就又要向你提个问题。”

我的问题是，一部中国学者写的法国文学史说，洛蒂是 19—20 世纪交替时期法国先锋派文学的四个主要作家之一，他以特殊的印象浪漫主义风格丰富了先锋派文学。包括《冰岛渔夫》在内的作品的艺术特征是在描写异国风光风情和海洋漂泊的印象，同时流露他内心的感伤主义情结，不注重结构甚至不注重情节，不能算是小说只能说是印象记，在一定程度上显出受到夏多布里昂的影响。“‘印象浪漫主义’是什么，是印象加浪漫主义吗？”

黎烈文说，这名词，他这是第一次听到。他说，"抗战那时，有过一个'抗日的现实主义和革命的浪漫主义结合'的口号，可这样结合起来的东西是什么呢，连提这口号的人也说不出。所谓印象浪漫主义，大概也就又是'印象主义和浪漫主义结合'的意思吧，但创造者看来比较伶俐，居然结合出来这么一个名词。但我看这都是由于绝对化因此也局限化地理解这种主义那种主义，认为他们都有缺陷，只有把它们双方结合起来才十分完美。苏联人主张'社会主义现实主义'必须把'革命浪漫主义'加进去，这就是个典型的例子。他们想也不想这等于承认'社会主义现实主义'是不完整的。其实，这种那种主义的不同不过是文学创作在虚实、明暗、浓淡等等色彩态度的比例不同。大概因为我对理论有三不，不懂、不爱、不睬吧，给搞烦了，就会说出得罪人的话。好久以前，有一次一个朋友对我大讲特讲这种结合那种结合，我忍不住蹦出说一句话：'这不是强迫婚姻就是硬拉皮条，可人家是堂兄妹表姐弟，非要人家生个白痴养个残废吗?'"

　　李万居哈哈大笑起来，黎烈文在这笑声中说出了结语："文学倒了霉，遇到了稀奇古怪的纷繁混乱的问题。有搞不清的各样人为原因。"

　　他说得平心静气，我却感受着一种郁闷的撞击。联想到4月和7月里，《大众文艺丛刊》（香港出版）在凌厉地批评胡风的理论和路翎的小说。当时，国民党大肆"戡乱"，在香港的左翼文人为什么选择这个时机向局促在上海险恶环境里的同是左翼文人的胡风发动"内战"。我一下子觉得黎烈文所说的文学遇着了人为的纷杂问题大抵也包括这件事，便向他提出来。他说，他不理解为什么在这时候那样集中地批评胡风。他说："我和胡风和荃麟都是朋友，他们两人也是朋友。我对荃麟可以说是相当了解，我在永安那时还保护过他。他很讲政治，又很懂文学，人也有涵养，却写出了那样的文章，那么造势，真有点盛气凌人。胡风这人耿直，认真，不肯敷衍，就是容易激动，言词容易得罪人，得罪了人自己还不知道。我希望胡风这次不还手，可他恐怕是忍不住的。""……你有什么事？"看见李万居站起身，他问，也站起来了。我也跟着站起来。李万居却反而坐下来说："坐下，坐下。"随即指着桌上一瓶酒说带这瓶酒到山水亭晚餐去。"那里的脆皮鸡好吃极了。"但黎烈文和我都另有约会，看看时间差不多了，就让李万居留也留不住地马上告辞。

出了李家门，我说：文坛的事，我实在无知。"无知实在是一种幸福，"他说了（当时使我吃惊而羞愧，后来觉得沉痛而深刻）这话，忽而侧身拦住我，说，"你不回去吗？你到了。"我说"让我再陪你走一段"，却又莫名其妙地跳出一句"你还没有说完啊"。于是又朝前走。"我很少谈这种问题，"他沉默了一会儿，说，"一团乱麻，没头没脑，纠缠不清，我其实是讨厌的，可是今天居然国内国外说了一大堆。"他大概感到了我的尴尬，又解释说，"我不是说你，我是说文坛。文学本来是每个个人的事情。形成了一个文坛，文人就在大社会里添加了一个小社会，好像旧戏说的'大圈圈里还有一个小圈圈'，于是越在里面越局促，周围都是一碰上就摔不开的苍蝇一样恼人的麻烦。鲁迅为什么产生'躲进小楼成一统，管它冬夏与春秋'的感慨？……但是鲁迅毕竟有压倒一切感情的强大感情，他有一段话我背不出来，是说：楼下一个男人快要病死了，隔壁房间响着留声机，楼上两个人在狂笑，对面有人在逗小孩玩还有打麻将的，河里小船上一个女人在哭她死去的儿子……人类的悲欢不相通，他只觉得他们吵闹。要有多大的精神力量才说得出'吵闹'两字。依我看，鲁迅之所以是伟大的精神战士，一个要点就在于他超越了一切凡庸的感情。我试验过自己，总做不到，比方说，俯首甘为孺子牛，这做得到未必能够做得好；横眉冷对千夫指，可就实在很难……"

他显然动情了，不再往下说了。而我想说话却说不出来。两人便在路口停了下来。

"我们该说再见了。"他说，"我今天太兴奋。人到中年，该稳重了，可一兴奋就过了头，忘乎所以，胡说了一通又一通。"

"你不能这么说，我起码胜读一年书。"我说。

"李先生对我说过，你逃亡过，坐牢过，碰过钉子，受过许多苦但仍然这么乐观固执，我总觉得真不容易。人生往往不由自主。几个偶然就足以把人生道路扭成艰险的盘陀路，而一次幸运的机遇完全可能就是一个迷失人生志向的陷阱……"他好像没说完，却止住了。

我们就此道了别。他走了，我仍然愕然地发愣。我的情绪一下混乱了。

也许正因为人生的困惑和烦恼才使人生生发魅力和动力。

没过十天，该是在周末午后，钟国元打电话找我，说"李社长约好黎先生，四点钟左右到家里来，请你也来"。等我处理完当天的工作，一头大汗地到了李家，我才知道，李先生是为了实现他要请黎烈文和我吃脆皮鸡的诺言。尽管那天李万居还特地带了一瓶香槟，然而因为同桌还有另外两个人，黎烈文和我似乎都兴奋不起来。最后吃水果的时候，他忽然问起我家里的情况。我当时住的是日本式的房子。夏天里，我的父亲母亲和姐姐都来了，加上我和妻子还有一个保姆，一共六个人，住满了三房（榻榻米）一厅（地板）的房子。他听后摇了摇头说："我家里孩子多，要不，我真想请你到我家来谈天说地。现在也不方便到你家去了。"一种难言的遗憾立即涌上了我的心头。

最后一次相遇

再见到黎烈文，竟在半年之后的 1949 年 3 月尾。这半年里，国内形势的剧变已使国民党政权根基动荡，蒋介石"下野"，南京政府逃出南京，不计其数的国民党官僚和连《中央日报》也称之为"政治垃圾"的所谓"国大代表"成了丧家之犬窜来台湾。来到台湾的人还包括编过《作家》的孟十还和编过《自由中国》的孙陵等各式各样的人。但同时也有不少人走出台湾。我的朋友、同学、同事中就有十几人，其中单是《公论报》就有杜文思、李林义、陈建邦和陈永箴以及走得早些的漫画记者麦非。我也准备回上海了，正在等待想要和我同走的《公论报》采访部主任赵天问几时走的最后决定。那天上午，我骑车要去催问赵天问，刚骑过成为日本殖民主义在台湾的邪恶象征的"总督府"就看见黎烈文正同一个高个子在前面十几二十步行走着，就赶上去，在他背后下了车并叫了一声"黎先生"。"呵，是你呀。"他回过头站住，立即笑逐颜开说："真是忽然咫尺天涯忽然天涯咫尺，好久不见了，突然又相见了。"我正想说话，却被他挡住了。"你现在去哪儿，银行？"我点了点头，说"其实去不去都无所谓，去了就是看看武侠小说。……"因为他兴奋得有点特别，又不介绍他身边那个年纪同他差不多的高个子人，我煞住了我的话。他呵呵笑了，说"还珠楼主写的吗？"却不待回答地往下说，"我到前面那家书店去，你要是没要紧事，就一同去，怎么样？"我当然应诺。那家书店就在衡阳路重庆路交接的东角，我也常去的这热闹地段唯一的兼卖文具的旧式书店（原有一家斯璜蔫做老板的南方书店已被查封掉了），时而也有很可一看的新书刊卖。一进书店，黎烈文就直往线装古书柜那边走。我跟着他，那个高个子跟着我。可在古书前站了不一会，那人显然没了兴趣，走开了。黎烈文这时才对我说："这个人是管学生的，什么训导，庙边站的蠢牛！"我一下就想起在上海时，朋友说起特务就说是"庙边凶牛"，差点笑出声来。他接着说："我出门才走了几步，他就跟来了。我问他《中国之命运》准读过五六遍了吧，把他憋住了。……"我感到有人影晃过来，赶紧用放书回架的手肘撞他的肩膀，说："我到那边去看看。"一转身，迎面正是那个高个子。三四分钟后，黎烈文来到我这边，说那个"蠢牛"已经走了，"我们一起去看万居，好吗？"于是我推着车和他一起走并立即一下子告诉他，"我要走了，回上海去。"他迅速侧过头来盯着我。我说这事我已经告诉李万居并请转告了他的。"李先生赞成我走。他说现在滚来台湾的多是失败者、垃圾人，台湾政治势必更加凶恶，更加污浊。有抱负有真才实学的除非有任务不能走，想走的都留不住。"他发感慨了："这阵子左往右来，人们在逆向交流。好像来了一次政治上的物以类聚人以群分的社会选择。但是这中间依然是随波逐流的居多。鲁迅说中国人中有特多'看客'，我看还有一种为数也不少的'随客'……当然，你知道我不是说你，我了解，你一向头脑清醒。其实，我还知道也许你自己都不知道的有关你的事，报社有人疑心你是 CP。对万居说了，万居叫他们别胡说，还对他们说'还有人说他是军统特务呢'。一个越是坦荡的人在政客眼里越是可疑分子。政治市侩到处都有，你要小心提防。你要走了这事可不要到处都说。"我告诉他除了家人，只有李万居和他还有同行的朋友知道。

"刚才我一听到你要走了，我立刻就有一种矛盾情绪。……好了，不说了，你什么时候走？"我告诉他正在等《公论报》的赵天问的决定。黎烈文又动了情："报社能干的走了一个又一个，叫李万居怎么办，好容易才有了开端。"

到了李家，李万居却不在。那个认得我和黎烈文的老妇人很客气地招待了我们。我们于是坐在李家的客厅里继续我们的谈话。我说起收到一本 16 开本的《论现实主义的路》，胡风在反批评香港《大众文艺丛刊》了。他说他不知道。随即又摇摇头说："人家在香港，他在上海，这分明对他不利。用枪内战的双方是敌对的，用笔内战的双方却是朋友，这该想到的，我真也不知道这是怎么回事。但是，是非公道自在人心。"

我转了话题，问他想不想走。他说"这里确实不是留人的地方，上海现状准是乱糟糟。回湖南又能做什么？何况我一大家子人怎么走得动。"我说，"你在上海有不少朋友，请他们给你先找好房子不行吗？"他却说："也难说他们不离开上海。我刚才还在想，你这样回上海恐怕也太冒险，张献忠失败了就乱杀人。"

我承认我回上海是一种冒险。两年前我在上海时，一个在军统局当办事员的同乡对我说过我的笔名已被列入黑名单。可在台北，也是这个同乡，去年就告诉我这次是本名被列入黑名单（只因为发表了一篇经济论文分析台币本身通货膨胀导致进行"货币改革"改印新台币，可通货膨胀的各种因素并不因此消失，怎么能成为阻止大陆经济崩溃对台湾的影响的"防坡堤"），所以留下也是冒险。他只摇头。

过了半个小时，李万居还没回来。我们不想再等了，起身准备走时，我对他说我一直很想建议他写一本法国文学史论。他说："题目是好题目，工作起来不容易。不大有把握。以后再说吧。"

出了门，我要送他一段路，他指着对面的报社说："你还是去找一起走的朋友吧，我走了。"边说边伸出手，"我们见面太少，谈得太少，遗憾太多。……如果你走前没有机会再见，我现在就祝你一切平安。将来再见。"

他没有等我再回答，放开手就走了。

1995 年 6 月

附记

　　1949年6月，从台湾到香港后大约三星期，我写过一篇《记黎烈文先生谈文学》。7月，与雷石榆、黄永玉、蒂克、李岳南等同住在九龙九华村时，拿了这稿子给在台北时的朋友、此时我家后窗正对着他家前门的严庆澍去看看好不好发表。他立即看了，说，"黎先生要是还在台湾，我看现在还是不发表好。"于是我把稿子夹进了刚读完的一本买来时就显见了被许多人读过的破旧了的、我以为可以名之为"贝多芬论传"的《造物者贝多汶》（罗曼·罗兰作，陈实译；两三百页，书中有许多乐谱的断片）里。这年11月，从香港到了广州，带着的仅有一本书就是想再读再再读的这一本。然而在广州三百天里没一天拿出来过，又和两本别的书一同带回了上海。到了1954年，因为是罗曼·罗兰十年忌，张中晓怂恿我写一篇论《约翰·克里斯朵夫》作为纪念，联想到贝多芬了，这才找出来读，却先发现了这《记黎烈文先生谈文学》。说"发现"，是我不知几时起忘却了它了，这时便特感难得。当然立即重读了一遍这自己的旧文。没有投出稿去的心思了：香港尚且不宜，在上海发表了岂不更延祸犹在台北的黎先生——尽管所谈的是文学而且多是外国文学。于是，把它夹在正放在案头的费尔巴哈的《宗教本质讲演录》里了。1955年5月我被陷在胡风案里入狱，1956年尾或1957年初，容许家人帮我从家里拿书来读了。到1966年3月被释放出狱，好容易有了一百多册，其中就也有费尔巴哈的这本书。当拿到这书（大抵是1960年），我这回倒立即记起夹在其中的旧稿，却不见了。不料到了"文革"中遇到第一次抄家后在整理书籍时，却在我另作封面并在书脊上写明"马恩文辑"的《世界通史参考资料·近代史部分·第一辑》（中国人民大学出版，里面所收的文章全是马克思和恩格斯的著作）里重新发现了它。怎么转到这里的呢？不知道，也没必要知道了。那就让它依然寄身在书里吧。又十五六年过去了，托这本书的福而保存下来的这稿子，现在就方便我写对黎烈文的回忆，构成为主要内容。

　　1992年9月，我到使我觉得面目全非旧时貌了的台湾。在台北，看到了还在出版的《公论报》，那三个字也还是原来的黎烈文的手迹。但我不想"乱跑"，没想到这个报社去问询一下李万居的情况。黎烈文已于1972或1973年逝世则是80年代初听吴强说过的，隔了八九年了，我可刚是蓦然得知的，心里不好受，虽然记起那篇旧稿，却并无拿出来写篇纪念文章的情绪。这回在台湾再见黎烈文的手迹之后，不几天又在台湾大学所在的那条路上的一家不记得叫什么堂的书店二楼一个特别的漂亮书橱里看见有黎烈文翻译的两本书：梅里美的《炼色之鬼》和斯汤达的《红与黑》，是不出售的展品。随后，已是美籍华人而返居台北的老同学、洛蒂与法朗士作品的爱读者樊其明在电话里与我作长谈时，告诉我他读过一本他说是"好像叫做'法国文学漫谈'"的黎烈文的著作，说不出个具体内容，却说是"写得很活泼，一篇一篇的，很有意思"。我想也许倒是一部随笔式的法国文学史吧，在台北和台中的七八家书店都找不到问不到。但我有了写《回忆黎烈文》的心思了，其结果就是前面的正文。

1995年8月20日记于宽居

许寿裳先生之死

　　一九八三年二月十八日《人民日报·大地》上关于许寿裳先生的一篇论文引起了我对许先生的悼念之情，想把我所知道的一九四八年二月十八日许先生在台北寓所惨遭杀害的有关情况写出来。

　　许先生遭害前一星期，我记不得是和斯璜薥呢还是和谷荧一起去看过他，他还是那样的谦和质朴、持重平稳。这个鲁迅先生的老友按照他自己的方式——不像鲁迅先生那样冲锋陷阵——从事庄严的工作，虽然他对他置身其中的社会怀着疾恶如仇的情愫。这一回我们也还只是随便谈天，不知怎么说到历史上许多姓"许"的人。许先生眯起眼笑着向我伸出食指说："你不是学鲁迅吗？鲁迅不赞成许褚，你就别做许褚了。"他说，他在当时的客观条件下，赞成王莽篡汉时候的许杨的隐姓埋名当医生，也赞成编织席子以表示和劳动者共命运的许行；不过他做不了医生，也不会编席子，只好学那个听说帝尧叫他去做官，便跑到颍水边去把耳朵洗干净的许由，一面也学编写《说文解字》的许慎。

他是笑着说的，所说的大抵也是他实有的心境，但我仍然感到他有一种郁郁的沉重心情。

几天后，即一九四八年二月十九日，我在病中得知他被杀害了，他的家实际上已被国民党政府的台湾省警务处和台北市警察局的警探所控制。台湾大学中文系的小程愤怒地告诉我："他们说许先生是给小偷杀死的，小偷也捉到了，那么，那么多警察和便衣在许先生家里进进出出干什么呢？"

那时，台北的报纸都说，"小偷"高万俫越墙蹑进了卧室，警觉的许先生从睡梦里醒过来，并且握着手电筒坐起来，却被"小偷"用劈柴刀劈倒了……

这个故事编得好像真的一样，但是连采访这条新闻的一个记者、我认识的老赵都不相信这是真的：在让我看的他所写的新闻稿中反复写着"从警方获悉"、"据警察当局说"。

当时，读书界的人们认为，许先生是一个专心学术的学者，是一个与世无争的忠厚长者，这样地被杀害了是一桩大有蹊跷的事，因为那个刚二十出头的小偷，在听到许先生从他卧着的床上坐起来的声音时，惊慌地逃走似乎更合于情理。当局匆匆忙忙处理了这个"小偷"，也令人觉得是杀人灭口的做法。

大约半个月后，我去找了我旧时的一个同学晓里。她那时是警务处一个头目的私人秘书。我本来只是想试试看能否从她那里听到点有关许先生之死的真相，却看到了我预先没有想到的东西，晓里家沙发前的茶几上放着一叠约摸十几二十册十六开本大小的、灰黄色封面的线装本子，其中被翻开的一本倒覆在一边，显然是晓里正在看的。我一面问她："你看什么书？这么大本子，"一面随手把倒覆的一本翻过来，立即认出那上面工整的毛笔字是许先生的手迹。我推开这个本子——像我曾经看到的鲁迅先生的日记本一样对折的十行笺本子。

晓里倒是老老实实回答说，她看的是许寿裳的日记。她还说，她现在看的已经是第二叠了。

　　我觉得问题已经得到了回答。但是我还是问："就是报上说的那个给小偷杀死的人吗？"得到当然的肯定回答后，我还问："他日记里记那个小偷的事吗？"她嘻嘻笑了一阵，说我"到底是书呆子"，但又说："你不要问，我又不好告诉你。反正他日记写的那些……我看也看不懂，真的。"

　　我不知道许先生的日记后来是否还给他的家属，也不知道后来又发生什么有关的事。但我所知道的，我的在台湾的朋友也知道了。我回大陆后也告诉过我的一些朋友。

　　许先生决不是糊里糊涂牺牲了的。他的凶手们愿意称呼自己为"小偷"，他们就在这个意义上以凶狠的政治扒窃集团自喻了。随他们这个便吧，——虽然他们未免还太谦虚。

　　　　　　　　　　　　　　　　　　　　1983 年 3 月

傅东华二三事

　　如果不是看到有关"完全必要"的"文革"的回想文字（例如在近几个月来的上海《新民晚报·夜光杯》上），便往往从而记起那时的一桩小事，记起不因最早翻译亚里士多德《诗学》和克罗齐《美学原理》，甚至不因 30 年代间创办和主编有其影响的杂志《文学》，却因翻译了他自己也认为"至多也不过是二流作品"的《飘》而扬名于当代的傅东华。

　　这一桩小事发生在跨越 1967—1968 年的大约半年间，"工农兵辞书出版社"（以前的中华书局辞海编辑所，现在的上海辞书出版社）食堂兼当"牛棚"里。这"牛棚"里颇有些名人，此刻能记出来的就有普希金和莱蒙托夫的诗译者余振，就有杂文家严秀，也就有傅东华。我被做为"胡风反革命集团骨干分子"关押在看守所 10 年 10 个月又 10 天之后被释放了，还戴着"反革命分子"帽子，一次受批斗中还被说"是刘少奇释放出来进行破坏活动的"。那时有一名言曰"走资派还在走"，我是也被说做"死老虎"的，似乎该是"死老虎还在死"了吧，却不，既然被"放出来进行破坏活动"，则大有"死老虎还未死"乃至"死老虎又活了"的味道。所以，这个"牛棚"建立以前，我业已独自一人在"监督劳动"下在大花园里捕捉树上诸虫打扫枯枝落叶这样"劳动改造"了大半年；"牛棚"一建立，便当然引以为幸地被"串"（据说"一群牛鬼蛇神就像是一串螃蟹"）进去，与昨日的"革命群众"今日忽然就是"牛鬼蛇神"的人们在一起了。但彼此之间固然有了"同棚"之谊却并非就可放肆推心置腹交谈。那是个连同志与同志之间的关系也大大"革命"了的年代，相待以诚自自然然起码也改造成相待以疑了。早已历经几次运动的人有以为知识分子"总是最挨整"的，他们忘记补一句：整知识分子的人有许多正也是知识分子。甭说当其时威权赫赫的小文人张春桥之流了，便是管理监督严秀、谷枫、余振、傅东华与在下同在的这个"牛棚"之掌权的造反派中也不乏经纶满腹谋略盈脑的人物，还个个是当然的"法家"。所以，他们管教"牛鬼蛇神"也有当然的随时随地随人随意增订的不成文"约法×章"。单表其中有关一桩小事的两条在这里：一条是（除已有一条规定用两本簿子作书面思想汇报轮流每周上交一本之外），每周一上午须作口头汇报；另一条，凡乘公共汽车电车只许站不许坐，遇有人让座亦不得坐并须坦白交代自己"牛鬼蛇神"身份。刘邦帝业既定，"约法三章"；而过了两千年，一部《六法全书》不知多少章了，看穿了帝王家谱之历史对于人民而言不过是暂时做稳了奴隶和做奴隶尚且不得的两种时代的轮番交替，便也发了"法三章者，话一句耳"，即一个花架子而已，以示"法话"而已。所以，除了"获罪于天"致天子龙颜大怒而"无所祷也"者外，连外戚内阉犯罪也大抵是大罪化小罪、小罪化无罪，无罪又就是有功的；对凡欲加之罪者可加之罪者，则纵然依法无据，也会一隔三千里地去"比照"某法某章某条某项"办理"，也会造出例如秦桧发明的"莫须有"罪，例如鲁迅指出的"可恶罪"，更何况欲加之罪者一捉来就是"不法之徒"，便大可不法治之。帝王犯罪呢，大不了下个"罪己诏"，不下也无所谓，反正决不会被拘捕坐牢审讯判刑。"王法"本来就没有也不会有治王罪的一条半条，竟然有了，也会另有这样那样的抵消其罪法的。京戏有《斩黄袍》、《打龙袍》，宋朝帝王祖辈的赵匡胤"孤王酒醉桃花宫"（谁知道是真醉假醉）杀了以功封王的一个结义兄弟，被另一个也以功封王的结义兄弟逼迫得脱下龙袍代身受斩偿罪；到了孙辈的赵祯，先不认亲娘而后认了，在包拯导演下不得不脱下龙袍代身受打补过——却不过就是舞台上的两出戏。看戏人觉得正义战胜了王权，精神上获得一种快感的满足，没想到精神上可是也中了精神麻痹毒。监管"牛鬼蛇神"的不成文"约法×章"订得那么具体而微，让人联想起一篇与僮奴订约的古文，然而"牛棚"中人或以为不可等闲视之，或暗暗等闲视之，多半是能敷衍得过便敷衍了之，也自然有对之兢兢业业的忠厚过头人。其时也就发生了这桩小事，事主就是傅东华。

只记得是在寒冷季节，也许隆冬也许初春，照例是星期一上午，穿着大衣流着鼻水的傅东华从未有过地第一个站起来汇报思想。他说，"昨天礼拜天我全天在家无事，只是得了伤风感冒。今早乘电车来。摇摇晃晃挤上去了，还站不稳当，这时有个女乘客同志从隔两排座位上站起来，对我喊老伯伯，你请过来这儿坐。我向她那儿移动了一步却记起来牛鬼蛇神乘公车不许坐的法令，就收回脚，对那位女乘客同志说：谢谢您啦，我不坐，我两站路就到啦，您请坐吧。那女同志真是很好心很热心，她说看我年纪大，身体又不大好，站也站不住了，还是不要客气，请过来坐吧。我连连摇头说不、不、不，一边儿记起牛鬼蛇神同革命群众说话必须自报身份这条规定来了。没想到我贴身这排靠窗的那位乘客同志伸手拉了拉我，说，你老人家就坐我这位子吧。他说着就站起来。我这下慌了，说别别别，我不能坐，不可以坐，我是，我是，我是……我可就是说不出我是牛鬼蛇神这句话。不晓得是我急出汗来了，慌得脸白了还是紧张得颤栗起来了，好几个问我你怎么啦的声音涌过来，我真发窘发急了，不晓得怎么冲口就叫：你们快坐下！我不可以坐，我是……痔疮发啦！"他没汇报完就有作了旁听者的几个"牛友"埋下头偷偷笑了，这会儿虽然碍着值班监督管听汇报的革命同志在场，一阵受堵的笑声还是从连忙掩口的手指缝里迸发出来——有个"牛友"事后还说他留意到那位革命同志在喊"你们笑什么"之前一两秒钟强绷着的脸面上也绽开了一个顶好看的忍俊——充塞"牛棚"的肃杀之气一下子失掉了它的光彩。

在这之前，我不和傅东华说话。并非因为他当时既有"反动学术权威"帽子，又竟有"汉奸"帽子（据造反派揭发他是汪精卫汉奸政府的上海市长傅筱庵的亲戚，被这个汉奸市长委任一个汉奸官职，但他任凭批斗也否认当过这种东西），——却还没有被戴在我头上的帽子的宽而且泛得吓人；也并非因为他被整得斯文扫地了也还是一副岸然的道貌，一副凛然不可犯的神气，而且对"牛棚"中人也是如此，于是使我觉得他那副模样是硬装出来十足虚伪的。我不和傅东华说话是因为，在认识傅东华以前三十多年，在还不知道"伍实"乃是傅东华的笔名的时候，就对即是傅东华的伍实记下了恨：若非读得鲁迅《给文学社信》，我这个当年的初中学生便将受伍实的《休士在中国》愚弄不知多久（至于《休士在中国》是怎么回事，哪位不知道而又想省力地知道就请去翻翻《南腔北调集》）。此后不久，我从《国文》，（正是傅东华编的）老师、那时在福建和上海报刊上发表抒情诗的宋琴心得知"伍实"是傅东华的笔名之一，他公然侮辱性地攻讦了支持他编《文学》的鲁迅，鲁迅便不给《文学》写稿了（实际上后来还写过）。后来我在桂林时又听人（记不清姓名是不是开书店搞出版的王菊遒）说，1936年徐懋庸给正在病中的鲁迅写的那封信（迫使鲁迅作了《答徐懋庸并关于抗日统一战线问题》的）里说黄源"奔走于傅［东华］、郑［振铎］门下之时一副谄佞之相"，如果徐懋庸不是胡说，那他就肯定也知道黄源出名编辑的《译文》被它的出版店迫致停刊的几乎同时，傅东华撤了为他做苦工的《文学》编辑黄源的职，倒是徐懋庸他们殷殷勤勤邀请傅东华当他们发起的中国文艺家协会的发起人。虽然这里说的是关于"徐懋庸他们"，却包含着傅东华（对黄源）做过"落井下石"的事，使我越发觉得其人可恶可鄙了。可是这一回，傅东华在"牛棚"向造反派作出那样的口头汇报，却出乎我的意想之外地给了我一个前所未有的傅东华其人的印象。当场，我也暗暗笑了的，可也就觉得，他那个很有逻辑的合理性的汇报内容恐怕倒是一个用心编造的似乎真实的虚构故事，为了聚集"牛棚"中人尤其是监管"牛棚"中人的人同他一起蔑视和嘲笑造反派及其"约法"。他果然取得这个效果，——当然不排除发笑的人中也有仅仅由于故事的滑稽而发笑。我于是想和傅东华说说话了，并且很快就实现了这一点。

午饭后有个休息时间，"牛棚"里没几个人，还有的在打盹。通常不在这里吃午饭的傅东华这时却坐在傍窗傍门的那张饭桌那边闭目养神，常常和他同坐在那里的余振这会儿不在，我走过去在他对面的位子上一坐下，他立即张开眼，立即诧奇地盯着我，我立即称呼他一声"傅先生"，随即把我对他的汇报故事的感想说出来，完了就问他"我说得对不对"。他压着眉毛打量划一根火柴吸烟的我，警戒的眼神缓缓转出一丝笑意，说："没有人给我让座。我也没有你那么大的指望。"我还没回应，他显然看出我不信他的后一句话，就补了一段："我看我大你不只二十岁，一准比你世故，大概也比你多懂点我们中国人。我这样说请你别见怪。你对我的这件事看得很准，想得比我深，你又这么直率告诉我，真的，几分钟以前，我十几年来完全想不到胡风分子是这样的。"我刚说了"谢谢"，有人从我背后走过去走出了门，我就站起来说我还有几个问题等下次和他谈，他却举目逡巡一下，说"现在就可以谈，没关系。"我说时间不够，就先冒渎提个问题吧，于是站着问他"伍实"这个名字是不是"无根据，不实在"的意思。他似乎吃惊了，一下瞪大了眼睛，但很快就垂下眼睑，不无尴尬地说："你大概是要责备我中伤了鲁迅的事。这件事实在是我错了。但是伍实这个名字没有有实无实的意思，伍实是谐音五十。五个十，也就是我傅东华'华'（繁体字）字的构成成分。对不起，我要去小便了。"他分明是看到了"牛棚"中人大都对之心存戒心的那个"牛棚"中人正从"牛棚"对面的厕所那儿走过来……

下一次谈话也是在午饭的休息时间里。"牛棚"一排玻璃窗外边有余振他们几个人坐在几条板凳上晒太阳打盹或说话。"瞎起劲"的谷枫和我两人在一列伸入花园里去的矮冬青树那儿刮掉仿佛长在树枝上的一粒粒据说叫做"蜡虫"的蜡白色东西。谷枫坐在一只凳子上，我站在他对面，不很专心地听他多间断地说一部小说和它的作者的悲剧命运。偶一抬头，看见傅东华正望着我从厕所那儿走过来，还做了一个划半个括号模样的手势。我不明白这个手势，却想去同他续上上次的谈话，于是自言自语似地说给谷枫一句"我要吸支烟去了"，就在谷枫哈哈笑我"烟瘾又发了"的声音里走开了，并恰好跟在傅东华背后走进"牛棚"，听他说他这天是特意不回家，胡乱在外边吃半碗大排骨面的。还在老位子坐下后，他马上说"我对鲁迅其实是很尊敬的"，我可不爱听这一类辩白，抢过来说，"我先告诉你，我那时候恨你。我那时候刚刚通过《朝华夕拾》、《呐喊》和《彷徨》爱上了鲁迅，正在靠我母亲邵倩侬的帮助醉心读《坟》读《华盖集》，你的一篇《休士在中国》几乎毁掉在我心里萌长起来的一个少年对鲁迅的纯洁的热爱和信仰。连我母亲都说，这篇东西要是发表在章士钊陈西滢那样人的刊物上就瞅也不瞅它，发表在以鲁迅文章为重的《文学》上可真叫人不解，当主编的傅东华也认为鲁迅是个势利小人吗?"我停下来，因为已第三次听见他的低沉的叹息，觉得我缓慢平和说出的话还是太过咄咄逼人。过了一小会儿仿佛燃烧的默寂，傅东华和我同时说出恰好互相对应的各一句话，他说的是"惭愧极了"，我说的是"都过去了"。这又使谈话停了一小会儿。随后他说，他这个人是"很骄妄很顽固很自以为是"的，但对这件事他"真心认错，因为确实错了"。他说，那时美国黑人诗人休士访问莫斯科后来到上海，文学社现代社几家联合开了一个欢迎会宴请休士，他是主事人之一，却又"高高在上不管事"，以为邀请了鲁迅鲁迅却不来，"心里有气了就写了那篇文章"。到鲁迅给文学社写了信他"才查问，才知道没有给发请帖，这下子真是狼狈极了"，连忙登了鲁迅的信。"向他说明经过，道歉，但是还是有一年多鲁迅不肯给《文学》写稿"。后来，他自己并央请了茅盾再三请求鲁迅给写稿，还表示他将不再当《文学》主编了（他说"这是真的，已经在找合适的人，后来就请来了王统照"），鲁迅才给《文学》写了"应当认为很重要的《病后杂谈》、《病后余谈》这样的好文章。但后来鲁迅又不给写稿了。现在没法谈了，他们进来了，等明天吧"。

　　等了不少于三十个明天，已听说是病了的傅东华忽然一大早就来了，撑着手杖站在兼是食堂的"牛棚"门口墙边——里面还有些革命群众在用早餐。我从厕所出来就看见了他，没走到跟前就问他"你病好啦"，他一只手放进大衣里边，等我走近了才说"我马上要到医院去，家里人在外面等着"，同时迅速地环顾周围，又向我抬了抬下巴，就朝厨房那边的过道走，到了没人在那儿的转角便侧身抽出大衣里面的手塞给我一封折小了的信，说着"再会吧"就走了。

　　傅东华面递的这封信，信封上没一个字，里面的字则写满了两张十六开纸，却也没有他的名字和我的名字。看了第一遍，我就觉得在那里可能有现代文学史的一点儿史料价值。心想把它保存下来，也作了保存了，却终于没有保存住——我没有自己的家，居无定处，待到我的第二个儿子也前往黑龙江插队落户离开他寄居的一个不足二平方米的储藏室，就找不到它了。但我看过这封信好多遍，虽然绝不如被迫背念《南京当局向何处去》《敦促杜聿明投降书》那样果然能够一字不差地背念出来，可也大不如一旦不叫背念它们了便不消三天就忘个净光，而是迄今也还能记得个大概的。下面就是傅东华这信的大概，但语言形式却该认作是我的。

　　我很高兴在我晚年时候结识你。也许你还恨我，也许正因为你恨我，坦坦直直说了很刺痛我的话，我才真心想做你的一个朋友。但愿你肯接受。

　　现在继续那天的话题。两点：

　　一、看来鲁迅对我永远不原谅。原因很复杂，主要之点是我和他思想距离很远，我还跟得上茅盾，我万万跟不上他鲁迅。我请他给《文学》写稿，不管我承认不承认都实在含有我个人的功利目的。两个口号论争时，我当局外人，旁观者，可是中国文艺家协会发起时，茅盾找了郑振铎也找了我，说周扬要他请我参加做个发起人，他自己也劝说我应当做这个发起人。郑振铎已经签了名了，我也就签名。但我问了一句鲁迅签名了没有，茅盾说正在请他参加。其实鲁迅没有参加，他是在中国文艺工作者宣言上签名的。茅盾也在这个宣言上签名，但他不但没来劝说我参加，甚至没告诉我有这件事，否则我一定会跟他一样，两头签名。这一下我就变成非局外人，站到同鲁迅对台的周扬一边了。

二、鲁迅又是我的恩人，救了我儿子的命。我儿子病得很重，请好几个医生也医治不好，反而更重。我想来想去只有让儿子住进日本人办的福民医院去医治了，但是既和这医院素不相干，就想请鲁迅伸伸援手。这种事，托别人代请太不合适，我自己去请又怕门都进不去，因为鲁迅自己也在生病。但最后我还是去了，谁知鲁迅立即就给写了介绍信。我儿子的病就这样由福民医院治好，而鲁迅却在不多久之后去世。在这件事上，我对鲁迅心存疑虑，鲁迅则芥蒂不存。人格不同如此，我是至死不忘愧怍的。有机会再详细面谈。

遗憾的是并没有这个机会。这年深秋下乡劳动，我不知怎么搞的竟不知道傅东华也下了乡。一天下午，一些人挑土，我也挑土，一回挑空畚箕回铲土处去时，远远看见五六个革命群众坐在路边稍高的地方休息。我照自己的例低下头来并要快点走过去，可没走上二十步就迎面听见一阵男声女声的嘻嘻哈哈。我不禁抬头看看，不料看到的是正从前方挑着肯定也是土、摇摇晃晃跌跌撞撞走过来的傅东华。我胸膛里正一下炭一下冰、一下冰一下炭，偏偏恰好在一下子失落了嘻嘻哈哈声音的地方和傅东华对面走过。他只顾看他脚尖前的路没看见我，我却看见他两只手都帮着肩膀挑担子，两头畚箕里的土约摸合共二十来斤，可他却是个七十几岁的文弱的"反动学术权威"。我逃一般地快步走开了，又一阵嘻嘻哈哈这回从背后追来。我想会不会是走过那地方了的傅东华栽倒了，我却怕回头看地逃得快快快——我回头真看到是傅东华摔倒了就容得我跑过去扶他起来吗？曾看见谷枫被打得鼻青脸肿的我却只能低下头闭起眼咬牢下唇心里一下炭一下冰，一下冰一下炭过了。越是明白，把能够依赖威权凌虐被打成非人的人视为自己的骄傲的幸福，把受凌虐者的肉体和精神的痛苦当作自己的得意的娱乐，这种传统的愚昧的残暴或残暴的愚昧，在其繁衍与繁荣的同时总是伴生更加深的不幸和更加强的不幸的否定，我越是感到自己可悲的个人的软弱。……

此后我再也没有看到过傅东华。

不知道有没有过有关傅东华的专题文字，不记得读过的几种新文学史或现代文学史的著作提没提过傅东华。我只是想，我该可以也忘掉傅东华了。

1990. 6. 16. 笔直小斋

姜椿芳这个真人

老姜害着一年比一年沉重的青光眼疾。1983年，他还能纸张几乎贴着鼻子地看稿，跨过倪海曙家那个好像防水用的木板门槛还自在自如；1984年，他走平地还可以，进出电梯的门就得有人帮着扶一把迈出一大步，吃饭时候就需要别人帮他把菜夹到他眼底下那只小碟里，菜吃光了还在用筷子摸索。也就在这一年全国政协会议的日子里吧，在远望楼，有天晚饭后我在看日报，老姜忽然来说，要是我有空就陪他到下边三楼去找个人，帮他看他看不见的那人住房的号码，——到我这儿来则是因为走熟了知道走过几个房门就是。我陪他去了，他没等坐下就同那人谈起《中国大百科全书》哪一学科的稿子修改问题。坐在一边的我直觉得那个差不多和我一样少老姜十岁的人很傲慢，老姜也简直把我忘记了。出了那个房门，他仿佛料到我的思绪，说："把你晾在一边，别见怪，我想你用不着认识他。"我说，"你为什么不请他来找你。"得到的回答却是，"他是科学家，我请他给大百科编写稿子，应该由我找他。"

第四次全国作家代表大会期间，老姜由他的驾驶员小张陪着，又忽然来到了北京饭店我的住房里。小张把害着小病正睡着的我拍醒了。拉拢着的窗帘使我的眼睛越发蒙眬，却已听到了老姜的声音："到了这里才知道你在感冒发烧，好点了吗？——你躺着吧。只有一件事，水夫他们在北京的原时代社的人要宴请这次外地到会来的老同人，我代表他们来请你。"我可不是时代社的人，这回事打个电话也就足够了，何苦要他走这么一趟。他又不以为然，说我是时代社的朋友，请人是应该"到家"的。边说边摸出一张纸给我，"这是怕找不到你，预先写的，里面有宴会的时间和地点。你病没好就不要来啦，好了就一定来，大家好容易才见得到一次。"他走了，我看了熟悉的他那像是一道道斜坡的笔迹的条子，又有了一串各种矛盾的杂感。

有一次，1986年还是1987年呢，也是全国政协会议期间，老姜约定的一个休息日的下午，他午睡过了便陪我去看骆宾基，骆宾基不在，又去看住在同一条路上的黎丁。黎丁也不在，他夫人琇年大姐一向热情好客，便让我们坐下来等。大抵由于说起黎丁退休了还天天到光明日报社去待一阵，便说到有些离休退休了的人有"人一走，茶就凉"的感叹。我说"这话不对。人一走，茶就该倒掉、没道理凉在那里。"老姜发了怔，看不清我的身影的眼睛直对着我反驳："这句话很好嘛，你怎么那样说！"我不同意，我说，"工作单位不是茶馆，离退休人不是茶客，难道干了几十年的工作是喝茶？"老姜不作声，一脸伤情的怏怏悒闷。我猛省过来，而且后悔而且生自己的气了：老姜业已从大百科全书总编辑退任为顾问，他还经常上班去，他不能忘情于——依我的想法——有如从宙斯脑袋里孕生出来的智慧之神的、他在监狱里就开始为之呕心沥血的《中国大百科全书》的编纂和出版工作，而它才出生了一半。我两次听他为顾问工作叹气，两次劝他别去上班："不知有多少当顾问的不过是挂个名，不顾不问、顾而不问，你何苦去又顾又问又干活，不怕接你班的人心里边怪你吗？"他不是说"不行，有些还没了的事，新来的总编辑可能不清楚，我有去作说明的义务"，就是说"不行。死了张屠夫也不致吃混毛猪，可是我还没有死。我去是为国家的大百科全书和它的读者群工作，又不是为哪个个人。"第三次听他叹气时，我说，"你说话人家不听了吗？"他摇摇头，却说："上次不听，这次再说，这次不听，下次还说……该说的还能不说？"世人多谓"姜是老的辣"，他这个老姜则韧得大抵够某些人叫"苦"了。

现在，老姜已与世长辞好几年了。回想着我说过的什么茶馆、什么茶该倒掉的痛了他的心的话，一份对老姜的负疚感倍加沉重。——因为从那次以后，我就不复能够再见老姜了。

想起了吴强

　　1980 年冬天，被做了二十五年"胡风反革命集团骨干分子"的我终于被平反了之后不久，上海作协发来给我恢复会籍通知的时候，前年作古了的那时上海辞书出版社的一位负责人问我认识不认识吴强。我说认识。跟着问的是，"听说吴强是上海文坛一霸，是吗？"这可是我所不知道的了。他于是说："没什么，我随便问问。'文革'那时听说他也吃了苦头，听说就因为他是上海文坛一霸。"

　　没再说什么了，我却从而记起了些往事。那三千六百多天夜漫漫而"响当当"的日子里，我能读到报纸的天数恐怕达不到那个"多"字所代表的数字，还连据说刊有我和哪个"走资派""勾结起来破坏无产阶级文化大革命"的大报，想看也看不到——只知道巴金被起了个绰号叫"老 K"，却又不懂得这惯用在桥牌上却用到巴金身上了的"老 K"是什么意思。吴强呢？大抵也真不免于吃苦头。1967 年秋天或冬天一个阴霾的傍晚，我从陕西北路急匆匆回家走到将近淮海中路的陕西南路上，背后追上一个喊我的不大的声音，回头一看，是走到我一旁了的吴强。我才有了奇遇似的"哎"了一声，脸上一副好像笑也好像哭的神情的他已向我问"吃过饭啦"一样地问："你出来啦？"1955年5月15日一大早，我还没起床，是他带了四五个便衣人员来逮捕我的，我因此自自然然明白他的这个提问问的是出狱，回答说，出来有一年了。他刚又问"现在在哪？"却不等回答就离开我，走进人行道上拥挤的行人群里去了。我心想，他准是看见了作协的什么人，生怕被发现和我在边走边谈，慌忙回避了。这在那时那样诡谲万端的这一片天下却正是习常惯见、并不稀奇的事。隔了十年，1979年秋末，一个漳州朋友赴京经沪，托我方便时找一下吴强，说是为解决吴强的堂兄收回在"文革"中被占的住房问题，要吴强给写个证明或什么的信去。那时吴强正在北京参加第四次全国文代会，我应诺待吴强回来便去找。这一待，待到了年尾，也许是第二年年头，而且是碰巧在淮海中路和复兴中路交接处遇到吴强的。一提他堂兄住房事，他就说已经解决了，我便想走，他却要我到他家里去聊聊，我这就首次——不想也是末次——到了百十步距离处的他的在八楼上的家。他居然记着十多年前的那次路遇，说"那时候人家左右逢源，我们前后见鬼"。我可没想到他有这么多的感慨，便想给予化解，说，"横竖也给我们既做过鬼也做过神，一身二任，见神时候我们也是神，见鬼时候我们更是神，见自己时候我们是人，不妨也是鬼，——高兴就对着镜子给自己做做鬼脸儿。"吴强说，"你还会说笑话，我回想起来还直觉得难受。"我觉得他挺认真，虽然已经记起来了被做着"牛鬼蛇神"在"五七干校"养猪那时候老有猪比人还可亲的感觉，想对他说也不敢说了。临别，他陪我上电梯下楼，稍沉默一会，忽然掩藏羞惭地低下头说："老耿，有一件事，1955年我带了公安人员到你家……"我立即打断他的话，说，"别提了。你不来别人也会来的。"他抬起头来，盯着我的眼睛，一脸好像哭也好像笑的神情，迟迟才说出一句"文革时候，作协造反派说我是漏网胡风分子"，我回他一句"那才真是笑话呢"。到了底楼，我不让他走出电梯，管自己走了。后来，在1980年春寒里，模糊记得是从武汉到北京住了些日子后来在上海的曾卓，对我说起他从别人听来的文代会的一些事：在说到某公（怪我忘了此人尊姓大名）在大会上慷慨声言对整过他的人概不记怨算账、"把它统统扔到海里去"之后，说，"对了，听说吴强在小组会上发言提到你，他说别人欠他的账好办，他也能够不算，可是他1955年欠了在上海的耿庸一笔账，这笔账不知道怎么算。"这笔账现在可就这样算掉了。

在这几件事里看不到吴强有哪点儿"霸"。还不仅这几件事。

我和吴强相识是在1952年，文艺整风的日子里。那时，也许受到多多的关照，新文艺出版社（现在上海文艺出版社的初身）不到十个人（我还能记出名字来的有梅林、王勉、罗洛、张中晓、翟永瑚、包文棣，加上我才七个人：罗洛和包文棣是组长和副组长）不被分散参加别的小组而单独组成一个小组。但有两个社外人参加到这个小组来，一个是梅志，还有一个就是吴强。先已听说，吴强是在三反运动中因为浪费问题从南京部队一个军的文化部长或副部长的位子上"下台"，来在上海等待安排工作的。以后听说，吴强入党的介绍人是抗日战争期间和他同在新四军的同龄人彭柏山。

也许就因为在三反运动中丢了官、工作未定，又来到一个都是陌生人的整风小组里，吴强其时一直有一种似乎镇定的不安似乎矜持的拘谨的神情，除了有时和梅林谈谈话之外，我没看到过他同谁说话，只觉得他在努力保持一种俨若独立的孤立。这也许是我的一个错觉。那时大家都得自我检讨并接受批评。吴强检讨的肯定就是他已在三反运动中检讨过了的浪费——即"三反"第一项的"反浪费"的对象——问题。好像是说，他在主管一次戏剧演出时特制了质地很好的大幕布，以为这是既堂皇也可以持久使用的，然而花钱过多了，犯了浪费的错误了（这种事在四十几年后的1993年，会不会弄丢了部长或副部长官职可不容易说）。我也作了检讨，说我的一本小书《论战争贩子》的文字"欧化"、佶屈聱牙，让人读起来直觉得吃力直觉得不舒服，还特别拿出其中的两句（无奈这杂文集早已连我自己也保不住，没能再引来供批判了，却倒很想哪位有这书的人肯让给我一本）。说实话，我那时不知道也想不出我有什么好检讨的，全因为大家都得检讨才牵强地说这么些话的。不料，隔天，在上海文艺整风领导小组（这个名称可能记错）工作的王元化就来对我说"吴强说你的检讨态度很好"。又隔几天，元化来时又对我说："吴强说你检讨了又反悔，很不好。"这都出了我的意外。这也使我忽而觉得吴强倒是在我们这个小组兼有别样的任务的。但这也许是我的一个错觉。

不记得是否也在这次整风的过程中，却清楚记得，梅林拿了两部吴强的稿子（一部是出版过的）分给老翟和中晓看，我拿了给中晓的那部来翻了翻，对其中一页觉得有点眼熟，蓦然记起便说："吴强是不是在《文艺阵地》上发表过散文的吴蔷，蔷薇的蔷？"梅林说"是的，就是他，不过不是蔷薇的蔷，没有草头。"我说有草头，梅林说肯定没有，争执得过于无聊。可是几天后梅林却笑嘻嘻地对我说，"你对我也没错。"原来是他刚才问过吴强本人了，得到的回答是本来是用"蔷"，后来去掉草头了。我又蓦然觉着便说："老天爷，会不会是他那时候暗恋着一个女孩却终于无效了。"梅林大笑起来，完了却说这个问题该由我去问吴强。当然没去问。倒是后来有一次和吴强说起早就读过他用"吴蔷"这个名字发表的作品时，吴强说这不是他的第一个笔名，他二十二三岁在一个师范学校读书时写过一些东西用的就是别的名字，"不过，那个名字和那些只能是习作的东西全都作废了——现在和你说起来，不晓得怎么觉得有点可惜。"他的这个心情，我能理解：人有时是不免会纪念没留住的往昔甚至引以为骄傲的幼弱的——尽管不乏什么少作都重新改写一下收进集子里去以示一贯佳胜的人物。

　　1953年大热天一个星期天上午，吴强忽然到我家里来，说起"路过这里，顺便来看看你。你家这个花园真大啊。"我可忖度他是为了什么事来的。果然，一坐下，他就说"你打起笔墨官司来啦"。我立即明白，我的《〈阿Q正传〉研究》评论了冯雪峰的《论〈阿Q正传〉》及其他几篇有关鲁迅的论文，《文艺月报》几天前出版的一期上发表对我这本小书的两篇评论和一篇后来唐弢在1954年一次华东作协理事会扩大会上承认是他写的署名"若思"的杂文，吴强说的就是这件事。我回答说："是的，我触犯了'官'了。"他问："还打下去吗？"我也问："你说我有这个必要吗？"他一下子愣了。我说，那两篇评论毫无新意地复述我给予了批评的一些见解，我怀疑它们的作者是不是稍稍仔细地看了我的书。我的过错是，我在写作这本书时怎么也平静不下来。雪峰本来是我最崇敬的文学理论家，我从他学到好些智慧的见解，但是他现在的鲁迅论和四十年代所作的鲁迅论不知为什么发生了令人吃惊而且恼火的变化，我觉得我在这一点上简直是"上当"了，我因此在写作时对他态度好不起来。这本书三月初版，一个多月就卖光了，四月里要再版时，我就在《二版小记》里对自己的过激态度表示了歉意。吴强似乎只听进了我说那两篇评论的一句话，说道："我没有看过那两篇文章。听说都是外地寄来的，作者都很年轻。"我觉得有趣：华东作协有不少文学评论家，在上海的就有孔罗荪、王西彦、许杰、魏金枝以至唐弢等等，就连当时人称也自称"小抖乱"的王若望写起评论来也还较讲点道理因而也较有力气些，怎么不找他们写？莫非在使用先出小将后出大将最后出主将的战法，像旧小说描叙的那样？我这样想也这样说了。吴强傻笑模样地张着双唇，过一小会儿却闭了嘴了，变得庄重而神秘，暗色的麻脸泛出了光，说："老耿，我想应该对你直说，但是你听过了就完，别传。要知道我是听来的，听来的不就是真实的，是吧？"看我点点头，他就说，三个月前"听说《文艺月报》找了几个人，是有你提到的那几个人在内，讨论对你这本书进行批评。会上虽然议论不少，却又似乎这也不行那也难以成立，几个人因此不肯执笔写批评。王西彦还说你这本书逻辑严密、不容易评论；只有没请他写的石灵自告奋勇，说他可以写，后来写了没有我再没听人说起。再后来听说的就是收到武汉和什么地方的两篇来稿，就都用上了。我看他们没有你说的先出小将后出大将的设计，你也不致想不到这是为了交差……我说滑嘴了。我这些话到你为止，怎么样？"我回应"到我为止，听完了就完了"。四十年过去了，吴强逝去即将四年了，他说是"听来的，听来的不就是真实的"这些事，我当年听了倒认为是有其可能性乃至现实性的，我遵守我对他的应诺，除了问过梅林"听说《文艺月报》组织过要批评我那本书的讨论，你知道吗"（梅林说他没听说过）之外，连对很接近的张中晓也不提起这回事。现在我说了，不是因为吴强去世了，死无对证，倒是因为吴强健旺生活着时候告诉我这些大抵是纵然细小的"机密"的事，我理应感谢他对我的信任。至于这事是否确有是否真实，还健在的当年《文艺月报》人愿意的话当然能够纠谬或证实。但我应当把那天吴强和我的谈话继续接着说完。我说了"听完了也就完了"，吴强叹了一口气，随即举起都快见底了的冻咖啡的玻璃杯向我伸过来，我也举起没咖啡了的杯子同他碰杯。我第一次感觉到看来总是冷静的他的激动。随即听他说："不瞒你，我今天来是要劝你作检讨的，莫名其妙，怎么对你说起这通话来啦！"我觉得而且相信，他对说出"这通话"多少是失悔了，然而呈现在也许要更加失悔的坦直中。这也引发了我的激动。我对他说，除了态度过激，以及，没有表述我意识到了的阿

Q革命将会是怎么样的之外，我对我这本书没有什么好检讨的。我告诉他，书一出版就给雪峰寄去两本，另外写了信就我的过激态度向他道歉，请他严正地批判这本书。没想到，很快回了信来的雪峰说"不知道我和你有什么私仇，你要这样骂我"。我再写信去，简单说了我为什么写这本书，说了"至于'私仇'，我以为是最说不上的"。雪峰的信和我这封回信让中晓看了一下，他提议删去关于"私仇"这一句，说这一句又太刺痛雪峰了；我不同意，我说我怎么样也想象不到雪峰会说"私仇"这种话，他说了，我不能不回应，否则就真有什么私仇似的了。我还告诉吴强，我知道顾征南和我在震旦大学教书时候的学生夏家杰正在写反驳批评我的那两篇文章的文章，还有一个朋友（王戎，但当时我没说出名字来）说过要专就对鲁迅思想的理解写一篇论文参与讨论。我还说，我正在把雪峰的书《回忆鲁迅》和他1946年在《文汇报》上连载的《鲁迅回忆录》对着看，已经发现不少互相歧异、出入很大的地方，我也许要列出一份对照表写篇稿子的。吴强说他没有看到过《鲁迅回忆录》，"但是，我劝你不要写了。你何苦哪。"我没作声。他说，"雪峰是大家尊敬的人，我想你对他也还是尊敬的。"不错，我仍然尊敬，只有一个例外，就拿《鲁迅回忆录》改为《回忆鲁迅》的内容的变化来说吧，总不能说是死去十几年了鲁迅的思想和感情还忽然能够发生变化，那就只能是雪峰那里发生了变化。当然应当承认雪峰能够在发展了的时代更提高更丰富更深刻地发展了他自己从而更适应发展了的时代要求也从而更能辨识鲁迅，可雪峰又为什么一点也不说明他为什么把《鲁迅回忆录》中的鲁迅改写为在《回忆鲁迅》中颇有跌落的变化的鲁迅？他以为人间总不知有《鲁迅回忆录》的存在吗？在我没能解答这类疑问以前，在我头脑里，业已认知的《回忆录》里的鲁迅在不少地方排斥我才看到的《回忆》中的鲁迅。我认为使前后不一甚至冲突的那种改写至少是在叫读者无所适从。我就在对待鲁迅这一点上对雪峰失敬了。听着我这些话，吴强只是"唔，唔，唔，唔，唔"地呢喃着，没表示意见——或许这就是仿佛不置可否的表示否定的意见，或许这倒正是守住一种高深莫测的反对意见的表现形式，总之，我觉得他是可能同情我却不会同意我的。临别，他和我握过手了，却好像突然来了灵感地说："今天谈得很畅快。但是你不要搞那个对照表了，不是应该与人为善吗？"我也"唔"了一下。他接着说，"还有，我也许会把你今天说的话讲给别人听，你介意吗？"我不介意。我说，"你说到我为止的话，我一定做到到我为止，我说的话都不到你为止，随你的便。"他说了一句"我不会随便乱传的"，走了。我后来还是写了这对照的文章并且投寄给《文艺报》，却好像投到河里去一样，不知何之了。

不记得隔了多久，一个下午，我正在编辑室里伏案写对一部稿子——模糊记得是王西彦的一本论文集——的审读意见，坐在我对面的中晓伸长的手在我案上弹了弹指头，说"吴强找你"，我一回头就撞上吴强的声音"你注意力顶集中"和他麻脸上现出的我未尝在他那儿看到过的温柔的微笑。在编辑室仅有的一只单人沙发坐下前，他问了怎么不见梅林和罗洛。梅林没来，罗洛和翟永瑚大概是开党小组会去了，新来不久的管鑫万也不在（后来回来了）。吴强说，他刚才去了总编辑办公室，是想问问他和徐平羽等人合作的多幕剧《逮捕》的审读情况，也是新来不久的蒯斯曛说还没看到，还在我这里，他就找我来了。这可不对了：我看过、写了审读意见并由老管送给总编辑室都不止一个星期了。我说"我去问蒯斯曛，让他找找看。"吴强说不要了，听听我的意见就行了。我于是说，主要的意见是，你们写对那个地方上的伪军头子丁赞庭审问去审问来也没审问个屁出来，好像他强韧之至，我们一方给弄得竟然要布置一个阴间地府，化装判官和牛头马面，才审问出来了要求的答案，这在客观上恐怕只会产生副作用吴强说明："这件事是真的，当时许许多多人知道，演出以后也没听说有不好的反应。"我认为，"那时的环境和观众同现时的环境和观众不同，即使是那时的观众现在再来看，看来也会是不一样的，很可能觉得反对迷信的共产党居然也只有采用迷信手段才能解决棘手的问题，这样影响可就不好了，不光是长那家伙的志气灭自己人的威风的问题。"吴强望着我，暗色的脸透出为难的思绪，在我说"这本书，出版还是会出版的"同时，他说出"那要怎么修改呢？"我说，"没法修改，除非整个儿改写；横竖书从前出版过，现在算作一种文献重印吧。"我还说："谁知道呢，很可能李俊民和蒯斯曛都不同意我的审读意见。"他却说："我倒认为你说得有道理。我想找徐平羽一起考虑考虑再说。"边说边就站起来，要走了。我送他下楼去，他又接着说，"你提出的问题可以提升为原则问题。我们几人写的时候是根据事实，后来也一直以为这根据的是事实，想也没想过该不该这样照写出来，写出来会有怎样的效果。"我一时不知怎么回应好，但觉得不必再谈这个了，就说"我觉得你写小说比写剧本好些，多写些小说吧，第三野战军不是有许多值得写的故事吗？"他说他正在准备写孟良崮战役。后来，大抵是1985年，我在图书馆的目录卡片上看到，《逮捕》还是由新文艺出版社出版了，时间在1958或1959年、吴强和我这次谈话五年之后。但我没借出来看，也没问过吴强，不知是有所改写了还是原封不动地出版的。那时，新文艺的总编辑该已是蒯斯曛了。

以上这些事里也见不到吴强的"霸"。

1955年5月，吴强带便衣公安人员来逮捕我的经过，我已写在《枝蔓丛丛的回忆》（《新文学史料》，1993．2）里。这里，至少得重复重点，看看他在占上风的特殊场合怎么"霸"。那时，吴强，一个便衣和我在我家楼下客厅里谈话，吴强掏出登载舒芜编著的

《关于胡风反党集团的一些材料》的《人民日报》（1955.5.13,星期五），一面问我看过没有、要不要给我念一遍它前面的《编者按》。他盯着我，眼睛带着笑意，仿佛觉得有些尴尬。接着说呀说的，说出"你的《〈阿Q正传〉研究》就是一本反党的书，你的家经常是你们胡风分子集会的地方，章靳以主持的那次批判胡风主观唯心主义的座谈会上你还跳出来反扑，还歪曲、诬蔑马克思主义，你们胡风分子在新文艺出版社干了许多坏事都有你的份。别的不说，光这些就够说明你积极主动配合胡风反党反革命……"。我气极了，捶着桌子，站起来却只会说"谁反党反革命，你不能随便说。我就不反革命，没有反革命"竟然一点也没想到该对他列举的那些条作出反驳或起码作个说明。但他连忙走了，我也被捕了。随后，坐进了监房的最初几天，我心里老被"吴强太可恶了、吴强捏造罪状出卖朋友太卑鄙了"所纠缠。可是，吴强列举的那几条后来在我的受审讯中先后一一被提出来了。我于是思忖，调子大抵不是吴强一个人定的，恐怕他连第一提琴手也不是，就连他带人来抓我即使出于他的愿为前驱也难说是他自己捶槌成交的。但我不知道真相，也许倒是我还存在着他和我纵然不深的友谊才这样设想的。大抵是1983年，我在吴强家电梯里对低着头的他说"你不来也会有别人来"之后好久了，在北京参加全国政协会议时候，徐铸成和我一次聊天时，说到唐弢和柯灵，不知怎么就说到了吴强，他说，"不晓得你知道不知道，反胡风开始那时吴强在大舞台作大报告，雄赳赳气昂昂，凶狠得很吓人。"我不知道。我告诉他那年吴强带人抓我和后来歉愧了的事，他说"这真想不到，良心未泯吧，当年他可是很霸气的。"我说了来逮捕我那天吴强说的那些话，并说，"他说得那么斩钉截铁，不容分说，也真有一股霸气，但我才说了没力气的'我没有反革命'，他就连忙抽身开步走了，想来他那霸气轻易就泄掉了。"徐铸成一笑了之，大概在心里又以为我"太忠厚"（同在辞书出版社时他曾对我说："看你的杂文以为你这人顶尖刻，和你认识了以为你这人太忠厚"）。我却想，吴强当着一个便衣的面对我说那些话能客气点儿吗？

"清除精神污染"时，有一次我在上海政协餐厅吃中饭，吴强突然来在我对面，不等我邀他一同吃饭，他边坐下边张口说，他和两个人在那头吃饭就看见我走进来了，还立即转换话题说道："我看到《光明日报》上你的谈话，不错，敢说让人说话让人批评不怕天塌下来的话。"我说"那句话是学来的，你还会不知道？他们来了个记者，我不知道怎么会找我谈清除精神污染，心里头敲着不会又是钓鱼又是引蛇出洞吗的钟，嘴巴可总严不起来，胡乱说了一通。他走了，我还大着声音对他说，我说的那些话也许就有精神污染，劳驾给把把关。这个记者不错，还边走边回头瞧着我笑，好像觉得我是在幽默一下。"吴强却说，丁玲他们五个人在哪家（他说出了名字，我记不得了）大饭店里"聚会策划，这事情才真幽默哩"。我不知道这回事，问"他们策划什么"，吴强发了点愣，才说："你没听说过就算了，没什么意思，也不见得成得了什么气候。"忽而换个绷脸的神气问："你觉得丁玲怎么样？"我说："你这个问题无边无际。总的说，她有成就也有败笔，她得过荣誉也受过灾难，她……"吴强截断我的话，说，"那她得到什么教训？"我理解，他这是冲着丁玲的受过灾难说的，就说"她总是忠于党的，同你一样。当然，对某些个人，她也难免有些看法。"他口气有点冷地问："是你知道的还是你猜想的？"应当说是我知道的。1980年冬天，丁玲和陈明前往鼓浪屿时，碰巧同我同在一列从北京到上海的火车上相邻的房间，闲谈中她几次说到一个人——"他"，"他搞政治手段比搞文学理论高明多了"，"他干昧心事"……她没说"他"是谁，似乎这是不说自明的，事实上我也意识到这个"他"是什么人。但我不想对吴强说这个，我回答他"这是人之常情，我看你也难免对某些个人有看法。"他一副要笑笑不出来的模样，静一会儿才发声："那你对我有什么看法？"我说，"前几年有人问我你是不是上海文坛一霸，说是听别人这么说你的。就我们的交往来说，我不觉得你霸，倒觉得你坦率。但是你对别人例如对上海作协里的人怎么样，我不知道，可能那里有人认为你是霸的，我猜想说你是文坛一霸的话是从那里传出去的。"吴强脸上这次闪过一道笑，说道，"你猜想得差不多。那里事情不大好办，不过我不好讲。你几乎不到作协来，为什么？"我说"我编《辞书研究》弄得写点东西的时间都几乎没有，不是什么作家了，不配当会员，想请你们给我除名呢。现在我就得回去上班了，你同我去看看怎么样？"吴强说他要到银行去拿点钱，就没谈下去。1984年尾1985年头，第四次全国作家代表大会期间，第一天大会时吴强坐在我正前面，忽然转半个身来低声对我说："你看，老来俏。"我莫名其妙。他说，"台上穿红马甲的。"原来他说的是坐在主席台前排的丁玲，我也已看到的。我用一只指头戳一下已经转回身去了的吴强，他回过头，我也低声对他说"这有什么不可以？"他摇下头就回过头去。我觉得他可能对丁玲有成见，可不知道为什么；丁玲倒是没有对我说起过吴强。

这后来（其中有两年光景我在广州）很少遇见吴强，遇见了也很少谈话。只记得有一次，在上海作协大礼堂开什么会时，我看见吴强，走过去请他帮助在青海的罗洛回到上海来，他说"罗洛应该调回来，调到哪个单位呢？"我告诉他罗洛去青海以前在上海出版局，他说，"那行，那里有熟人，我去跟他们说一下。"还有一次，在永福路现时上海市电影局里边的小影院看电影完了时，发现吴强在我后边两排那儿站着，等到走到一起，他说，"钟望阳死了，这么好的人，真太可惜了，真不知道他在文联的后继人会是怎么样的。"钟望阳亡故前是上海文联党组书记，我以前算是见过面，一点也不熟，不解吴强在惋惜钟望阳之死的同时要担虑起文联党组书记的继任人来，冒冒失失问他"你去当吗"，不料他简直是白了我一眼，说"我才不哪"。还有一次，不记得怎么回事，王元化、吴强同我坐在大抵是接送元化的小汽车里，他们在谈上海作协党组的什么事，说着一个我——很抱歉——第一次听到的人名，我插嘴问了一下，吴强说，"写小说的年轻人，比较正直，小说写得不坏，你不知道？"很惭愧，那些年我很少读上海出版的小说，吴强给我的《堡垒》我也不过读了约摸五分之一就放下，分得出的时间十之八九花在重读据说是"过时了"的书上了。提到《堡垒》，我记起来了，到吴强家那次，说起《红日》我还不曾读过，他拿了一本给我，还说"你写篇批评吧"。我在监房里已经看过不少对它的好评，过了这么些年了，还用得着我再捧场吗？我这么一说，他便嘱咐："你看完给我提提意见"，我终于读是读了却有话也没对他说。1989年冬天我同路莘从广州回上海来，却从此就再也没看到吴强了——尽管彼此的住处相隔不过三四分钟的路程。听说他生病住在医院里时，我也在病中，想去看看他又怕把我的病菌带到他那里，谁知竟就永别了。

　　"一瞑之后，人言两亡"，连各样的议论也不能有所知——即使是讣告和悼词里的动听言词悦目文字。我这时趁着吴强逝世第五年头写了这么些不可能复活吴强来审读核对的关于他的事，也情同在背后对他说三道四。还把他要我别说出去的话和劝我别做的事都说了和做了。我相信，他活着也不会责备我，我只能等待着非他的责备。

1994 年 1 月 26 日，笔直小斋

小记姚奔

　　1993 年 11 月 7 日姚奔逝世。这之前的 1992 年
1 月 16 日和 19 日，受着癌症折磨的他艰难地写出
《不要》和《回归》两首遗诗。"死了就死了"，
"不要……仪式"，"不要花圈"，"不要悼词"——
就像是眯着微笑的眼睛直对着面前的亲人和友人说
的。可不仅仅是由于一种明达的理性。在他，"我
从人间消失了/回到永恒的自然/在元素的家族里/
以另一种形式默默地奉献"，即分明传达一种不灭
的信念：奉献自己给人世间的他的人生意志依然在
持续。我因此感激这个朋友，在发着高烧的病中草
写了这远未完成的对他的纪念。(1994. 12. 25)

　　准是 1980 年冬天文艺会堂那座边楼上的小会厅
里，谁在我背后轻轻叫了一声，我回头一看，愣
了，他却边在我身边坐下边说，他在对面后排看见
我一个人坐在这阳光够不着的角落里，忍不住就走
过来了。"你认不得我了？难怪，我们上次见面是
1954 年，在你家里。记得吗？我是姚奔啊。"我一
下子歉愧交集，连忙握他的不知几时厚实起来了的

手，连忙说："记得记得，上次我们谈《诗垦地》被奇异地忘记，发了不少傻气。后来它该被记起来了吧?"……

1954年，"两个小人物"对俞平伯的《红楼梦》研究的批评出人不意地成了被点燃了的导火线，《文艺报》着了火了的日子里，一年多不见了的姚奔找我来了。也许是，一种文学状况将有变化的感觉振奋着他这个并非自愿疏远文坛的人（这个十分厚道谦逊、十分投入工作的人的诗集《好人的歌》自上海解放以来一直出版不了，身在新文艺出版社的我却只能惭愧于甚至无力为他说说话），来"怂恿"我为受到不公正批评的冀汸的长篇小说《这里没有冬天》写反批评了。他不知道，审读这部小说的责任编辑写了不过是与批评者讨论的稿子，投了出去便没了下落。我说，《诗垦地》40年代在抗战"大后方"很起过进步的影响，他倒是该写一篇关于这个诗刊的回忆，他立即就说"这不能由我来写，恐怕也不合时宜"。但他显得有些激动了，居然说我是"现在顶记得《诗垦地》的人"。我记起来了，1951年在上海文学工作者协会一次会上，碰巧和姚奔坐在一起，彼此自然介绍了名字，我告诉他1939—1940年我在福建《现代文艺》上读过他的诗，后来在重庆读过《诗垦地》和他的诗集《痛苦的十字》，也还记得《黎明的林子》这首诗；他说他在重庆读过我好些杂文，也忘不了在上海时读过《生在民国，活在前清》这篇杂文。我们于是就这样认识了。会后，我们同走了一段路，听他叙说《诗垦地》。他说，皖南事变过后，躲避重庆国民党特务一段日子的他一回到复旦大学继续学业，就同同学邹荻帆商量办个诗刊，"诗垦地"这个刊名就是荻帆给起的，拉稿和编稿的工作主要也是荻帆做的，他"不过是做做找人捐助出版费的事"，后来曾卓也帮着找人捐钱。"当时大家都是穷学生，拥有的就是追求进步的热情、勇气和干劲，简直不顾死活"。办期刊非办登记手续不可，办丛刊倒还有点点儿自由，《诗垦地》就是以丛刊的名义出版的。然而"才出版两辑，就没多少钱了，好在得到靳以先生的帮助，《诗垦地》变成周刊，在《国民公报》上生长了起来，——也还是获帆最出力气"。这段话听来很普通，甚至干燥，我却感到了他这人的真挚的谦逊，留下了不忘的印象。1952年文艺整风将要结束的时候，有一次我在复兴中路的一家小水饺店里又遇见了恰好从那儿走过看见了我便走进来的姚奔，他说，"快一年没看到你的文章了，倒听说你调到新文艺出版社了，太忙了吧？"我并不太忙，白天上班，夜里在写一本小书。这段日子里我也没曾看到他的作品，也问了一下，他说"写是总在写的。写得不好吧，很少很少给发表出来，不是《诗垦地》那时了"，脸上匆促地抹过一丝苦笑。我叹了一口气，仿佛也是替沉默着了的他叹的。这以后，隔了好长一段时间，再见时就是1954年了。随后的再见就是隔了几倍几倍长时间的1980年在文艺会堂里。那天会后，我们又谈了一会儿，知道他"一步比一步往下走地"做过《收获》、《上海文学》、《萌芽》的编辑，"文革"后到了译文出版社。那时候，绿原和牛汉在编七月派的《白色花》，王辛笛、唐湜等人的《九叶集》即将出版，我说了他可以为《诗垦地》选编个集子，他静默了好一会只说一个字："难。"

从此，我们见面多了起来，我还几次在他家里喝酒吃饭，也许因为多人在一起，彼此反而没对谈。但他应我的要求，多次为我编的《辞书研究》写稿，——他还在参加《英汉大词典》的编纂工作。我还受安徽出版的《艺谭》的编者的委托在写杂文。我也还记得《中国大百科全书·中国文学》出版时，他打电话告诉我"那里面提到《诗垦地》了，解放后第一次"。1984年，他给了我一册他参与翻译的《拜伦爱情诗选》。1985年或是1986年，他来要我为他写副编审职称的审评意见，我发了愣，说"你早该是编审了，怎么搞的！而且让我给你写也太对你不公道了"。他却说"你还是写吧，你 1952 年在新文艺就是编审了啊！我还听说汉语大词典出版社总编辑的编审职称也是你给写审评意见的呢。"我给写了，心里却一直觉得不是味道。……

缘分虽薄，仍难忘秦似

　　也许已经离休，也许还在漳州政协工作的老同学陈松年，在我失记了而仍是确有的一个日子里，给我来信说，秦似将到漳州来，据说他祖先乃漳籍云。那时似乎还没有出现什么"寻根热"（我不明白这时代为什么发了这种那种许多种"热"），可也似乎这种"热"已是兀自在酝酿发酵过程中并触动秦似的灵机了吧。但我对这种事实在缺乏热情。我只想，松年告诉我这回事，或者因为又有一个知名人士将到漳州，或者知道我和秦似是相识的。

　　我的确和秦似相识，却记不得是否和松年说起过。1940年春天，我离开桂林的前三四天，带了应诺写给孟超看看的两篇稿子去向孟超告别，秦似正在那里，孟超就给介绍相识了，——我那时还没用"耿庸"这个名字，介绍人说的是我的本名和笔名"丁琛"，说秦似是王了一的儿子。我不记得当时彼此谈了几句什么话，却由于讶异而记得，秦似当场就拿出笔来记下我的名字，边写边问我住在哪里，我告诉他这几天我还住在青年书店楼上宿舍里，还特别说明，这个书店是"军事委员会政治部办的"，不料孟超随即补充说"是第三厅管的，就是郭沫若当厅长的第三厅"，秦似却似乎了解我的意思，笑着对我说："没有关系，我还说不定会来看你。"过了三天，当晚我就同也是漳州的老同学黄昆源、一个姓杨的江苏人跟着将当青年书店沙县分店主任的一个姓白的山西人到福建去了，下午，秦似倒真的找我来了。但他不让我带他上楼，说是恰好走这里经过，来看看我走了没有，马上要去看别人。于是就到书店门外去，说那天我从孟超那儿走后，他们看了我的稿子，"孟超说，真没想到，这小孩散文写得这么美，"我说，什么"小孩"，我都快二十岁了。他笑出声来了，说孟超恐怕要大我二十岁，"姑且让他说说吧。我看你那两篇散文写得简直是漂亮的抒情诗。"简直是叫人羞涩的吹嘘！我腼腆了，慌忙说，我其实喜欢写杂文。"是吗，"他显得有些惊喜，说，"我也喜欢杂文，很想有一个杂文刊物。你认识夏衍先生吗？"我不认识（十年后才认识）。他边说夏衍是"鲁迅之后的大杂文家"，他就要找夏衍去了，边掏出一张小纸片给我，"这是我的通信处，准备看到你就给你的。你到福建什么地方住定了给我写封信，好不好？"当然好。分别时又是轻轻地握手，又是说在孟超那儿分别时说了的同一句话："我才来桂林你却要离开桂林了"，可这一次的细微的颤音分明浮漾出一种惋然的惆怅，使我觉得他是一个富有温暖的感情的人。（这个感觉后来屡屡被读了《野草》上他的杂文的感觉所加强，以至于以为他的杂文能有的泼辣被他的温情所中和了，——虽然我不以为我这是无误的。）几小时后，我随同几个人走了，一路辗转到了沙县，却两三个月时间也没开得了书店，——那个当主任的姓白的山西人又嫖又赌又吸大烟，弄得几个人生活都陷于困境，没了好心绪。待到这个山西雁飞走了，黄昆源和我万般无奈，冒昧也冒失地找到设在沙县的什么部队"补训处"去，居然以每种书赠送一本的办法借到一笔钱和应需的家具，租了一个前可开店后可住宿的房子，挂起了一个那儿少有的大招牌，算是开起了书店。这时，我想该践约给秦似写信了，却真叫"见鬼"，从业已换洗过三四次的外衣口袋里摸出来的只是一撮纸屑。即使我还记得那上面写着大抵是他的原名王杨或王扬，地址当时就没看，怎么写信去；请孟超转也没法——孟超那儿我知道怎么走着去却连那路名也并不知道。忙乱和懊恼了一阵，最后就只剩下很对秦似不起的负疚感了。可没想到，我的这次疏忽使我和秦似断了联系而且变成了没有关系，直到可以说是重新相识的几十年后。

1941年3月，我匆匆告别我编的《闽北日报·闪击》，从建瓯出走到赣州。7月，我在《江西青年日报》主编了几个月副刊《战场》（这已是我一年多来的第三个职业）便被蒋经国以"奸党嫌疑"下令"撤职查办"，被关进了叫做"囚犯教养所"的监狱，之前两三天，第一次在一个书店发现并立即买了的一期《野草》，使我有了能够和秦似联系了的喜悦，却怪——也许该说"幸而"——我没有立即给他写信，带着连《野草》的地址也没记住的失悔遭难在那时也在赣州的曹聚仁所颂扬的"新赣南"了。1942年夏天，应了先前在厦门双十中学高级新闻科同学的陈湘（之风）和陈晓峰之邀，我离开在那里教了一个学期书的长汀中学来到永安《大成报》当记者，这才从陈湘那里看到他早些时候离开金华时带来的几期《野草》。我于是又想起秦似来了。我可是撕掉了只写几个字的好几张信纸之后，不给他写信了：虽然才过去了不过两年半，却有了"一部二十四史，不知从何说起"的感觉，况且在长汀编文学刊物《刺笔》（朋友郑执中和洪国龙出钱办的）时，我在编后记里已是写明"丁琛夭死"了（由于当时新认识的厦门大学学生林莺说我"叫这个名字大概是想当丁玲的弟弟"，我不愿又被这样解释）。1943年春，我放弃三年里的第六个职业，离开南平又到永安，等过了春节，借到了一笔由我父亲偿还的路费前往重庆。路过桂林，在那里有约摸四小时的逗留时间。想去看包括秦似和彭燕郊（1941年5月他路过赣州来看过我）在内的几个朋友的，却办不到，只在找不到杨刚之后去了在今日文艺社的黎丁那里，却没说几句话便赶回桂林到金沙江的车站。一时有一种人情和生活对我都变得恍恍惚惚了的抑郁。……

也真没想到，从松年得知秦似将有漳州之行之后，竟就连续听到了秦似的消息。

1980年飞雪的季节，我到北京为将从季刊发展为双月刊的《辞书研究》组稿，在那里住了两个星期，几乎每天不是中午就是晚上到黎丁家去喝味美思酒，吃琇年大姐为我煮的稠粥。头两三天里，又在和黎丁一同回忆旧友，中间忽然说到秦似，他说"秦似变成大胖子了"，站在一旁的琇年大姐分开两手做个秦似的样子，说"这么大块头，每次到我们家，上楼来总是呼呵呼呵，气喘吁吁"。那么，我想，一旦相遇，准不认识了。几天后，我到商务印书馆去找吴泽炎先生，请他协助组织关于《辞源》修订工作的一个专辑文稿，随后遇见1950年在展望周刊社的同事沈岳如。岳如向我介绍几个地方《辞源》修订小组的一些工作者姓名，其中有秦似，我问"是以前编《野草》的吗"，岳如不知道这个杂文刊物，但说了"他是王力的儿子"。这就对了。我于是也问知了秦似这时是在广西大学。临回上海了，我去史家胡同看先前通过不少信的李何林先生。这是因为听说过他负责的鲁迅博物馆和鲁迅研究室有编纂《鲁迅大词典》的拟议，该去了解一下能否要到有关的稿子。李先生却一下子就把话题转到我没看到过的一篇茅盾关于所谓"两个口号的论争"的记述文。李先生说他向冯雪峰、胡风泼污水泼到了鲁迅先生，使他失去了对这个作者的敬意。和我谈论完了此文之后，他突而说："还有一个秦似。他过去办《野草》，应该说办得很不错。也是去年，他发表一篇回忆《野草》的文章，你看到过吗？"我也没看到过。"那里面也说了些胡话，说陈铨就是鲁迅抨击过的陈西滢，说胡风办《七月》是以搞宗派为目的的；还有莫名其妙的话，说什么《野草》发表过面目暴露以前的'反革命分子'胡风的文章，他悔之莫及。其实《野草》只发表了胡风一篇为一个外国刊物写的自传，而且是《野草》同人聂绀弩拿去发表的。"（我知道这件事，皖南事变时，《七月》被迫停刊，胡风从重庆出走，留下一些东西在绀弩处，绀弩从其中一包稿件里找出胡风这篇自传交《野草》发表，特别写了一则附记，其中说明"未经胡风同意"，他却是应这刊物的也向胡风拉稿的同人的嘱咐的。）"如果发表胡风的稿子隔了三十年还得忏悔，那真不知道有多少 30—40 年代的编辑该忏悔。现在胡风案平反了，我看秦似又该怎么样，也要反过来悔之莫及？"这段话使我有不少感触。倘在 50 年代，秦似因为发表胡风的自传要懊悔要检讨要揭发要批判而且声讨，完全能够理解，——虽然我至今也还不知道他是否做过这样的事，却是看到过并非全是报刊编辑的许多咸与盛举的挥拳鼓舌舞笔者干过这种事的。我也由此而记起了鲁迅说过"悔之莫及，也就不悔了"的话，秦似则"悔之莫及"地一悔几近三十年，便使我觉得他大抵是憨厚到了迂庸，——这联系着我先前每读他的杂文就有过他的温厚缓和了他的讥刺的感想。这一点对李先生说了，他说我这是为秦似辩护。但悔过去悔过来的人和事尽管并非全无区别，总是并不鲜见的，我因而不能回答李先生的末一句话，大抵是 1982 年春天的一天，徐铸成和我在上海政协里的餐厅吃他推荐的黄桥烧饼和酸辣汤，不知怎么竟就说起来了鲁迅之后的杂文作家，"闲话"完了六七个，我说还有秦似，他忽然转了话题，问我"有没有在《野草》上发表过杂文"，我摇头而且说出了"没有"，却立即记起来了，连忙更正："有有有"。那是在 1946 年，秦牧来宣怀经济研究所看我的一次，在说了秦似叫他约我给已在香港以丛刊形式复刊的《野草》写稿，就问我是不是和秦似相识。我告诉他好几年前在桂林和秦似见过两次面说过几句话，以后就没有过联系，恐怕早忘记我了，何况那时我也不叫做"耿庸"。秦牧说："那他准是从报刊上看到过你的杂文，记住你的。你就给他写一篇吧。"我抽屉里恰好有现成的稿子，拿了一篇给他，他看了一眼念出题目《论"靠天吃饭"》来，就说"很好"。两三个月后，我收到有这稿子的一本《野草》，夹着秦牧的一页短信，说他已到香港来了，"秦似嘱我约你继续供稿，请直接寄去"。我——也许心绪杂乱吧——没有再写过稿。但我没对老徐说这些事。老徐接着问道："你知不知道，秦似前年发表一篇文章说他发表了胡风'反革命分子'的文章，悔之莫及？"我听说过了。他作了一句话的评论："都什么时候啦，还在悔之莫及！"我只好说，那时胡风案还未平反，秦似还只好悔，有人甚至给冯雪峰和胡风泼污水还泼到了鲁迅哩。老徐说，他也看到过这"有人"的大作："不过，前些时候偶然听一个香港朋友说，他去年在广州遇见周钢鸣，问到了秦似，周钢鸣说秦似对他写回忆《野草》的文章那时毫无必要地提到了胡风心里有愧。那个泼污水的大作家恐怕不会。"……

徐铸成转了几个弯听来的话，倒打动了我。我终于给秦似去信了。但往事说来话长，不去说了，只附去两期《辞书研究》，请他为这刊物写一篇"我和词典"，信末写上我这个他虽然知道却不识其人的名字。过了十来天，竟就收到他的信、文和三四期他主编的一种语文期刊（我记不出刊名）。他的信以"你是《野草》的作者。你的来信使我感到亲切"开始的。因为他也要我为他的刊物写稿，我写不了这类文章，便介绍了同事鲍克怡的文稿给他。就这样，我重新和秦似有了关系。然而是并不"亲切"的关系。

想来（由于没把握记得准确）是在第六届全国政协第二次会议期间，即1984年3月或4月里，在社会科学组的姜庆湘（蒋莱）

给我打来电话说:"秦似到北京来了,要找你。"我诧奇秦似怎么知道我正好在北京。老姜说:"大概是老骆告诉他的。老骆刚才来电话,叫我约你星期天,就是明天上午到他家里去,秦似也会去,大家把盏聊聊天。"第二天,我去到骆宾基家里,老姜和秦似——要不是知道他要来,要不是已知道他"变成了大胖子",我一进门就看到这个人,准不知道他是谁。他注望着我,一副奇怪的眼神,伸出一只手,困难地站起来,可握一下手却有力得使我吃惊:怎么不是轻轻的了。这时,我还没坐下,宾基已是拿了两大本装订得很好的他著作的金文研究的原稿,分别递送给秦似和我,说了一句"到目前,写的都在这里了"。老姜也挤过来看,宾基则走了出去。三个人边看边谈,都说宾基改了行取得了新成就作出了新贡献。秦似说"人老了往往改行",举了包括他父亲王力先生在内的几个名人。老姜说"你老兄也改了行,像你老子那样不搞文学搞语言文字学了。老耿也是,在重庆那时也搞文学,也搞经济学,现在搞起辞书学了。"我立即否认我搞辞书学,我不过是在编《辞书研究》而已,对辞书学其实是一窍不通的。"倒是你,抗战初期从事文学,抗战中期就改行从事经济学,你……"秦似却抢着说出正是与我的意思相近的话,"他有见识,趁早改行,逃出文学这个是非之地,摆脱文学的痛苦。"我怔住了。他那样似乎以文学的痛苦来表达他对老姜的真诚的赞羡,也似乎以对于老姜的微细的调侃来表述他自己——虽然也可能是涵有别人——感受着的文学的痛苦,却使我有一种特殊的反应:仿佛那"文学的痛苦"倒是被专用来对我说的,——由于他茹苦地懊恼于在文坛上哪怕不过是被狂风之末刮得也摇摆了的不能自禁。我心里一时不宁静,尽管听见老姜在说什么形象思维和逻辑思维,也诱动不了我了。就在这时,宾基进来了,不等秦似和老姜停止对话,就指点着秦似和我的腿上都搁着的他的著作,好像接续着他走开之前的话,说:"我的这些稿子,很想向行家请教，可是很难发表，才发表了两三篇，就听说有个大行家说骆宾基是什么人，敢来对金文说三道四！人家请他发表文章批评，他又不干，倒弄得那几个刊物不再发表我的稿子了。多亏耿庸在他那个《辞书研究》上发表了我好几篇，有的外国学者写来欣赏和讨论信寄到他们编辑部转给我，这才解除了些窒息。但是这部有五十万字的稿子还是找不到一个出版家。"他说得很平静，我却感到他的心情沉郁而愤慨。我不是出版家，要帮忙也无能为力，给发表的几篇也只是和词典释义有关的。老姜则对他说："你还是写小说好。"宾基缓缓摇个头算作回答，却显然不是表示他放弃了小说创作。然后他说，他女儿小新一会儿来给大家摄张合影。

午餐时，我成了孤单的人：他们三人一下子就起劲地回忆他们一度在桂林时候的故事。开始我还听着，模糊记得是老姜说起他从在砰石的中山大学来到桂林找的第一个人就是骆宾基，宾基说他记得很清楚，那天他正在续写《一个倔强的人》，"你突然来了，我手忙脚乱，直说你看你看，看我这样子！……"他们都哈哈笑了。我也笑了的。可后来，我便惘然跌入宛若罗网的混沌感思里：回想着什么时候和怎么第一次见到骆宾基、姜庆湘和秦似，想着他们三人中我第一个认识的是秦似，现在秦似却是我交往最少的人，还简直是刚刚认识的；我要不要立即说出来呢……我独自吸烟，喝着真正的"闷酒"了。但他们并没有把我晾在一边，——虽然是直到旁边的秦似推了推我，说："老姜在问你话哪！"我才意识到。老姜于是对着我说："我们刚才在说你，你倒走神了。你不是也在桂林待过吗？""待过。很短的一段时间，"我回答，同时感觉到秦似侧过头来观察似地看我。宾基则说："老姜说你那时住在胡危舟那里，写了好多诗。我不知道这回事，一直在桂林的秦似也说不知道。"秦似补充一句："也许是用别的笔名。"我说，本来就没有这回事。我不认识胡危舟，这个人还是后来看到《诗创作》才知道的；诗，我以前倒是胡写过，在桂林那时可一直也没写。老姜急了，争辩道："这是吴清友告诉我的。在重庆，在宣怀经济研究所。我们不就是在那里相识的吗？""这不假，我们是在那里相识的，他当时也列名为这个研究所的研究员。""我很少去宣怀，头一次去就认识你，后来有一次去你不在，吴清友向我详细介绍你，明明说你当时写杂文，从前写诗，明明说你在桂林那时住在胡危舟那里写了好多诗，你怎么否认了，因为后来有人说胡危舟是特务吗？"这可冤枉我了。我却只能说："老姜，这件事要不是你搞错了，就是吴清友搞错了。在重庆那时我倒是听说过，胡风从香港回到桂林时候，被胡危舟请到他那里住过，不多久又被他请出去。"秦似立即响应："胡风这件事我知道。他那个本家我真不敢恭维。"四个人都笑了，——也许并不出于共同的感受。

为了让骆宾基午睡，我们三人饭后十分钟光景就告辞。老姜要到府右街去看朋友，秦似要回中关园，我想到黎丁家去。秦似说"黎丁和他夫人该在午睡了，你那个宾馆在北太平村，我们同一段路，一起走吧"。我们于是在公共汽车站和老姜分手。等车时候，秦似似乎熟思过了地说："我老觉得我看见过你，面熟，但是想了又想，想不起是在哪里看到过你的。你看到过我吗？"眼对眼互看使已在惭愧的我发窘了，不知道怎么对他说，竟就说出了"不知道怎么对你说"。他立即说："这么说，我们曾经是见过面的。"这使我惊叹他的反应的灵敏。但才回应了"是的"。车子缓缓驶到面前了，我说"我先上车，再拉你上去"，他笑着说"弄不好倒是我把你拉下来"。然而是上了出奇地有好多空座位的车了，——尽管都吃力，尽管他和我程度不等地都笑着喘气了。一坐下，我说："我们两人合成了契诃夫一篇小说的题目，胖子和瘦子。"他说："对了，是那个题目，不是那个内容。但是，我们是在哪里见过的面？"我刚说"第一次是孟超……"他就令人吃惊地叫出"哎呀"，却随即与其说是安慰别人不如说是安慰他自己地轻声说："没事没事。……但是你为什么不早告诉我你就是丁琛呢？"我理解，他这"早"是指40年代我给《野草》写稿、80年代我请他给《辞书研究》写稿的当时，可我却得从四十四年前粗心地把他特意预先准备好留给我住址的纸片在口袋里搓洗成碎屑说起。由于他一声"哎呀"显出他的惊人的激动，也由于直到那时我也不喜欢回忆往事，只是简单地叙述，而秦似竟是以一串间断的哦哇嚯唉噫的感叹作为插话。说完了，我认真表示希望得到他的谅解。他说："不，谅解现在已毫无意义。那年分别后一直不见来信，我三次去那个青年书店打听，有一次孟超一起去，问不到一个准讯，最后一次说你离开沙县不知哪去了。孟超还去向带你去他那里的一个中校打听你的消息，那人也不知道。那时我有点怪你。孟超把你的散文拿到《扫荡报》副刊发表了，还得了奖，就是无从给你寄去。他说过'这小孩太吊儿郎当了'的话。但是我们都挂念你。要办《野草》了，就都记得你喜欢杂文，都怀念你，甚至担心你'自行失足落水'遭了难了。天晓得，你还不只是被蒋经国捉'将官府去'坐牢……"没说完这句，他突然问，"'反胡风'时候也坐牢了吧？"我不想再听到他的感叹，只点了一下头，他可还是叹了一口气，才又问道："那时候结过婚了吧？"我不情愿对他说也只得说给他："她1957年死了。"他这次不叹气，紧闭着嘴唇，好一会儿才说"你这大半辈子的人生太坎坷太悲凉太无辜……你写回忆录了吗？"我摇了两下头。"该写。"他说，看见我又摇头，补上一句："为什么不？该写！"我说"我就要下车了，前面拐弯那儿就是远望楼。你要不要到我那儿坐坐？"他要回去休息，但也要下车换个车回去。我这才说："我不喜欢回忆。"车里有人们往车门那边挤，什么东西打了我一记头，一看是个有背带的女式皮包。也站起来了的秦似居然诙谐了，说"怎么不是个绣球"，——分明是在笑那个挤过来了的大姑娘，可我倒笑不出来了。这是终点站，我们从从容容下了车，我要送他去上别的车，推他上去，他拒绝了，站在路边上说："这没问题。问题是，你是确信往事不堪回首呢，还是你真认识不到悲剧人生的历史价值。希望你想想。"我觉得这对我不是问题。人世间的悲剧人物不知有多少，就算我也是一个，即使只是和绀弩比起来，也已是何足道哉了；而有的人物的"悲剧"却原来是用沾血的花环装饰起来的丑剧，这总该分辨分辨。但我不想说了，只说"就想想吧。"于是应诺他的"要写信来啊"和接受他的又是轻轻的握手便分手了，一面觉着他轻轻的握手倒总是带着温和的真挚，一面看着他在阳光下分开两腿走着的身影直到看不见。

这以后的将近两年里面只通了两封可说只是问好的信。他多半忙，我则是又忙又懒。

1986年4月，绀弩遗体告别会后两三天，黎丁告诉我秦似赶来了，可是迟到了，你已经走了。仿佛是同一天，又听说彭燕郊来到了北京，也迟到了。我想，绀弩不介意的，有朋友们代他感受全心全意热诚的情谊。可是过两三天会议结束，我就得回上海了——虽然骆宾基打来电话说已约了燕郊他们后天晚上在他家里晚餐，叫我到时也去，我很想同他们相聚。后天中午我已在上海了。几天后，燕郊和秦似先后来信，说的几乎一个样：他们在骆宾基家晚餐，燕郊还特别提到石联星也来了，"大家都等着你，却失望了"，"那晚上好热闹，就是缺你一个。"独是秦似的一句话使我怦然心动，似乎他已有不久于人世的预感："造化不仁，致我们缘分于至薄！"又过几天，黎丁来信说王力、秦似父子俩都住院了……

1995．4．

不能不说秦牧

1992 年 9 月间，我和妻子前往台湾，特在广州停留两天会会当然有秦牧在内的朋友，偏就是没能到华侨新村他家去，他家电话号码业已改了，于是连通个电话也没能。约摸两个月后我们从台湾回到了上海，拿回邻居代为收存的所有书信报刊还堆在桌上，却一个电话就使我惊愕于传来的秦牧在 10 月 14 日亡故了的消息。当下，一团茫茫的惋怅迫压着我木雕一样呆呆坐了许久……

匆匆竟就过了秦牧三年忌。

我凌乱地回忆起自从 1946 年 9 月或 10 月在已从重庆迁到上海的中国劳动协会里，徐弦介绍我认识在他斜对面位子上写着什么的秦牧（当时，已在重庆相识的王郁天也在座）以来，秦牧和我的还十分清晰和已是模糊了的交往。最先记起的竟是最后的分别。1989 年，已在广州住了好些日子的我们又在想回上海了的时候的一天早上，同住在一套房子里的李晴和我们夫妇一同应秦牧之邀到白云酒家饮茶，正要回广西去的林焕平和他的女儿也在座。

（林先生是我这才认识的，感谢他在秦牧作了介绍后立即赠送我一册扉页上已写好赠词的厚本的文集。）这次小聚大家零零碎碎谈些什么，我全忘了，却忘不了大家分了手时我看到的秦牧的背影。相距十来步的正前方，秦牧夫人紫风提着包在秦牧旁边稍后一步走着，秦牧摆动着斜直分开的双手，看来有点儿发僵的腿脚稍稍分开着，微微晃摇着他的也许是过重了的身躯迈着颇大的脚步，仿佛是在防备着偶或发生的蹉跌，——像在好些年迈人那里看到的那种无条件反射的谨慎。秦牧比我大两三岁，这年该刚是进入千年前人视为"古稀"而时下则在上海人语"八十多来西，九十不稀奇"中不过"小弟弟"而已的七十岁；虽然告诉过我他心脏不大好，却还就是心脏不大好。在我看来他挺健康，至少比我健三倍，可他怎么走路显出老态呢？我差点一冲动就要追上去问问他，多亏想着了这个脸上时现微笑的朋友方才饮茶时一脸抹不掉的疲倦，觉得他准是昨晚写作特过辛勤，劳累过度了。那么，秦牧，罢自己两天工，稍稍休息吧，——我在心里对他说。然而，不过三年，他长远安静地休息了。

他写作可实在勤快。1943—1946 年里我在重庆报刊上经常看到署名"秦牧"的杂文，就有了这个人写得真勤快的印象。抗日战争完了不久，聂绀弩刚为储安平创办的八开本周刊《客观》编两页《副叶》时候，来问我要杂文，"抽屉里有几篇就给几篇"。他说一期近一万字，五六七八篇，还至少要准备两期稿子才行，"你总不能叫我一个人包办"。可我抽屉里没有这东西，他说"那你马上就写两篇"。我又不是他能倚马可待的对象，说"有两个人，一个秦牧一个斯璜朝、斯璜朝。才写得快呢，你该去找他们。"他却问我觉得秦牧的杂文怎么样。我随口说，有些冯雪峰的《乡风与市风》那模样，庄重、朴实、平静地娓娓叙事说理，藏几根不软不硬叫人难受的刺。绀弩说我"说得不错"。但他说，《乡风与市风》很少有讽刺，"雪峰好像在那里指点着什么却顺手冷不防猛刮了这个丑恶的社会一记耳光。他的对象是这个社会的统治势力和它拼命维持的制度。秦牧的讽刺，我看更像是对这样那样的社会现象刮着脸皮说'真不害臊，真不要脸'，他的对象是社会的丑恶，力量达到点，也许也能连成线铺成面，就是达不到深底里。这可能同他催促自己快写多写的心情有关。他给《野草》写的杂文我大半看过，有的看的是原稿。有一次我对秦似和夏衍说过：这个作者也许会创作出杂文的一种新形式，但多半会转向抒情、记事和议论三合一的散文。"

但是秦牧至迟在1946年冬天就有写小说和散文的设想。那时他将要离开上海回广东然后去香港，来找我说秦似委托他来要我为已在香港复刊的《野草》写稿，同时与我告别。我请他到离我所在的宣怀经济研究所不到两分钟路的荣康咖啡馆喝咖啡谈天，他就说起他"有很好的题材，南洋的，想写小说还一直没写"。他还说，他已编好一个杂文集子，算是结束他的"杂文时期"。我问他"从此不写杂文了吗"，他说"这还不能说，大概会写的。不过觉得我还是写散文好些，我学不到鲁迅，也没有聂绀弩的机智、夏衍的明快。你倒是该多写杂文，你又尖利又风趣。在重庆那时我看过你发表在《世界日报》上的一篇《论〈真妮姑娘〉》，写得不错，可是没有杂文好，批评小说也比不上直接批评社会有意义、作用大。不过，杂文也许不适合将来的社会，比不上抒发思想和感情的散文。"我不同意这样看待文学批评、杂文和散文，但我还是感到了他对杂文写作有一种我不曾有过的远虑——用80年代以来一个流行不已的词语来说就是"超前意识"。我想这很可能来自他对鲁迅所说杂文应与时弊同灭亡的话的一种伸展了的理解和由于对将来社会遍满光明的期望所形成的信念，何况他熟悉的《在延安文艺座谈会上的讲话》中有对于"还是杂文时代，还要鲁迅笔法"这种出现在当时延安的"糊涂观念"之一的批判，于是，他从而就有了"还是写散文好些"的判断吧。然而我的臆度并不就是他的心思，我不能妄自对他说出来。我于是把绀弩说他的话说给他，他动容了，问"还说什么"，我说"没有了"，就看着他在抿着嘴想什么，心里有了点不该对他说绀弩的话的悔意，他却又问我"你说我写杂文好还是写散文好？"我说，"看来你自己的回答是写散文好。我想将来社会不会拒绝杂文，杂文本身本来也是随着每一时代的要求在变换方式发展的。"他说问题还在于作者的生活经验、学识能力以至个性等等主观条件怎么样。我想这是话题的题中之义，而且是以能动性起作用的主要方面，但他这样说则显然是在表示对他来说"还是写散文好些"。我这话一说，他笑了，说："我想了一下，觉得聂绀弩有见文知人之明。但是你说得对，一时代会有一时代的杂文风格。所以我还要想想。决定一种选择真不容易啊！"

秦牧说绀弩有见文知人之明，我想起了古中国的"文如其人"、外国的"风格即人格"，便想倒过来，从秦牧其人来鉴赏其文。但那时我和秦牧才相识几个月（初识在中国劳协时他正忙着处理他参与编辑的《中国工人》的稿件），没能多谈；第二次就是在荣康咖啡馆，谈了大约两小时的话，对他的了解也还不如从他的作品得到的多，印象则是很好的。他人挺帅，仿佛总在微笑，说话慢声音轻有感情而且坦率，令人感到亲切。那天将分别了时我要他留给我通讯处，他在说了等他到那儿住定了就给我写信之后，说，"对了，我的姓名是林觉夫，双木林，觉悟的觉，夫子的夫。"看见我手指在桌上写"父"，他立即纠正，"不是父，是夫，大丈夫的夫，匹夫的夫。你以后叫我觉夫好了。我喜欢朋友叫我本名，以为朋友应该互相叫本名，这样亲切多了。"我连忙边说边在桌上给他写我的本名，感觉着他是很看重朋友之所以是朋友的特殊情谊。

1949 年 11 月中旬，我在解放不久的广州正是在与必然的交叉点上偶然地与秦牧再相见。1947 年 8 月我离开上海去了台湾，1949

年5月离开台湾去到香港却回不了要回去的上海而逗留了五个月，等到11月1日夜里才乘恢复港深通车的第一次列车到罗湖于次日来到广州，到这时已是三年了。这次再见秦牧，我真是高兴万分。当时我正生活在十分窘迫里。我一家三口是靠着我父亲的朋友蔡竹禅先生给的两百港元和自己尚有的一百几十港元来到广州要转回上海的，可也还是回不了上海的。初来时借住在我在广州的唯一熟人、正在做着在芳村的精神病院临时代理院长（院长逃走了）的缪锐桂（笔名"前度"，听说后来是秦牧在《羊城晚报》工作时的作者和朋友）在病院的宿舍里，没几天就因为刚满周岁的孩子日夜被一些精神病人（据说其中有些是军人）的尖叫嘶喊吓得浑身颤栗呜咽不已，只得住到虽然多亏生意清淡因而住费便宜的白云饭店，连同一日三餐（虽然总是在叫做"为食街"的又肮脏又杂乱的拥簇摊子里打发，弄到大小三人几次拉肚子靠前度给药吃）的花费则已甚令人担虑。还有困难的事，即三番五次到文管会去请求帮助介绍个哪怕是文教界的临时工的职业也只得到"我们研究一下"、"还没时间研究，你再等等"；其中一次要我写个自传给他们却取去了自传只叫"等通知"便没有了下文。为我着急了的在香港的朋友、《大公报》人严庆澍（就是后来写作《金陵春梦》的唐人）寄来了他和罗承勋请由于逢（我不认识，但给他编的《大公报·文艺》写过稿）找了司马文森（我还是中学生时就由叶非英先生介绍认识其时名为"林娜"的他）为我给文管会的周钢鸣和林林写的信，我拿了司马的信又去了一次文管会，这才得到实实在在的答复："我们现在实在没有办法给你找到一个工作"，"说实在话，要你在这里等真不知道要你等到什么时候，我看你还是回香港去好"。我赶快感谢、告辞，连忙转身跑到传达室去填写要会见秦牧的表单子。原来，就是这一次，我在传达室等着填写会见表时才蓦然看到先前未曾留意过的、那里墙壁上挂着的一块黑板上挂着的一排排名牌里有仿佛在迅速放大起来的"秦牧",我又振奋又谴责自己怎么会不想到秦牧很可能就在文管会里,——我可是刚到香港时就问知秦牧去了东江纵队,将必参与接管广州工作的啊。填过表我就又到会客室门外去站着等他走出大院来,希望不再要我等上四十分钟乃至超过两小时,这时离他们下午下班的时间已不到一个钟头了,大院前面前后左右立着篮球架和排球网柱子的操场已有一大半没有阳光了。但是,等着人总觉得时间慢的我正发急,却看见秦牧微微笑着向我走来,便快步迎了过去,未及握手竟就说:"你倒是很快就出来了,我可是在这里才有了'侯门深似海'的感性知识哪。"

微笑立即从秦牧脸上消失了,他指了指大院左边操场边角上的一个我一看就觉得它害残疾了的木制梯级观众席,说:"我们到那里坐了再说。"我心里一下子起了"当了接管官员人就变了吗"的疑惑。上了那个看台上面数下来的第二级坐下,秦牧就给我释疑解惑了,又微笑起来,说:"坐在这里自在些,进了会客室就不好一开口就说杂文话。你刚从台湾回来吗?"我几句话就回答了这个问题。中间还听他说"有一次胡绳夫妇问过我知不知道你,我说我们是朋友,说你在重庆时也是《新华日报》的作者。我不知道他们为什么问你",我告诉他"他们问我大概是因为王皓和我到台湾去,王皓是吴全衡的朋友,还替胡绳打过毛衣"。随后我告诉他我在广州半个月的经历,说了"刚才他们说我还是回香港去好,我干吗要到挂米字旗的地方讨生活,我就不信在五星红旗下我会饿死"。秦牧说:"不过,这里也真的很难安排工作。事实上这里的工作同志拿包干,就是想要帮助别人也实在没有经济能力,反倒要别人帮助自己。我们幸亏是小资产阶级知识分子,还有一些相濡以沫的朋友。我有个朋友在南岸一个私立中学当校长。我找他谈谈,大概可以请你去教书。好吗?"这是我这回在广州第一次听到的最动人的话,不知道有什么比这更好的了。我说"过三天我来听消息,还是下午来。"他送我到大门外，还愉快地叮咛我"喂，真的，不要对随便什么人来一句杂文话啊。你不过是幽默一下，人家认为你发牢骚就是不小的事了。"说过再会了，他忽而又回身喊住我，问我住白云饭店多少钱一天。我告诉他他们希望给港币，二元港币。他说，"嚯，这么便宜！你帮我预订一个房间吧。"我住在四楼，只偶尔看到有两三个房间住人，也都似乎住不上三天，多半日子一层楼就只住我一家，预订是根本不需要的。我心里只活动着兴奋，越走越大步地赶回饭店去向王皓"报喜"，但说到秦牧两次表示对"说杂文话"的警惕，我——甚至使我自己惊异地——突兀地闭了嘴。我是突而联想起了秦牧说他"还是写散文好些"，我则"该多写些杂文"的话来了。一时仿佛沉迷于品味我吸进又吐出的烟，徒然地思忖着我既毫无所知因而也毫无所得的经历过一个时期部队生活的秦牧的心得。直到王皓把哭泣着的孩子放在我的身上气忿忿地说"你怎么啦，什么也听不到啦？孩子饿坏了，你去对付！"我忘掉了刚才欢快地提议今晚上馆子吃清蒸鲮鱼油淋白鸡的事了……

　　三天后，在"为食街"吃罢中饭回来，我在看刚买来的《观察报》，——不记得是非英先生还是黎丁，在香港对我说过这家报纸的副刊主编叶广良是熟人，这天忽而记起便想看看是不是可以投稿。约摸两点钟，我要去找秦牧了，响起了敲门声，来的竟就是秦牧和他夫人吴紫风。他们住到我们隔壁房间里了。紫风坐也没坐，相识一下就走了。秦牧随即告诉我，他已和那个校长（因为今后的一个多月里我只称他"校长"，所以从未记住他的名字，却记得他是国民党革命委员会的）谈过了，学校正在找一个教政治课的教师，"我看你去教政治也挺合适。但是他们这学期只招到几十个学生，经费也少得可怜，说付不出薪水，只能供膳宿，包括家属。你看这样行不行。"比我还焦急的王皓抢先说，"这样就很好了。"秦牧也说他觉得可以接受下来，"先解决了基本生活问题，同时可以从容点找别的工作"。他们都说出了我的话了。秦牧还掏出他预备着的给那校长的介绍信给我，说"你们想哪天去就哪天去，乘到河南的渡船，或者自己雇条小船，上了岸一直走七八分钟向右转弯就到。你们连人带行李，用不着分两次。行李重了就雇个工，很便宜的。"这样周到而且具体的帮助真令窘困中人感动。我们却还不能马上就走，还得住几天饭店等估计这两三天就会从福建和香港来到的信件。谈完这事，秦牧问我这一段日子写不写、写了些什么。我得写东西维持生活，已写了四五篇杂文和一篇短小说，"昨晚刚写了一篇《论广州闹街抢劫》，也是杂文。"他一听就叫我给他看看。他说他想过写这样题材的一篇稿子，"写不成。写杂文不好写，写散文又很难概括地写。这件事尽管广州人议论纷纷，香港有的报纸还胡说八道地进行攻击，我们的舆论不但没有个充分有力的说明，还好像没有这回事似的。我看这都因为这是一个尖锐的、十分敏感的现实问题。现在你不要说，我先看看你怎么写。"我看着他认真地在看稿，有几处看了又看，感觉着他还是喜爱杂文的，相信他会继续写杂文而且也会"说杂文话"，创造出杂文的一种新形式来。但我想，他不会赞成他认为"尖锐"的我的杂文。这个想法却立即被证明至少这一次是不对的。他看完了对我说："你的杂文变了样了，不是喜怒笑骂，是严正而且明快地说明问题了。"他说我既指明广州闹市抢劫是国民党留下来和收买来的特务、流氓、土匪"大天一、大天二"分子进行破坏新社会秩序和损害刚建立起来的人民政府威信的，又指出对这种抢劫现象简单地这样那样议论新政权就像婴儿刚出世就在光辉里哭叫一样，"真说得有理有力"。"但是，我觉得写到要相信人民政府很快就会消灭这种抢劫现象就可以了，最后那一段可以不要了。我以为文章就是应该'意犹未尽'，留给读者去思考。"我说"好"，随手就当他的面把最后一段裁下来撕掉了。他有点激动，说"你怎么这样容易接受意见？从善如流，也该想想是不是善啊！"我觉得他傻了：一是他说得不错，那段两百几十个字的话本来就是我并非必要地强加上去的——真是人穷得想多挣点钱了；二是，我怎么能怀疑他对我怀有不善的心思呢？他猛一下站起来伸出手，握得我手痛，说了半句"我回房去，紫风一个人……"就匆匆走了。大约十天后，他来到实际上已不上课的立达中学看我，说我那篇杂文在香港《大公报·大公园》发表后在他们那里得到好几个人的赞赏，"有的人说这篇文章本来应该由我们来写，可是没有谁自告奋勇来写。我看这就是对你这种杂文新形式的评价"。我惭愧了。我其实并不喜欢这篇东西，因为缺乏杂文应有的艺术性质，那种"评价"越发使我觉得这不是一篇杂文。我说，"觉夫，我确实希望你创造杂文的新形式，我以为你能做得到，你只要从《秦牧杂文》深入一步。我不行，我的性格总是使我不平静。"他沉默好一会儿才说："如果有了一种风格，要改变风格就很难了。试试看吧。"

12月，收到出乎意外的出席华南文艺工作者座谈会的通知。我想这只能是秦牧给提名的。到时我去了，还没看到秦牧却先被在台湾《公论报》编辑部同事过的戴英浪叫到他旁座去坐了。我为在广州又遇到一个熟人而高兴。还在台湾时，戴英浪在《公论报》不到一个月，也许因为彼此有几个共同的朋友吧，于是也成了朋友。一天晚上，不知为什么没上班的他却在我下班回到宿舍时使我吓一跳地揪了我一把，说，"我必须马上离开台北，赶快离开台湾。这样一说你就明白了吧？你帮我凑点钱，好吗？"我立即到房里拿了五百元（旧台币）并叫醒王皓拿了仅有的两个"大头"（银元）出来给他。这时一对话，他就提起这件事，然后又问我的情况。我说到幸亏秦牧介绍我在一个私立学校里白吃白住，他就说"那你到我这里来"。他说他正在筹备司徒美堂创办、司徒丙鹤当社长、他当总编辑的《新商晚报》，"你要肯来，我们真是求之不得。工资先按五斗米折算成人民币，比较可以保值。你妻子的工作也由我来想办法，没有问题。"我说我不是陶渊明，他能有种菊东篱下的闲情当然不须为五斗米折腰。我不折腰就拿五斗米又有了工作了。不过，还有一个住的问题。他说"现在房租很便宜，我叫人给你去租，不成问题。"两人只顾说话，扩音器传出台上谁的讲话既没看见也没听见。会间休息，我找到了秦牧，把戴英浪要我去报社的事告诉了他，他"好啊好啊"地替我欢喜，我说"说走就走，校长不会见怪吧?"他说，"不会。不要紧。你对他说一下，要不我对他说一下。"休息时间过了，我们刚一分手，扩音器里说起了"聂绀弩同志刚刚路过广州，我们请他来给大家讲话。"我忙叫住秦牧说"散会后我们一同去找绀弩"，他刚说了"好啊"，又说"恐怕有很多人找他去，看看吧"。绀弩没讲几句话下了讲台就走了，我还追到楼梯口同他讲了几句话，秦牧则在会后不知哪里去了，我只得和陪我找秦牧的戴英浪约定两天后再见就也走了。

职业看来也是"踏破铁靴无觅处，得来全不费工夫"。两天后到了连新路戴英浪家，他已对司徒们谈过了，"他们欢迎，司徒丙鹤还说你的杂文很精彩。"报社居然还发给我合五斗米价钱的人民币作搬家费用，还代付了租房的定金。再过两天，我已经住在多宝路多宝街一号两层楼房的二室一大厅的楼上（邻居是人称"区太"的蒋南翔的岳母），开始参与编辑计划工作。还受秦牧的嘱托，介绍一个小青年当记者。这时是 1950 年 1 月，广州已充溢春天的气息。

没想到，到了仿佛特热的热天又见秦牧时，他仿佛变成另外一个人。那天上午，我照例因为晚上睡不着早上晏起床，才要早餐，却见秦牧在楼梯口出现，一脸不愉快的抑郁。我还没问出"你怎么啦"，他已说出"我要走了"，声音是气恼的。感到他遇着了他未曾遇到过的烦扰，容易激动的我反而出奇地冷静，要他脱掉衬衫，叫王皓给倒了一杯冷开水，我去给他拿来一条湿毛巾。这才听他说，"你那时还会说杂文话，我现在只能说气话。"他说他"受不了了，不干了！"我留意到他拿着的杯子在颤动，话也说得快了，"从前，延安整风反对宗派主义，宗派主义现在跑到华南文联来拿本地人出气了。好像他喝过延河水就不再是广东本地人，好像真理都在他手里，独断独行，颐指气使，容不得别人一丁点儿意见，还大捶桌子一嘴巴粗话骂人，还是个大作家哪！我不干了，我要回香港去了。"我试图劝他先容忍一下，先别走，留下来看看，再考虑一下。他说"不"。他说除非他竟然也会拍马屁，他可是连唯唯诺诺都无论如何不干的，"人不要人格还做什么人！"我想说留下来看看不等于去当摇尾巴宠犬，却说不出口，——事实上他那样强烈维护人格尊严的态度是我只会与之共鸣的。我想象着秦牧方才说得简直是抽象的话里面的具体的内容，感受着总是微微笑、一向平和稳重、温情诚挚而且在国民党统治区为人民解放事业而冒着艰危苦斗过来的秦牧遭受不当的歧视和粗暴的凌辱的心灵所受的伤痛，我忍不住说，"你好像变了一人，但是我能理解。一个再谦和的人受了莫名其妙、岂有此理的委屈，逆来顺受也不行了，愤怒发火就是一种正当防卫。只是我不知道，这后果是使别人明白应该尊重人还是给自己招来加倍的麻烦。"他说，"我也不知道。我现在顾不了这许多。我走了。"随后又说，"你要相信我一定会再来。"我当然相信。他说了他的香港住址，我说"同我一道吃了早点再走吧"，他说"我早吃过了，你面前有油条和萝卜糕，我怎么没想到你饿着肚子在和我讲话。真是！"我又看到了笑得动人的秦牧。

这年九月，报社改组，司徒权当社长，要我这个副总编辑取代戴英浪任总编辑，我决不能做这种事，于10月初回到上海了。这时想该给秦牧写信了，却只记得他的住址有"学士台"三字。不久我得知秦牧回了广州接受批判和作了检讨并转到教育行政机关工作了的信息，我想如果这是真的，便大抵是杜守素先生做了他的思想工作，却不知怎样给他写信了。

再和秦牧取得联系已是1979年他在北京参与《鲁迅全集》注释工作时候。尽管这以前已经知道他出版了好些书，《艺海拾贝》还声名风行一时，我可直到这时也没有读过。只因为这时我终于在获得平反之前先得到安排工作（编辑《辞书研究》）有几个月了，我想这也应当告诉秦牧一下，就写了封短信寄到人民文学出版社转给他，信末照旧写了我的本名，信上照旧称他"觉夫兄"，——当面叫名字，写信必相尊，这不知是谁的发明，却久矣相传成习，虽然我对此往往有滑稽之感，也还是行之不误的。秦牧很快回了信，另外还寄来一册《长河浪花集》，上面写的都是"耿庸兄"，署名都是"秦牧"，这可和先前他所说的"朋友应该互相叫本名"有了不同。但信一开头就说收到我的信知道我恢复了工作，他"很喜欢"，也还是使我感到依然存在的友情。我没有回信，想等读了他的书再说。

记不清就是这一年呢还是第二年，上海还在寒冷里的一天，同在上海辞书出版社的王知伊满脸兴愉地跑来对我说："秦牧到上海来了！"知伊和我是1971年在奉贤柘林"五七干校"堆稻草垛劳动中间休息时相识的。当我吃惊地看到赤膊的他的胳膊和肩背有好些被太阳晒出来的大泡泡，有的破了流着液，我不禁对这个还不认识的人说"你身上起了好些泡，你快到医务室去看看"，不料他在说了"不要紧"就紧接着说"我认识你，你是秦牧的朋友，对不对？我在开明书店的时候帮秦牧出了第一本书《秦牧杂文》。他去香港前叫我等书出版了寄一本给你，我照办了。后来我看到你在《大公报·图书评论》上写了一篇谈秦牧杂文的文章。但是我认得你是全出版系统在杂技场批斗你的时候。我叫王知伊，在第十连，就是中华书局上海编辑所，同你们九连是邻居，常常一早起来就看见你在扫地。说真的，你扫得那么认真，我看着觉得难过。……"从那时起，我们就成了朋友，后来又是同事。（1988年他在上海三联书店当编审，是何满子和我的《文学对话》的责任编辑之一。大抵就在这本小书的出版前后，我还在广州，他亡故了。）就是这个为人忠厚、甚重友谊的朋友，被秦牧来到上海并给他打来电话所激动。他说，秦牧"住在衡山宾馆。这次来上海就是想看看朋友的，特别想看看我们和王郁天，但他路不熟也跑不了几个地方，所以希望我们去他那里。怎么样，你要是走得开，我们现在就一同去？"我放下笔，拿本书压住正在看的稿子，就说"走吧"。到了那里，知伊敲门，门一开，秦牧就站在面前，却一脸笑容地向前斜举着伸开指头的一只手拦住正要走进门去的我们，说，"慢点慢点，让我来认认看"。"没料到来这一手"的知伊后来对我说"我真蒙了"。我倒是看着秦牧倒退一步，上身左一斜右一斜，目光聚焦地端详着我，好一会儿才叫起来并伸出手："耿庸！"我觉得秦牧在表演。不相见快三十年了，我一眼就认出了他——除了胖了，还是原来的模样原来的微笑。我，虽然好些人说"还是老样子"，其实这时头发斑白了，额纹多而且深，牙齿已因在牢里一次牙痛被"犯人医生"用老虎钳拔去了四五颗，两颊凹陷，当时还住在被电影厂一个摄影师朋友说要是拍贫民窟我这里就是现成的陋屋里，邻居一个六十三岁的老太太问五十八的我"老伯伯有七十七八岁了吧"。这样，秦牧还能认出我，该不是他明知同知伊一起去看他的是我了。但是坐下来了却都说的是我没能记得的话。他当然知道这时"胡风案"还未平反，我只是先被安排工作的，何况他房间里还正有一个他不作介绍的同住人半躺在床上眼珠动也不动地看书……

1982年5月我被何满子强拉去只好吸霉烟的海南岛参加在那里举行的中国现代文学会的一次年会，又一同来到广州。我把我将到武汉、广州和厦门的事预先写信告诉秦牧，请他帮我在广州找个旅馆，他回信说我日期未定不好就去找酒店，但在广州"住在百花园是方便的"，这只要到作协找一位——我记不起是姓"楚"还是名字里有个"楚"字的——同志，他已请这位同志到时给安排了。满子夫妇和我到广州时，《南方日报》的朱宗海来接，他带我们直接去住"百花园"。满子过两天就回了上海，我还得等船到厦门，很想去看看朋友，却偏偏几天大雨不断，连去附近吃顿饭也给淋做"落汤鸡"。于是直到从厦门回到上海才给秦牧写信表示到了广州却不得一晤的歉憾。谁知信刚发出就收到秦牧的信，说"将一个月了不见你来广州，大概是改变主意了"，要我代买一本《辞海·语言学分册》。我立即寄去了这薄薄的书，却纳罕于他怎么忽而对语言发生兴趣。约摸一年后我才从他寄来的《语林采英》知道了他的学问的再拓展。

第四次全国作家代表大会期间，不记得是1984年末日还是1985年始日，午餐时忽然看见秦牧坐在邻桌，站起来叫了他一声，他"哦，耿庸"，也站起来了。我走了过去，两人几乎同时询问"你住哪里"。我就住在大会设在这里的这个饭店。他说我们又几年不见了，"那年在上海又没说什么话，这次找个时间聊聊吧。我来找你，反正开会我总得来，比你找我方便"。隔两天还是三天，曾卓将就诗的问题作大会发言，我正患感冒在发烧，已说好不去听了却还是去了，却又因为是别人先发言而我头痛剧烈了起来便不得不走出会场，迎面却遇着了秦牧。"你怎么啦，"他问，"脸色这么难看？"我说就是头痛，到外面换换空气。他问我这时谁在发言，我不认识那是谁。他于是陪我走到会场外宽敞的过道边上的椅子上坐下（我看见骆宾基和谁正在另一边谈话）。他说，会未开前他正走出会场时听见有谁大喊"耿庸耿庸"，"回头一看你站在那里东顾西眷。那是谁？"那是公刘。他笑了，说"这也是一种性格，怪可爱的。"看我只是点一下头，他竟联想到我"好像变得沉默了，好像不大讲话，也不大写文章了"，还问"为什么"。我说我又忙又病又懒怠又麻痹。"不对，"他说，"我还是看到过你几篇文章的，觉得你很深刻。我有点记得，在《女作家》上吧，你评论《爱，是不能忘记的》，我觉得你写得很出色，深刻透澈。还有一篇，不记得在哪个刊物上了，对话式的，谈现代主义，很精彩，特别是说明西方的变形是人变成虫兽而中国的变形是虫兽变为人。很有启发意义。但是几篇杂文，虽然还是写得生动俏皮，像你过去的杂文那样，我就觉得不合时宜，有一篇写雷神庙的就是这样。你记得我们谈过创造杂文新形式的问题吗？我觉得现在要写杂文，就该解决这个问题，并实行起来。……"我说，至少是自1955年5月以来，我就没能读到过他的杂文，就连报上文章十分赞赏的、我猜想是一篇杂文的似乎题为"鹦犬的风格"的文章，也缘悭一面。散文，我也只读了他五年前给我的那个集子，说实话，我读完就读完了，印象也模糊了。近来读了他两篇大抵属于异国见闻的散文，都似乎读也读不完地长，还读不出味道。"真的，秦牧，要不我真的神经麻木，读不出你的散文潜在着的深长意味，就是我确实觉得《长河浪花集》比不上《秦牧杂文》。"他抿着嘴，我感到他在那里抑制着情绪的波涛，却继续说，"至于杂文的新形式，本来是我期望你创造和实行的。我不行。"我说我现在连杂文也不想写了，不是合不合时宜的问题。赵超构，就是林放，有一次对我说他的杂文"不合时宜"（1985年3—4月间，林放给我一本《世象杂谈》，扉页上又题着"一册不合时宜的文章"），但是他肯定鲁迅说杂文应与时弊同灭亡的话，因此又说，"针砭时弊的杂文正是合时宜的"。我赞同这个理解。我不想写杂文了是因为感觉越来越麻痹，反应不出什么了。"好些文章说你的散文提供多种知识、知识性强。绀弩以前设想你将来如不创造出杂文的新形式就会写作抒情、记事、议论三合一的散文，这预言对了三分之二，不是说你不议论了，但知识淹过了议论大概是真的。你现在和以前不同，现在你是一个今朝的风流人物……"默默听我梦呓似地说话的秦牧忽而打断了我的话，说，"别这么说，我还是我。"这"我还是我"使我感动，我却莫名其妙地说出"人也往往身不由己"这样一句话。他倒立即反应，"对啊，人也往往身不由己。我刚才想起我们头一次在喝咖啡谈话，我想你是理解我的。现在你这句话使我感到一种慰藉。实际上，我有时感到，连声誉都会给人定位，好像给打了穴，只好呆在那里不动了。"这后面一句话说得很准确，我说，"你这话展开来就是一篇新形式的杂文。我刚才没说完的话就有这个意思。我在你还在享受赞歌的时候给你乱弹一阵无谱无调琴，你会不愉快的，可你不作声，你在容忍。我觉得你容忍未必全是看在我们相识几十年的分上，而是你心里有一种……我不知道怎么说才确切的矛盾。"他沉吟了一下，说"还没有一个朋友这样坦直说我心里有矛盾。尽管大家都明白谁的心里总是有这样那样的矛盾。我们应该常常谈心，可是遇在一起的时间太少了，今天也不能多说了，我看你是强打精神同我说话，有点气喘，脸色也红得不正常。现在我送你上楼去吧。"我说："不必了，你该去听发言了。我回房间去。我这人一兴奋起来，话多了，连头痛也感觉不到了，一静下来头可就格外痛。"于是彼此分了手。说不出为什么，我感到这次谈话真有意思也真没意思。

半个多月后，我践约到广州，"越冬"去住在广州医学院林道平、萧玉英夫妇家。二月里一天上午，我和玉英一同去看秦牧（玉英的病人中有几个是秦牧的朋友）。从新加坡回来不久的秦牧却似乎还在作家代表大会的氛围里，和我几句话说罢就说这次大会"具有重大的现实意义和历史意义"，说夏衍就作了这次大会"是文学界的遵义会议"的"崇高的评价"。我也觉得这次大会有动人的新意，但后来的几天会我因病没能参加，饮食也是由同住一室的贾植芳帮我去请服务员给拿上来的，因而缺乏了解。秦牧说，"这次强调创作自由，就是很突出的"，我说"是很突出"，但是创作从来就是自由的，有哪个作家创作的时候给夺走了笔。他诧异地看了我好一会儿，换了话题，说："你想，王蒙和刘宾雁都当选了副主席，这最起码说也是很不简单的。"我对此不明白也不诧奇。我也明白也诧奇的是他随后说这次选理事时他"得到的票数居第七位。在全国作家中排第七名，这对我的评价不低啊。"十来天前我说他是"今朝风流人物"时他立即说了感动了我的话，而现在他说的话却激起了我一说出便立即后悔了的冲动的话："我现在是全国政协委员。"这出了他的意外。但他马上说："这是遴选，是审慎选出的，是对你的评价啊。"我接着又听他说他是广东省人大代表（几年后他成了全国人大代表）。我为我惹出这纵然只是一小场的没趣的谈话而十分懊丧。秦牧还说了些什么，我都没听进去，简直一心想逃走。秦牧说了又说"在我这里吃饭吧，"我才恍恍惚惚地醒过来，说"不要了"，他说"那我们出去吃西餐"，我也说"不要了"，——不知道为什么那么固执地拒绝他的一片诚挚的心意。离开秦牧家才走不远，天就落下雨来，而且很快变成大雨。撑着玉英的一把小花伞别别扭扭地绕过一个个积水的洼地进了一个个饮食店，却偏全是满座。玉英说："秦牧请吃饭，你为什么偏不。现在淋了雨还吃不到饭。"她想不到这场雨淋得我心里好痛快。我知道了：秦牧请我吃饭，我为什么偏不。这虽然不过是我在当时情况下的一种情绪反应，却还是有潜在这情绪里的意识内容的，这就是，秦牧和我多分不会再谈什么内心矛盾的话了。当然，这并没有伤害我们友谊的一丝一毫。

回到上海不久，他寄来了《秦牧自选集》。1985年残夏，我写信请他给何满子和我共同主编的《大学生文学手册》写篇与大学生谈文学的稿子，不到十天就收到了这篇稿子。信里还表示赞赏这部手册的选题（手册出版时却被改名为《青年文学手册》，他特别来信说"还是原来的书名好")。1988 年，我给了他一册我和满子合作的《文学对话》。我在离开广州回上海时特意去向他告别，莫名其妙地走岔了路，找不到他的家了，亏得路莘记得他的电话号码给他打了电话，他说他马上出来并真的一分钟光景就笑意满脸出现在我们面前了……

1995 年 10 月 19 日，笔直小斋

怀念高放

从 40 年代到 80 年代的半个世纪里,我至少知道有三个名为"高放"的文人。我不时怀念起来的高放,则是本名陈本肖、40 年代开始在重庆随后在上海发表杂文和小说、50 年代是泰州文协负责人之一、1963 年并非只是他个人的不幸地夭亡了的高放,1944 年初我在重庆与之一见如故、相处在一起却总计也不过一年的朋友。

那时我们同在中华书局总管理处工作,同住总处三楼上集体宿舍内一个拥挤着二十四个床位的房间,同样醉心于外国文学——首先是 19 世纪的俄罗斯文学和承继它的现实主义传统的苏联文学。不同的是,他从泰县来到重庆才大约半年,进入中华书局总处业务部才是他生平的第一个职业;我却——用我父亲的话来说——"从小就是流浪儿",已在闽赣做过三家报纸副刊的编辑,单在重庆的一年里就已失业了两次,中间("皖南事变"期间)还在曹聚仁吹嘘过的"新赣南"坐过蒋经国那个墙上大写着"人人有衣穿 人人有饭吃 人人有房住"——就是不实实在在写上"人人不得行"的监狱。还未名"高放"的本肖使我吃惊地羡慕我并不在意的这不过四五年内的人生况味，以为我"经验过这么复杂的生活，人却还这样单纯，准能写出真小说"。他还不知道我在第二次失业的将近三个月里已经写了一部小说——可说是赣州狱中记的《网》，只因自己不满意，想再重写却又只能暂且搁在破箱子里。他则正在写小说。几乎每晚七点钟一过，他就脱下长衫爬上双层木床上层他的铺位，枕头放在腿上，硬面练习簿子放在枕头上，在人声噪杂里弓着背写起来。谁也不知道他在写什么——有人说他写日记，有人说他写情书，直到睡在同他一张床的下铺的李曼博，一星期来在业务部工作两三天的李景骞（自称最喜爱苏曼殊的作品，所以别号"曼博"）有一晚当众宣告他"发现了'蒙古马'是在写小说"。我留意到本肖在勉强地否认的同时战栗地抑制着气忿。第二天他对我说："这家伙趁我去小便偷看我的本子，可恶！"我说曼博很可能是一时好奇心发作了。他说他不愿意东西还未写出来就让大家知道。我觉得这个心理又是他和我共同的，却又一下子起了打破这种心理的冲动，马上拿了我还待重写的《网》给他去看。"哦，这么一大叠。"显然感觉意外的他说，"我可是写短篇，第一次。以前只是写小品。等写完初稿也给你看。"从此我们互相看原稿，他写小说和杂文，我写杂文和评论。

"蒙古马"是李曼博给本肖起的绰号。曼博是个感觉灵敏和性格活跃的人，唱得一腔漂亮的马（连良）派的《甘露寺》、《空城计》，喜欢给人起绰号。同房间的一个也在业务部的不到二十岁的孤儿，没人看到他用过梳子，一头蓬勃的冲冠的怒发，生气虎虎，曼博叫他"公鸡"。好些人也这样叫他，以至于我离开中华书局总处后记起他来也说不出他的名字。还有总务部的老文书王昉（由于从他才认识这个"昉"字，才记住了姓名），是同房间里最年长的一个和善的人，戴着深度的眼镜，动作迟钝，可在生活上热心关怀"公鸡"，曼博给他起号"老母鸡"。谁这么叫他一声，他立即回应"你叫我有什么事吗"。但曼博对我起不出绰号。他给本肖"蒙古马"这绰号，也没有一个人认同，因而也没有一个人跟着叫。人们大抵以为蒙古马总是慓悍的，本肖虽然比曼博高一个头，比我也高些儿，肺部受着结核菌凌虐的身体却是羸弱的。他穷得只有一双布鞋，暑季之外总是穿着同一件灰黑色毛呢长夹袍，可买起书刊来不怕花钱，从下巴到鼻梁的大口罩也一买就是半打一打的。为了不"害人"，他和别人在一起时总是戴着大口罩，冷天门窗全关了，他更是连睡觉也不拿掉；同别人说话只在别人听不清他说什么时才从一边耳朵上取下带子稍稍放开点儿口罩说话。他免不了咳嗽。他仿佛练出了低下头用下巴压紧项下突起的胸骨、在加上一只手捂住的口罩下面紧闭着嘴几乎无声地低咳的本领。他因此一天要换几个口罩，早晚盥洗时都要洗口罩。我常常为他那样挣扎地控制咳嗽而焦急，徒然自己紧张地替他使劲，三番四次要求他别那样克己待人了，他却对着我不作声地敞开一脸的傻笑，好像笑我傻，好像笑他非得那么傻。

3月尾，七八人合住在的集体宿舍小房间里的文书、学着艾青的诗写诗的刁旸谷同他们总务部的陶慧英（陶冶）和一个有些年纪了的姓郭的人商量要组织一个文艺社，出版个文艺刊物，来找我参与其事，于是我邀了本肖和曼博一同参与。本肖在我受刁旸谷之托而写的冲流文艺社同人致尚未相识和业已相识的青年朋友的信的同人签名上，第一次署名"高放"。原来，商量文艺社叫什么名字时，我提了一个"高流"，被否定了，说"这比上流还上流，太骄傲太自高自大了"，后来改叫"冲流"。事后本肖对我说："冲流，的确有气势，有冲散文学现在闷人流风的抱负。但是'高流'怎么就是自高自大呢？人自视太高不切实际是不好，人的志向和目标就非高不可。我现在就叫'高放'，给自己定下崇高的目标，毕生在文学上为达到自己所能达到的最高度，放出即使是星点的光而奋斗。尽管我现在还只是个文学的学徒。人活着总不能有一枝笔有一颗心却对着周围在欺诈和压迫下的叹息、眼泪无动于衷无所作为……"他没能说下去，一阵使他来不及采取他的控制法的咳嗽扯断了他越说越保持不了平静的话，还逼使他捂着大口罩连忙走到宿舍外面的大晒台去，——准是嘴里含了一口带着血丝的痰。可这未完的话已是我们所有交谈中他一下子说这么多话的唯一的一次，而且不让气喘干扰地一口气说着长长的句子。一个两肺虚损的人的心灵的强毅真能撼人。然而文艺社不待成立就消散了：刁旸谷害了什么怪病被送进了医院不久就亡故了，那个姓郭的人（自告奋勇管理大家凑出的不多的钱并租了一个邮箱用以接受相识和不相识的朋友的来信和来稿）离开中华书局总处去邮局工作就不再来了。

本肖因此开始了向报刊投稿。我读过他以"高放"笔名向《新华日报》、《国民公报》等报纸副刊投寄的好些他只愿称之为"小品"的杂文原稿。我特别喜欢其中的《青衣文人》。那时，在战争烽火里的"陪都"重庆，庄严的工作在艰困地跋涉，荒淫与无耻都公然地畅行并横行；接受时代的要求并参与时代的呼声的文学，头顶的上方悬着蒋官家加以中国化了的渗毒的"达摩克利斯剑"，风花雪月匪彝惛淫缠绵悱恻的东西则以其拍合迷醉人心麻痹社会的文化统治政策的要求，风靡文坛，开展其帮忙与帮闲并举的事业。《青衣文人》就是针对这个现状的，但表现形式上是就其代表性的以标榜一个文人每个月写作一本新书出版的《三思楼月书》之所以能够快产多产易产的内容发点抒情的评议的。就在写这篇杂文的前夕，他看到并指给我看了一部小说里的谁问一个女青年"你'月刊'出版了吧"（原话可能不是这样，"'月刊'出版"则肯定没错）。他随即认为，编集好些人的诗文的"月刊"既可用以表示月经，那么一个作者每月出版一书的"月书"简直就是如此，"那个作者诚实些就该自号'彩旦文人'。但他一定自视是个正旦。好吧，就叫他做'青衣文人'，反正他假嗓子哎呀呀呀呀呀唱，唱得还是一本邪经。"

但是完成每一篇作品都花他许多功夫。这因为他认为作者献给读者的只应该是自己认为确实是好的作品，因此自己必须是自己作品的第一个严格的批评者，因此不能不认真不能不郑重不能不谨严。他对读者因此又是抱持着真诚而且谦恭的态度的。他认为不能把读者当做只配接受或只应接受作者的意见和情感的人，否则就是对读者的不尊重，是否认读者已有或能有自己的见解和爱憎，也是表明这样的作者本身并不值得读者尊重。他区别"小品"和"杂文"，说自己写的只是些小品而已，因为他"学不到杂文基本特征之一的内在逻辑的严密，小品抒情性大些可以比较漫散"。他写短篇小说对自己有尤其苛严的要求。他的《蒙古马》，我在重庆读过三次原稿，觉得在一次比一次写得精炼的同时愈是鲜明了人物即"蒙古马"的性格。1947年我在上海时，又从他从泰县寄来的一期《文艺复兴》（这是上海出版的刊物，我可只看过这一期）上读了终于发表出来的又精简过了的《蒙古马》，却又觉得他这回反而削伤了人物性格突出的特征，比不上我从《大公报·文艺》上读到的他的《野渡》里人物个性的分明。我给他写信说了，却直到1949年6月里我离开1947年前往的台湾暂且稽留香港的时候，他才在一封来信中说了两年来的通信中从不提到的事：那个刊物上的《蒙古马》并非他又作过"精炼"，他"感激编者给发表了这个短篇，也尊重一般刊物编辑拥有的删改来稿的权利"。"现在一个新时代来了"，他"冀望而且相信再也不会有傅东华删改周文的《山坡羊》这样的故事，编者能和作者互相尊重，对认为删改后可以采用的作品，提出意见让作者自己去考虑"。我于是又一次感到，肺活量受着疾病压缩的本肖却胸怀恢宏的气度，处在复杂纷繁的人世间却总是保持着自我的天真的纯洁，——我叹佩我的这个朋友。

有一小段日子，连接1944年和1945年的严寒的约摸二十天里，本肖和我住在镇江寺街背邻嘉陵江的一个只有两张八仙桌的茶馆的楼上。这是我的福建朋友周铮租借来作为他筹办刊物《热·力·光》的地址，知道我正又受着一次失业的苦便让我住在这个还空荡荡的小楼房来的。我住进来了才不过一个星期的一天下午，帮我提着小箱子和小网袋（我捎着一捆还舍不得留弃在宿舍床底下的书）徒步来过这里的本肖忽然提着他自己的小箱子小网袋背着单薄的被子、胸部快速起伏地来了。"我辞—辞—职—不—不—干—了，"他喘着气说，坐到我铺在地上的"床"半躺地靠着墙，听我的话放下了又掏出来要戴上去的口罩。他随后回答我的询问，说了一个我不相信的原因："我要回家好好治病去了。"他说的却是真话。他的职业工作太过烦琐太过忙，休息时间又都用在写作上；难得找医生看病，时续时断地买二十颗三十颗药吃，简直是对病魔的敷衍，当再也不能向遥远家乡的上代人隐瞒自己的健康真情，越是蜗牛似地爬行蜿蜒万里而来的殷殷亲情就越是从惦念、叮咛、祷祝立即综合并飞跃为"游子归来"的焦灼的呼唤……如果我感觉不到和理解不了这一切和他提早辞职的心情（像托尔斯泰那样追求自我完善，他以为买到船票才提出辞职将使他对自己工作所在的岗位长久负疚。他却想不到，辞职书送上去，不到三天就批下来一个"准"），我就枉为他的朋友，不过是段呆木头。可是他决定归去，归去还不得：并非归去避不了经过沦陷区的凶险，先就缺少付得出的路费。我帮不上一点忙。他来和我同住的当天晚上，我请他去临江门吃了山西炸酱刀削面和羊杂碎汤，第二天起就按对付我自己的手段（买一张一指厚、一虎口半径的油羌饼，用小刀划个十字，分成四块，三餐各吃一块，留下一块在明天还有钱买它一张时就今天当点心、没钱买了就当明天的早餐，然后找朋友去要点钱），买两张油羌饼，分一张"盛情款待"他，——只在口袋里有够吃五六天饼的条件下才给他买两个鸡蛋（拿口杯到楼下小茶馆里用滚水冲成蛋汤）"补补"，他却总非倒还给我一半不罢休。他在重庆还有一个同是泰县人同穿着灰黑呢长衫但脚穿皮鞋的朋友，我看到过两三次，仿佛本肖说过这个朋友是在哪个银行里工作的。本肖这时说他已写信告诉这个同乡朋友他已辞职准备回乡，而且提了是否一同回去的询问。但他说：这个人在经济上也许能帮助他一点也许一点也不能，"我不指望"。他能指望的就只是卖掉他放在原宿舍里的四十几本书。我说我留在他床底下的那些书也都可以卖掉。他说他算过了："合起来正好是《水浒》好汉的数目，一百零八"，但是有好多本他舍不得卖掉。他肯定要带走的只有已经放在小箱子里了的，我还记得它们是被译作《爱情，爱情》的《克罗采奏鸣曲》、《塞瓦斯托波尔》、《哥萨克人》、《安娜·卡列尼娜》四种托尔斯泰的小说和我给他的一本罗曼·罗兰的《托尔斯泰传》，一部高尔基的《三人》。有两次，他自己到宿舍里去拿书卖，回来都说："今天卖掉的都是比较舍得卖的，剩下的真难舍了。"可还是非舍得不可。第三次我和他一同去拿剩下的五十三本书，弯腰伛背屈膝歪头把他保护在床底边角里的书取出来，他坐在铺半张报纸的地上接过去分两包捆扎。谁知，我完工了，他却在扶着搁在腿上的一叠七八本书在轻轻缓缓地抚摸上面的一本，仿佛每一抚摸都是含满不尽歉憾无限衷情的惜别，以致我站在那儿动也不敢动。这两捆提到七星岗那家本肖已经熟悉其老板了的书店的书，真的卖得"好价钱"：老板看中其中我留给本肖的都是精装本的四本《汉译世界名著》和三本《世界文库》。本肖还是怏怏然，"好像魂灵给拉扯掉了一大半。"他说，"路费还少了点不要紧，我能够学你喝开水吃羌饼，而且一切六块吃两天！就是这里……"他指点几下总在搏动的左胸，扭断了无须说出的话。几天后，他一直等着的那个同乡的信到来了，可是"只有一句话"，本肖淡淡地说，"说他最近会进城来同我当面商量一切。"于是他就继续等，——虽然从等信到等人毕竟是一大进展，虽然他越发焦灼了。

但是，他还照样和我一样，白天里在地铺上靠着墙坐着，拿几本刊物当桌子，埋头写作。周铮租来的这个小房间没有装电灯，我买了一包蜡烛，开头晚间还凭着烛光写字，有恍惚置身19世纪的陶醉。没几天，就觉得这倒退得太过奢侈了：六枝白蜡烛不到两个晚上就完了。本肖来时我已是只在临睡才点几分钟蜡烛了。本肖倒觉得两人各披被子靠着墙壁半躺着在黑暗里平静而随意地谈天说地讲皇帝，感觉着窗外的川东寒风的呼啸和嘉陵江涛浪的勇猛的交响，既是一种愉快的舒适，还会产生许多意想不到的"灵感"。可无论是在写作的白天还是听着风声和涛声的夜晚，他不时地忽而会说出一个我没有想过的问题。有一次，我们谈话中断以后，他自问自答："巴尔扎克真能用笔做到拿破仑用剑做不到的事吗？不见得。不，不，绝对见得。剑是征服不了心灵的。"有一次，他拿着笔的手握成半个拳头和另一只手摩擦着，忽然问我："托尔斯泰要不是个贵族，他能创作吗？"没有从自己正在写作的思维里转过来的我没听清他说什么"贵族"和"创作"，呆看着他，他拿下口罩重说了一遍，却就接说下去，"肯定能，因为贫民也能创作，高尔基就是贫民。我们也是贫民，不能自馁。对不对？"有一次，他已经躺进被子里了突而又撑着坐起来说："你觉得茅盾和德莱塞在创作上有多大区别？"我说我没看到过德莱塞有色情的描写。他沉重地叹一口气，说"自然主义也有干净的和不干净的"。有一天中午，我们又习惯地并立在窗前吃油羌饼，隔着玻璃看逆流而上的船所依赖的唱着号子的纤工们和敞开外衣威风凛凛地站在顺流而下的船的尾部高处掌舵的壮汉，这回却都被一个驼背的、分明因为两腿长短不齐而分得很开站着、使用双手和胸脯抱着舵杆快速推过去拉过来的老舵工吸引着，我甚至着迷了。本肖却突然问："你比较过契诃夫的草原和高尔基的草原吗？"又不等我回答就说，"我觉得高尔基的草原就是草原，契诃夫的草原可真是莽莽无际的、苍茫的绿光多情地闪烁得叫人忧郁的草原。契诃夫是个医生，偏偏也害肺病，人家说他的作品有各样的忧郁，不晓得为什么感受不到他献给人类的那么宏远的爱和追求。"本肖的这一类忽然想到或忽然感到的话往往使我想起我对他说过的两句话："法国生物学家居友讲过，花的开放纵然就是花的死亡，花还是要开放的。作为作家的居友却忘记补加一句：因为花深深了解它负有传承的任务，向人类世界奉献美和芬芳。"我对他说这话那时是为了给他鼓气，他这时说的这类话，我觉得已是在策励我了。

可是，本肖不知等了多少天了的那个同乡终于突然来了，本肖和我也就到了相聚以至相见的"末日"。上午十点多钟，这个人在楼下小茶馆门外叫喊"陈本肖，陈本肖"，本肖从这边的窗子往下张了张，举了一下手，就边走向楼梯边对我说"他来了"。恐怕不过五分钟，本肖就又急冲冲上来了。由于心急气急又急着收拾他的东西，说着不成句而可以明白的话，就是"他要我马上搬东西跟他走，便车在下边等着，什么话都到了他那里再说。"我帮他打被包，问他"不来了吗"，他说"不知道。路费没问题了，你放心。"总算有了应当感激人家给予的安心了。

这以后，本肖和我只有不多的通信，我还越来越少从报刊上看到他的作品。50年代初期的《文艺报》上时有署名"高放"的文艺短评发表，从那文字给我的感觉，我以为是他改变了风格，特意写信去问，才从回信知道这个高放并不是他，才知道他"还在努力写的只是短篇。然而仍然写得很慢很慢，因为总不满意，总是改了又改"。他看到我在《文汇报·文学界》发表的杂文，写信给我表示他"不喜欢这种也许是爱伦堡的国际时评式的杂文,为什么要改变你以前那样又犀利又含蓄、又无情又热烈的杂文风格呢?"这使我1952年出版的《论战争贩子》都怕寄给他了,——虽然我后来不复写这种他不喜欢的东西。1953年我给他寄了一本我的《〈阿Q正传〉研究》,过了几个月的一次给他的信里问起,回答是"没有收到",我可也没有可以再寄给他的书了。但他看到《文艺月报》上对我这本书的批评,信里说他"很不赞成那样子批评的武断语气,而且踞守在瞿秋白那里却又没那个水平。但我没看过你的书,不知所以。只望你置之不理,只写自己要写的"。想来有点奇怪的是,彼此都没说也没问彼此的生活和身体的情况,只除了一次他回答我一句他显然认为是足够了的"痰里没有血丝了"。1955年9月或10月里,被陷在胡风案里的我已坐牢几个月后,承审员同时询问我和陈本肖与高介子的关系,完了就问本肖和介子的关系。我不知道他们有关系,他们谁也没对我说过他们是相识的。我只是由此感到,我这两个朋友,还有介绍介子和我相识的老朋友闵文,至少在和我的朋友关系上也被牵连在"胡风案"里受审查了。我后来知道我这感觉是没错的。1963年,四十二岁的本肖太过早地亡故了。这可是最近一个月先后两次问过本肖的儿子陈社才记住这年份的。陈社是在80年代间和我取得联系的。从那时起,他寄给我的一扎本肖的短篇小说,存放在我这里已有十年。每当我拿出来再读这十来篇小说的时候,我总是一面从中感受着这个高放的青春灼热的心激动地参与他的人物的人生命运,——无论那个时代怎样地过去了,那个时代依然是能够了解和应当了解的历史的存在;一面感受着只能收藏无能出版他的遗稿的心着了火的痛楚……

1995. 7

的确是萧军

 1986年，在与绀弩作生死之别的日子和地方，礼堂前面一侧仿佛蒙着一团热气的签名处簇拥着人群。和牛汉一同走近那里，我不想去挤了，便烦牛汉代我签个名，自己就站在原地等他。身高一米八九十的牛汉直起身转过来时，我向他举一下手，随即也转身，手肘却一记撞在了一个人的胸口上。我本能地说出"对不起"，同时看到这个人大着眼睛盯着我，那神态使我感到事情有点严重有点紧张，连忙对他说，怪我太过疏忽，忘记自己站在那儿了。他可又似乎不在意，眼光已射向我背后，背后响起了牛汉的显得诧奇的询问："怎么，你们不认识？"我情绪一下子平伏了，说，"没有见过面。""他是萧军啊，"牛汉说，没理会我的一声"呵"，已是拍着我的肩背对萧军介绍了"这是耿庸。"眼睛微笑了的萧军迅速伸给我暖和的手，开口却吐出我以为即使不是虚伪不是庸俗也总是烂套而嫌厌了几十年的纵然是一种传统"国粹"的"久仰久仰"。"这会是萧军吗？这会是吗？"我心里这么嘀嘀咕咕，嘴唇竟就张不开来回应他哪怕一个"您好"，只听见他说："我现在也去签个名"……

这天夜里，居然又被白天的这回事纠缠得睡不着。

原来，从30年代读田军的《八月的乡村》和萧军的《第三代》后得知田军即萧军以来，从报刊上看到和从别人听来的萧军的故事业已在我的感受上综合成这样一种凝固的印象：一个正气凛然、疾恶威权和世俗、容不得一丝邪恶、热烈于为被侮辱被损害者抱不平的奋不顾身的人间豪侠文坛闯将。这印象也许是由于其中两个故事特别强烈地刺激了我的情感和想象。一个故事是，1945年在重庆我的居室里，绀弩在回答我"萧军萧红怎么会分手"的提问之后，忽而使我莫名其妙地问我"你知道萧军和马吉峰决斗的事吗？"我不知道，连"马吉峰"这个名字也不知道。绀弩又问，"张春桥呢，知道吗？"这个名字我知道。我记得30年代看过、模糊记得是奚如、东平、欧阳山他们的刊物《小说家》，大抵就在刊有胡风翻译的《小说的本质》那一期上，发表也有不是小说家的胡风参加在内的"小说家座谈会"的记录，记录者的署名就是"张春桥"，是个小伙计吧。绀弩说"不错，就是这个家伙"。随即就说，举行鲁迅葬仪的时候，马吉峰和张春桥在角落里说话污辱鲁迅。（我插问他们是怎么说的，绀弩说："谩骂，纯粹是下流坏的语言，我们说不出，也不能替他们说出口。"）萧军一知道就火了，找上门去叫他们到鲁迅墓前去向鲁迅认错道歉，他们不情愿，萧军就要他们出一个人和他打架决斗，他打输了没话说，打赢了他们就非悔过赔罪不可。张春桥又怕死又刁滑，连忙就推出马吉峰，然后拍着胸脯说他当决斗的证人。萧军对他说"好，你本来就不配同我决斗，我打倒了你，你还会到处说我打你是报私仇哪！"（绀弩说明"报私仇"指的是张春桥化名"狄克"写文章打击萧军及其《八月的乡村》的事。我则已从别人听说过。）两天后，——绀弩继续说，——他也作为这场决斗的证人，四个人都到了虹桥公墓，"决斗一开始，刚看到他们两人抱到一起，还没看清动作，马吉峰就倒在地上了，萧军蹲下去一只腿压在他胸脯上，一只拳头在他的左眼睑边上晃来晃去，说，你有种你就说不服，我就让你爬起来再干一场，马吉峰唧唧喃喃，萧军还问他以后还敢不敢胡说八道侮辱鲁迅，他说不敢啦，萧军这才放了他，叫他们自己向鲁迅道歉去。"绀弩还说，他和萧军回头走时，问萧军"你想他们会去吗"，萧军说，马吉峰会去，张春桥就会跟着去，但是"这个混账东西去了也是强盗假正经，在那里想他的拳经"。说罢却哈哈大笑，说这件事其实做得太傻，鲁迅活着的话会不赞成的，"但是，我痛快了，真的，痛快了！"——这个萧军故事，后来还听到看到几次，其中还有萧军自己写出来的，然而"版本"不同，内容有殊，我觉得还是绀弩叙说得充分而且有劲。另一个故事是，1951年春天，我在上海展望周刊社的资料室偶然翻出一小叠可谓过时久矣的《实话报》（只记得是当时苏联在东北出版、浅蓝色纸张横排印刷的），翻阅中发现其中夹有一张《文化报》，上面恰好有萧军的一篇指摘驻在东北、以解放者受到热烈欢迎的苏联红军中有的军人俨如征服者欺凌中国人的文章。我立即记起不多久前从报上看到过并引出我的若干联想的一篇批判萧军的文章，那里面就有举出这篇文章以"证实"所给予的"反苏"罪名的侃侃言词。我被引发的若干联想到的事是：其一，1946年春天里的一天，重庆市街上出现了打着一些学校旗帜的反苏大游行，漫漫散散的队伍里有"打倒死太林"（有的写作"屎大林"）之类鄙恶文字"游戏"的手持的小纸旗，有懒洋洋地杂乱喊叫着也许是最关键的却没法使人听清的"抗议苏联红军残杀我国□□□工程师"的口号。我站在号称"精神堡垒"的小建筑物所在的民权路口看了三分钟，只觉得又可气又可笑：那分明是一场用心恶毒行为卑劣的官家奴才及其用瞒和骗、胁迫和雇佣纠集拢来的乌合之众演出的无耻的滑稽剧。我那时当然是半点儿也不相信"苏联红军"会残杀一个中国"工程师"。可是，1946年5月，我从重庆回漳州取道香港，在那儿等船期的几天里，却从几种报纸上都看到苏联军人在华沙凌辱市民强奸妇女的新闻，有的报上甚至还刊出现场照片。我仍然当然可以认为这不过是资本主义世界的通讯机构出于反苏意志的造谣诽谤、伪造现场。然而，坦直说，我对这样的新闻还是产生了不可信也可信的问题：因为联想到30年代苏共中央尚且出现什么季诺维也夫分子、托洛茨基分子，那就难说出驻外国的苏联红军里出现一些违法乱纪分子便绝对完全不可能，问题倒是在于苏联红军对那些违法乱纪的军人作出怎样的处理。因此，在看到批判到萧军"反苏"的长文时，我觉得它也正是可信也不可信的。待到看到了萧军的文章，我觉得，萧军发表那篇文章在当时国内政治环境中也许不合时宜，但他分明充满正气和勇气地站在中国人民的立场上维护中国人民的不可侮的尊严，这份人格精神则应当是可贵的，——除非认定驻外苏军中恣意违犯军纪及其国家法律的军人正是苏联的典型代表，这才能理直气壮地来对指摘那些违法乱纪的苏联军人的人作出"反苏"的论断。我引为遗憾的是，从那时直到这个不眠之夜，我不知道这回事的后文，不知道萧军有过怎样的反应。我只记得1954年春天，罗洛和张中晓商谈几句之后给了我两辑萧军主编的似乎名为"鲁迅研究丛刊"（似乎是延安出版，哈尔滨重印的），说是胡风先生寄来两套，分一套给我。事后，胡风给我的信里提到，这两册书是从萧军得到的，其中有艾思奇的论鲁迅文对我也许有用。1995年5月，我还来得及看了几十页萧军的《五月的矿山》，曾经因此设想萧军依然是健旺和"秉性难移"的。

可是，恰好即将与绀弩遗体告别时初识的萧军，他对我说的第一句话却是使我疑心他是不是萧军的"久仰久仰"。我想，如果他知道有我这个人，就不会想不到他比我大上十几岁、在文学道路上走在我的前面，因而他使用这种词语倒像是以为我不过是一个鄙俗之至的东西，该受用这一下讽刺。我于是感到屈辱并气恼了，觉得大不如被他大着眼睛瞪着甚至一拳头打在心口上。但我又想，谁知道他会不会是被人生的不公正逼入了恍惚是平安所在的世故风习里呢，他不是说他是"出土文物"即成了供人观赏的古老东西吗？——结论却其实应是：我过度太甚地偏执着成癖了的对于"久仰久仰"的憎恶了。

　　第二年，也在三四月里，也在北京，远望楼前楼那个颇为宽敞的是通道又是大厅的底层，晚餐后聚散着住在这里的全国政协委员和工作人员。我匆匆绕过从餐厅出来走在前面的人们往也设在那儿的卖品部走，去买烟，却蓦然被一个喊着我的迅疾的声音扯住。我回头仰着脖子东张西望找人，人可在我面前发出"喂"了。"呵，萧军，"大出意外的我几乎是喊着说。他却笑了，拍一下他胸前和指一下我胸前都别着的出席证说："你想不到，我也想不到。我们第二次奇遇，嘿！"我才在心里告诉自己这才是萧军哪，并一下子想起旧时他、萧红和胡风深夜里在上海法租界大街赛跑的故事，他已经发问："你怎么不在文艺组？"我是在新闻出版组。我想——对他来说准是多余的——告诉他，这个组里有好几个也是文艺界的人；绀弩生前也就在这个组，不过这几年他都没来。"老聂，唉……"他叹惜绀弩，好像要往下说什么，却忽而显得有点兴奋，拉着我的胳膊说，"我们到沙发那边去聊聊，"一面就向他身旁在交谈什么的两个人抬高了张开的手，说："你们先回吧。"于是我跟着他走向不过十步外、我和徐铸成几次晚饭后坐在那儿吸烟的一排中间隔着几个茶几的沙发。这时那儿也正有几个人在悠悠然吞云吐雾。

　　"你知道吗，"等不及走到那儿坐下，萧军就发问道，"我这个人在文物单位里搞过文物研究？"我不知道。我可是知道，"文革"终于完了之后不久，他说他自己是"出土文物"。我边说边就笑了，他也笑了，边坐下，边摆手示意我坐下，神情严肃起来，说，"那不相干。你听我说。就是在那个我给当成摆设了的日子里，我读到了你那本《〈阿Q正传〉研究》，读得浑身滚烫，痛快极了，你一下子就使我吐掉闷了十几年了的窝囊气！不，"他使手掌挡住我，使我要挤进去一句"你太夸张了"都不可能，迅速继续说，"你听我说完。在延安时候，有一次我和艾思奇谈鲁迅，他那时刚写了一篇很长的论鲁迅的文章，"——我立即猜想这准是发表在似乎名为《鲁迅研究丛刊》里的那一篇，——"我觉得大抵还好。可是一谈到阿Q，我和他就争论起来了。简单说，他认定阿Q是中国国民性消极方面的典型，阿Q的精神胜利法就是这国民性的主要特征，一般说来是中国人普遍具有的。"我忍不住抢问：艾思奇写过这样的文章吗？他只摇了摇头——好像表示"没有"也好像表示"不知道"，——不歇口地往下说，他不同意艾思奇的这种见解，他诘难："照你这样说，赵太爷和阿Q还有什么分别？"他得到的回答是：当然有分别，剥削与压迫者同被剥削与被压迫的分别，"但是精神胜利法是双方共同的。你以为只有被压迫者才拥有精神胜利法吗？""我火了，"萧军说，这是搞"混账"转移问题的中心，但他耐着性子，换个明确的方式提出"难道精神胜利法在不同阶级的人物身上没有区别"的问题，他想不到这次得到的回答还是武断的"当然"——"当然没有。鲁迅自己就提到过，《阿Q正传》还在报上连载的时候就有各种人觉得自己挨了骂，这就够叫你明白。"他立即回应："我明白的不是你说的那样。鲁迅提到的是别人的话，许多人觉得自己挨骂，是因为小说里写到的某些事情使他们以为是揭露他们各人自己的隐私。你可以以为许多人或各种人就是包括分别属于各个不同阶级的人，但是你不能把他们各人的隐私统统认作是精神胜利法。这一下子使他好一会开不了口，然后缓缓说，'如果科学地分析起来，不同阶级的精神胜利法在具体的表现上是会有所不同的，但是本质上是同一的精神胜利法，都是唯心主义。'这使我也默想了一下。我觉得他的话有点道理，然而是骤然听来才觉得有点道理的。我向他指出，如果科学地分析起来，对不起，你要不是把不同的阶级统一于人，你就不能说不同阶级没有它们互相区别的本质；你要是承认不同的阶级各有各的本质属性，你就不能说阶级属性对立的赵太爷和阿Q的精神胜利法在本质上是同一的精神胜利法。他争辩：他说过了，同一的本质会有不同的具体表现，赵太爷和阿Q的精神胜利法的具体表现，就像本质是水，具体表现却会是黄河长江直到你正在喝的这口茶。"——我立即有了把艾思奇和萧军的对话记录下来的想法，一面听萧军继续说下去。"我马上反驳：茶的本质不单是水，主要的是茶叶，否则你喝的就是水不是茶。所以，我不能像你那样以为赵太爷和阿Q的精神胜利法具体表现不同而本质是同一的，我以为刚好相反，两者的精神胜利法不同，是两者的阶级性本质不同的表现。老艾说，他承认我的话在理论上是不错的，他已经说过压迫阶级和被压迫阶级在本质上是对立的。'但是，'他说，'在实际上，事情复杂得多，比如，资产阶级著作家摩尔根（《古代社会》的作者）和马克思的思想本质同是历史唯物论，虽然深广度是有区别的。赵太爷和阿Q精神本质就同是精神胜利法，也就是这样的一种现实现象，要不然，你说说看，他们精神胜利法的区别在哪里？'这一将把我将蒙了，因为我本来就不曾想过这个问题，一时也想不出，尽管不服气，也一时哑口无言了。但是这个问题从此就闷在我心里，反复思考过，还同周文、吴伯箫几个人谈过。答案不是没有，总不满意，直到看了你的书。雪峰说了阿Q的阿Q主义——精神胜利法，用来描写地主和买办等等人物，也一样可以取得艺术上的成功。这个说法简直是从艾思奇来的。你在批评雪峰时，非常明确指出，地主、买办之类剥削阶级分子的精神胜利法的'胜利'是从他们凶残吃人的经历来的，在他们的内部斗争中失败了的一方不甘心失去了或被削弱了凶残吃人的威权，又不能夺了回来，于是来了精神胜利法，它的本质是吃人的凶残。阿Q的精神胜利法，那'胜利'是从对剥削和压迫阶级的反抗要求而来，反抗要求产生胜利要求，只是由于胜利要求还没有可能实现，便在内心里'精神'上生长起来，歪曲地流露在相应的言行中，它的本质是对于吃人势力的反抗，为了争得人的权利。好极了，使人豁然开朗……"我忍不住截断他的话，声明他不仅补充了我的那点儿理解，还简明地表述了深刻的内涵，可见他本来至少是已经有所理解了的。他说"不是这样。应当说我是恍然大悟，因为道理本来应该是不难明白的。事实上，要不是这样，我怎么这么久了还忘不了你的名字？"随即叹口气，说"不幸没再看到老艾。他那时倒是说过我们是偶然谈这问题的，彼此事先都没想过，认真思考思考再谈。"这个感慨刚开始便结束，他忽而笑了，给我"说个笑话"：那时有谁（他说个我不知道的名字，我记不起来了）对他说，"这本书的作者耿庸是胡风的化名"，理由是："胡风和雪峰是老朋友，不好那么尖锐地批评雪峰。"这个"笑话"我听说过：现在在河北大学的雷石榆1953年间给我的一封信里说，有几个朋友对他说，耿庸准是胡风的化名，他对他们说"不，耿庸是我的朋友！"他不笑了，说出一句使我汗颜的话："这就不该还是'笑话'了，这就该认作是对这本书的高度评价。"我告诉他，这本书的原稿在1952年文艺整风中写出时，是请胡风看过的。胡先生提了二十来点意见，都是关于用词的，现在能记得的很少了，只记得我用"堕落"这词，他就用铅笔在原稿这词所在的那一行上面点个"·"，再在另一张纸上也"·"并写页数（我没有在稿上写页数的习惯，这稿上的页数也是他填写的），然后写"堕落，是不是换个说法，如退化"；还有"精神奴役的创伤"，原是他的用语，他也加"·"并在那只一张上写明页数后写道，"这曾经使人（香港）

看得很不舒服，我想改换，想不出更恰当的。你考虑一下，能换就换"。我接受的另有几条，像"精神奴役的创伤"这条，就没接受。我还对他说，列宁用过"精神奴役"这个概念。我那时记性顶好，连见于哪书哪篇哪页都告诉他（现在只记得是在《马克思恩格斯和马克思主义》这本书里，书是莫斯科外文书籍出版局出版的）……萧军拦住我的叙述，看来他觉得这太烦琐了，干脆说："应该重印你这本书，写一篇长长的后记，把什么批评和雪峰重写一篇论《阿Q正传》这事统统写进去。只见批评不见反批评，甚至不见被批评的书，这种现象总不该长命百岁。"我诧奇他怎么留意到我这本小书的幸乎不幸乎的遭遇，我只回应了一句：已有一些认识和不认识的人向我提出过重印的建议，我可找不到一个出版家，更别说出版商。他说："你不会找牛汉他们?"我说"不行，不能叫他们为难。你看《胡风评论集》，印数一卷比一卷少，不光是叫读者买不成套，还叫读者少读到或读不到《论现实主义的路》那样的好文章和评论集后记。"他重重地捶击了一下自己的大腿，嘴巴没作声，脸上没表情或有的就是没表情的表情。但谈话没有因此结束。缄默一阵之后，从胡风的人生悲剧说到了绀弩和雪峰的人生悲剧。他甚至说到他和我"因为是小角色，算是走出了悲剧，也许不过是在悲剧里换了些台词"。我却觉得，悲剧的角色纵然死了，他的人生却还存活着：或者存活在加以各种解释的一个个演员那里，经历一场场撕碎了或丑剧化了的惨剧，从而更加不幸；或者有幸遇到既能感觉别人的肉体痛苦更能感觉到别人的精神痛苦的人，为了终结这样的人生悲剧而真实地展开悲剧人物的人生悲剧的历史内容和现实价值。不过，我没记住这方面的对话，便只好让它几乎空白了。

我们互说再找个时间聊天和再见时，大厅业已没有了别人。我回到后楼住房立即拿了纸张记录萧军和艾思奇的对话，才忽而意识到我居然三四个钟头没吸烟了。

离开北京回上海的前一天下午，姜椿芳告诉我萧军在找我，说："他到这边来过，问不到你这个人，查看了新闻组的名单又查了全体名单，也没有你这个人，可是他上星期明明同你在前边谈了几个小时话。他不知道你在这里不叫耿庸，你怎么没告诉他？"老天爷，萧军和我都压根儿没想过需要了解对方的身世。老姜说，他是昨天大会闭幕后在诗词学会的一个朋友家里遇到萧军的。"你们等有机会时再见吧，机会总是有的。"老姜说。

尽管我很想，我可无福再见到萧军了！

绀弩片记

　　忽然在一册 1979 年出版的刊物里翻出来夹在里面、找得好苦也没找到的绀弩八首七律初稿的手抄件。有四五首未见发表过，可也许正是因此它们特别打动我，还使我记起一些往事来。

　　川西逐客更西征
　　只有头颅可代行
　　方诩心期秋水涸
　　忽惊血压海潮生
　　戚忧贫贱平生事
　　衰病流徙未死情
　　三十万言书大笑
　　一行一句一天刑

　　乾坤斗大一囚颅
　　四顾千山无赭衣
　　血压猛高情仿佛
　　大人难说势岿巍
　　山中木落权枯卧

陌上花开自爱归

三十万言书好在

岂真吾道遂全非

尔身虽在尔头亡

老作刑天梦一场

哀莫大于心不死

名曾羞与鬼争光

余生岂更毛锥误

世事难同血压伤

三十万言书说甚

如何力疾又□□

　　这是8首诗中总题《血压》的3首。末首末句末两字，算我故意看不清也罢，空以待补。诗，显然是写与胡风或怀念胡风的，写作时间，从首句看，想必正当骇人地惊天动地着的"文化大革命"初期。也显然，绀弩当时是无从寄与胡风的，兴许写完之后，就用头脑取代了纸张，化有形为无形，"毁灭罪证"了。但我该立即否定这个"兴许"。绀弩敢于在那个时候写这样的诗，绀弩也就敢于把它保存下来。人以为绀弩"吊儿郎当"、"自由散漫"，绀弩内心则同于这些诗，是谨严、热烈、勇敢的。

　　但那时写这样的诗，我看并非只在于绀弩比姜维有更大的胆，更在于他和胡风有着相知的深切的友谊，对胡风的遭遇有着感同身受的苦痛，也由于他的正直和正义。

　　1986年3月下旬，我在北京，梅志让我看她回忆胡风1955年到"文化大革命"前夕在冤狱中的《往事如烟》的原稿。那里面实记下来绀弩和他夫人周颖在自己蒙难之中对胡风夫妇的真诚的关切和支持。这令人十分感动的旧事是我过去所不知道的，但这正是绀弩在胡风出狱不久便被迁解四川时候所作《寄瘦弛四首》的情绪注解。下面就是《寄瘦弛》之一：

> 人有至忧心白发
> 诗经大厄句长存
> 十年暌隔先生面
> 一勺仓皇万里行
> 最念风云龙虎日
> 不胜天地古今情
> 手提肝胆轮囷血
> 斜倚东窗到天明

梅志文章的原稿里原来还用别号代替绀弩和周婆的名字。当时，胡风逝世半年多，才开了追悼会不久，绀弩心脏尚在跳动，"值得注意"的"历史经验"显然使梅志慎防给卧床多年的绀弩招致哪怕是微不足道的不安宁。这令人感慨。记起来了，也就是在1979 年初冬，我转抄了绀弩的这八首诗，寄给刚知道所在的胡风，胡风回信说，耳兄诗，怀念之情实深。"哀莫大于心不死，名曾羞与鬼争光"一联，更是大出意外，十四个字几乎代言了他真实的精神状态和命运。前一句还和鲁迅先生的"于无声处听惊雷"一并烙印在记忆神经上了。1982 年冬，我到北京，黎丁陪我去看绀弩，我一提到胡风就他的诗所说的这几句话，躺着的绀弩两手一撑床就坐了起来，眼睛放光，却有一两分钟才说出话来："这是老胡的话。他自己就是当了面也不会对我说，他这人……"但他也并不接着往下说，忽然问我"胡风到底几岁"，说他一直记得胡风少他一岁，怎么变成大他一岁起来了。我明白，他这是在平静他的激动。我的年长的朋友们，羞于显现他们相互的感激。遗憾的是，3 月 26 日，我约定黎丁两天后一同去看绀弩，想把梅志回忆胡风的文章里对他和他夫人的感激带给他，当晚却得知，绀弩几小时前若无其事地离开我们，走了。

佛陀弥阿！

曾经不止一次，我遇到这样的问题："聂绀弩 1955 年怎么没有给打成胡风分子？""1954—1955 年那时，聂绀弩揭发批判胡风吗？"前一问题，问我是问错了人；后面那个，一半时间里我没看到，一半时间里我看不到，只能答曰"不知"。然而我又知道，绀弩是"批判"过胡风的，只是早于 50 年代，——这和我知道他后来为什么转向古典文学的研究一样。

1949 年 6 月初，我挈妇将雏从台湾到了香港，却遇上交通上的障碍，一时未能如愿返回刚解放不久的上海，只得暂且住下来了。是多亏朋友徐玆的帮助，在他所在九龙梭椏道上的中国劳动协会的一个小房间里借住的。徐玆告诉我，这小房间是不多久前回大陆去了的绀弩的居处。那床底下还乱七八糟地扔着大半是顶便宜的宝剑牌香烟的许多空罐头，我想这也真是绀弩的满不在乎、若无其事的气质在生活上的表现（而我的妻子王皓说："你摇什么头，你自己还不是这样"）。也就是住在这小房间的日子里，我读了在《大公报》的一个朋友——忘了是罗承勋还是严庆澍——给我的《二鸦杂文》。"二鸦"是绀弩又一笔名"耳耶"（胡风有时因此称之为"耳兄"）的特选的谐音，其意思可不是次于或倍于被称为"乌鸦"的曹聚仁，倒更近于"十三经"之一的《尔雅》这个书名。但这不去管它。要说的是，这杂文集里有一篇我记不清题名来了的文章，是关于"游泳须到水里"——"到水里未必就能游泳"——"在沙发上能游泳吗"的论辩，在批评胡风"强调"作家的主观精神在其文学实践与生活实践相互关系中的作用的见解。这个关于"游泳"的论辩即批评主观精神作用，我还在台湾时候就曾从香港印的一个刊物上看到它如此公然偷换概念、燕说郢书的开场了的，到1954—1955年更是见识了它在大张旗鼓中的发展，即达到了断句取义乃至改句造义的高超水平。绀弩此文，就是在40年代晚期，看来也业已是甘居中游。但我仍是边读边不以为然，并非由于他使用了讥刺，他倒是语意婉转，嘴里像塞着难化的糖精块似的；觉得他何苦给别人的也叫做理论的某论点作加点儿芥末或花椒调味的演义。很想找绀弩聊，可他在哪儿呢？

这年11月，我到了广州。12月，想必是秦牧给提了名，我这个还找不到职业的人被通知去参加华南文艺工作者座谈会。下半天的会开了有一会儿了，绀弩忽然出现在会场上，并被请上台去讲了几分钟话，完了就被几个人陪着走。我追到楼梯口喊住走下去了的绀弩，问他住哪儿，他瞪着我叫了起来："哎，你不是在台湾吗？"立即又说："我这就走了，后会有期。"于是摆手。我也摆手，心里可不大高兴。正走回会场，他忽而跑上来叫住我，说："讲一句话：你跟×××讲话可不要像跟我讲话一样。"我莫名其妙。我还不认识这个人呢，就问他何苦写那篇在《二鸦杂文》里的文章，而他，刚说出"没有这回事"就记起来了这回事，伸一只手指点点我的胸口说，"叫你写你也得写"。于是转身，又摆摆手，走了。他这一句话却绕缠了我许久，怎么也不明白这是怎么一回事。

1950年6月或7月，我打算给我所在的那个可怜巴巴的晚报办一个文学周刊时，胡风给我的一封信里说，不知道我见过了×××没有，没有的话，该去见，接受领导和请求指导。我没去见，不是不接受领导和指导，是文学周刊没能办得成，不久后还离开了这家晚报，离开了广州。然而胡风信里的这话使我记起已经忘了的绀弩特别对我"讲一句话"的那一句话，并且恍然大悟了：绀弩知道我这人虽非无法无天，却是无上无下，同谁说话都是没分寸的。这也的确是我的"死症"，尽管后来因此很得了苦头的教训，"老实"多了，毕竟没有"改造"到全部、彻底、干净消灭之类的程度，至今还时而颠颠顶顶地开罪张三或李四。也从而记起在重庆时候绀弩一次与我谈胡风的话来了。绀弩说，"鲁迅说胡风鲠直，易于招怨，说准了。不过我想再加一句也无误：胡风天真，易致曲解。有那么一把年纪了，五花八门的社会码头跑那么多了，又是个理论家，你那么天真，不看你是作假才怪。但是我说这话也是天真，对别人说就难免沾一身腌气。"后来，1954 年间胡风上三十万言书而大受批判那时，也有的朋友说胡风天真。再后来发生的事就无须说了，而我直到那时才真觉得绀弩就算不知世，却是知人，也自知的。不过就是这样也不见有效，过不上几年，他就给打成了"右派分子"了。

1950 年 10 月，我已在上海。一次，对胡风说起在香港时看到绀弩批评他的那篇文章。那文章发表的当时或前后胡风也在香港，但他竟然不知道。他听罢，微笑起来，说："他不好不写吧，"接着还肯定"他写了比不写好"。这简直和绀弩指点着我的胸口说的那句"叫你写你也得写"一个样，使我莫名其妙。

但我终于不那么莫名其妙，也有点懂了，——因为得到了"舆论一律"说的教育，触类旁通，明白了绀弩所说的"叫你写你也得写"和胡风之说绀弩"不好不写"的道理了：敢不如命吗？

然而绀弩也真是大杂文家，非但其所作杂文称得起是杂文，也非但其古体诗是杂文的诗、诗的杂文，还连他这个人也是岸然的一首杂文。我是说，40 年代在香港，他"得写"别样的"遵命文学"，在"文化大革命"时期的大陆，他偏独唱"三十万言书好在，岂真吾道遂全非"，他就以"人"完成一篇独特的人生大杂文了。

> 1986 年 10 月 19 日，正当鲁迅先生逝世 50 周年
>
> 匆匆写于不思室

满涛片记

　　1978 年冬的一个阴天，大抵因为厕所里只有一个正在刷洗小便池的我吧，单位里的一个同志、多年来看到我往往装做没有看见走过去的同我有三十三年"友龄"了的老朋友，忽然走进厕所作"如厕"状，还仿佛自言自语地低声说"满涛前天过世了，知道吗"，这样报给我又一个对我说来是苦痛的信息。当时，弯着腰干活的我直起身来了，呆怔怔盯着他。他连忙走了。但他的"作如厕状"、"仿佛自言自语"和"连忙走了"都是我后来的体会或感觉。满涛和我在十年浩劫的日子里也曾几次相遇而故作矜持地眼光发直，——那时候是"道路以目"也会被认作"反革命串连"的。满涛的死显然闯破了那个老朋友对友谊的严格的自我封闭。我盯着他的那副样子准使他感到可怕，原故是，事后我自己都觉得，我多分是瞪大眼睛站在那儿好像死掉了。

　　不久以后，我又知道举行过满涛的追悼会，——当然并非从报上知道的。那些日子里，尽管似乎不是满涛围着我转，就是我绕着满涛转，我却无论如何也没幻见到满涛的明晰的形象，没记得出满涛和我的任何一回完整的谈话。这种情况使我甚至觉得，人们能够觉感亡友的音容笑貌，恐怕倒是一种痛苦中的幸福；我不能够，这准是我的情感和思维全都严重地麻痹了。事实是，这以后我连续病了差不多五个整月。

满涛翻译的契诃夫的《樱桃园》，我是1941年在赣州蒋经国的监牢里大为意外地读到的。这个叫做"囚犯教养所"的监牢里有不知何人留下的一本半书，半本是曹禺的《蜕变》，一本就是这《樱桃园》。这一本也真够受罪，总有四五十页上面沾着显然是被隔着纸张捻死了的臭虫的丑恶的尸体和臭虫们生前吸在肚皮里的人血。我就是从这本被玷污和被弃置的书最初知道了满涛，并且多半是由于在监牢里之故，从他感受到一种陌生的亲切。仿佛是，剧本终了那对樱桃树的砍伐，也是对于黑暗中国的砍伐，而满涛把自己的力气也加入在这砍伐里面了，——尽管契诃夫说那砍伐的声音滞钝而悲凉。

1955年5月初，我和满涛不约而同地参加了上海作协组织的一次对不久前成立的一个渔业生产合作社的访问，去到太湖边的无锡。有一天下午，我和满涛在一座小桥上凭栏站了许久。江南的春天诚然是美的，但这回太阳提前下了山，桥下的流水看上去也业已不很好恭维，左近没有蝴蝶，没有花，没有树，风出奇地冷，从弧形的远天缓缓飘过的云裳是褴褛的。满涛本来就是沉静的人，这时似乎更有一言不发的道理。我感到一种迫压，以致三番四复地想对他说"走了吧"也没能说得出口。但他却终于先说了话："我刚刚去了一趟契诃夫的草原，"并立即又像他惯常一说话就红了脸那样，腼腆地补上一句自我批评："莫名其妙！"我还从不曾了解满涛有过这样的一种幻想，这种幻想又能如此清醒地说出。于是我被感染了，仿佛也置身于莽莽的草原。大抵半年前吧，满涛翻译了叶高林呢还是叶尔米诺夫的论契诃夫的论文，那里讨论了契诃夫的忧郁。人们大都断言契诃夫忧郁，以为这是这个俄国作家的风格亦即人格。我不以为然。在广阔无垠的草原吧，有的人从而感受无阻碍的、横冲直撞驰骋的自由，他俨然就是唯一存在的英雄；有的人感受的却是一种寂寞的窘迫，一种离开了人众，甚至是失去了敌人的空虚，他即使表现出忧郁，内在的还是强烈的对于充实生活的追求。一个人在旷野高呼并从而在四方传来的回声中陶醉，这也许顶神气；倾听一个人带有忧郁地吐述他平凡而艰难的人生历程，不说激动心灵，至少是生活在烟火气的人间。我曾把这些在信里写给满涛。他回信说，契诃夫是真正的乐观主义，因为他执着人生；如果说他忧郁，那是他感受到并写出来的他那个时代的一种情绪。说得真好。那么，这时他"去了一趟契诃夫的草原"其实并不"莫名其妙"，——但此刻我不想说明这个。

　　我们又哑默了一阵，接着，我们同时开口，并且说出了同样的半句："你听到砍樱桃树……"所以都只说半句，是都想让对方先说。然而都已经用不着说完这一句了。他笑起来，一定要我先谈想法，理由是我"跟樱桃树有滑稽的姻缘"。这"滑稽的姻缘"是指1947年郭沫若在他的一篇"有趣"文章里说我"误砍了樱桃树"的事。这件事反复被提起，以至隔了三十多年之后，在哀悼郭沫若的一篇文章中还被重新提起，足见我那时实在颇伤了人家的心，使"樱桃树"恨个没完没了。但满涛当然不是要我谈这事。我把最初读了他翻译的《樱桃园》时的那个感觉告诉他。他有一会儿不作声。这使我发慌了。他却深思过来似地慢条斯理说："有一次我同W说过，你又敏锐又锋锐。"看到我要插嘴了，他做了个手势制止我，又红起脸继续说道，"我是把我背后议你的话告诉你。现在当面给你补一句吧：你这种性格是苦恼人的性格，不怕没有苦头吃。"他停下来等我回话，我倒想听他的了。他于是谈《樱桃园》。

他说，他曾经吃惊地感到过，契诃夫在写到传来斧子砍伐樱桃树的声音时候，想必有一种感同身受的痛楚，但是他仍然要大家都听得见那砍伐的声音，因为这是樱桃园旧主人们的现实的命运之歌。那是闷沉沉的歌。但是进一步的思索就能理解这也是那个资本主义斧子的主人的必然的命运之歌，因为它又是和契诃夫的那些要和旧生活决裂的人物互不相容的。它因此是同样的窒闷的歌。"新生活万岁"的呼声才是属于前进运动中的历史之歌。"令人懊恼的是在于，优美的樱桃园在被毁坏，它却是无辜的。"满涛轻轻地说，眼睛闪动混合着忧虑和气恼的光。"这才是错砍了樱桃树。可是，我们又听到……"他停住不说了，——用不着，因为这已回到开头我们同时说的同样的半句话了。应当再提一下的是：这是在 1955 年 5 月。

但话毕竟没有说完。他提议，"你写篇论《樱桃园》吧。"我回答："等我们专门谈一次再说吧。"谁知道，我们从此就再也没能一起谈这个了。

约在 1952 年冬天，W 带了一包满涛译的，未装订的《别林斯基选集》两卷本来给几个朋友，有我一部。这是满涛对文学的庄严的贡献。大家很高兴，特意请人精装封面。这部书后来一直和我相处，就是在 1966—1976 年，中国人民遭受浩劫的那个风暴频仍的十年里也居然仍然如此（虽然几乎我所有的书都被抄了），真是"魔鬼的手也有漏光的地方"。那时候，"别、车、杜"被当成了中国的文学的罪人，"打倒"之声不绝。有一回，我被"揪"到上海杂技场"批斗"，《车尔尼雪夫斯基选集》和《杜勃罗留波夫选集》的译者和所谓"中国的肖洛霍夫"已默默坐在那儿的临时牛棚里等候着。满涛随后也来了，——这是太湖之旅以后十多年的第一回相遇。真是一场奇遇。不意看到我的他的眼睛仿佛一下子闪起亮来，如同不意看到他的我的胸膛里猛然涨起一股热。当然，我们没能哪怕互相问个好。但这也当然不需要了，至少我已看到了他依然沉稳而坚强。

大抵过了丢脸时代的第三个落叶的季节，我和满涛先后到了正雨雪霏霏的一个"五七干校"。虽然常见，总是无言，甚至故作不见。但例外的情况也并非没有。一回，灰沉沉的一天傍晚，我和别一个"牛鬼"荷锹回来，正好满涛跟在几个人后边从横道上走过来，走在了我的前面。我不禁说："哪儿都存在文学的幻想。"满涛迅速回头看了我一眼。我的同伴莫名其妙地问我"你说什么幻想"，我说，"我忽然想起潘多拉的盒子。"满涛又回头看了我一眼。我的同伴还是莫名其妙。其实，幻想、希望、信念，可说是受难的正直人在狂乱而贫弱的那些春秋里面勇于执着生活的内在的激素。但我提起"文学的幻想"，无非是向别林斯基的译者作个问候罢了。要是人家不知道《文学的幻想》，那怪谁呢？

几天后的一个冰冷的早晨，我到老虎灶打开水，那里边水汽涌成一团雾。我弯身去开开水龙头，这才发现有人蹲在一边，却不在意。但立即就听到轻轻的一句话："你总忘不了文学的幻想。"原来竟是满涛啊！我立即也蹲下来了。我先已听说满涛这些年患着高血压症，他的似乎热红的脸色只是健康的假象，但我还想问问他，仿佛听他自己说了才是真的似的。这回又是他先开了口，而且正是对于我的关心。"要注意身体，"他说，"你身体本来就单薄，这么多年又……"却忽然换了话题，声音也变得沉沉重重，"乞乞可夫这几年很多！"我一句话也没说，——有人哼着"语录歌"走进来了……

1983 年 4 月，上海

却说张中晓

"总经历"

一涉足文坛"就遭了邪了的"张中晓，1951年从他的故乡绍兴东关来在上海等着进新文艺出版社工作的日子里，在同我的第二次长谈中说起了他"不用五分钟就能讲完的生活故事"。可单是开场白就不少于五个五分钟。他说，当梅林写信告诉他正在筹备中的新文艺出版社可能要他来，他在说不出有多高兴的兴奋中居然想要填写一张履历表给梅林寄去，并且立即就自制了一张传统模式的红格子履历表，上面的栏目还用规规矩矩的仿宋字写上。"但是，我的履历，嘿嘿嘿嘿嘿，你知道我怎么写？"但他并不要我回答，自己笑完了就说出了他在那上面填上了这么几行端端正正的小楷方块字：

张中晓　二十二岁

浙江绍兴

重庆大学肄业

曾任小摊贩

说出末一句，他又嘿嘿嘿笑，完了还怪我"你怎么不笑！"这倒使我笑了，他却也自己回答了："职业无贵贱"。他说明，他其实是应当写作"曾自任小摊贩"的。13—14岁时他入学读了一年初中二年级，又进不起学校了，向他父亲"借"了一点儿钱，便在东关一条小街边边上摆了个小摊子，贩卖麻糖、麻饼、描红纸和练习簿，赚点钱帮助独立支持一家老老小小十二口人（单是他和他弟弟妹妹就有八口）生活的他父亲，还给自己买三两本书和"练写诗"的毛边纸。他做出一副庄严的表情，说："在小摊子后边矮凳上一坐，我就对我说，记牢，你是伙计你也是老板，你比你那三个看你笑话的少爷学生了不起，因为你独立了！"话刚说完，他那副庄严被自我讪笑推翻了，换了语气自我批评："阿Q精神！"马上又换了一种含着痛苦的庄重的语气，"可悲的是，中国历史上许多自在的被侮辱与被损害的人，活着时候大都靠阿Q精神支持着活下来的，一代接一代。"我想他往下会说，这是阿Q精神内在矛盾的一个方面，拿这方面来说，更可悲的是，这在客观上不自觉地成了——像杜勃罗留波夫早已说明了的那样——稳定航行在暴风骇浪中的腐朽而罪恶的社会大船的压舱物。可是，显然由于我没作声，他一下子转回到他的履历表了。他否定这种说明不了什么履历的履历表，只因为他竟会突然制作这么一张表这回事本身是一个有趣的小小生活经历，他把这个小小的纪念品夹在了留在家里的一本古书里面了。随后他就说，他还另外写过"概括了过去以至未来的一生的一句话总经历。""你看看我这边肩头，"他坐直了说。我莫名其妙地看，看不出什么。"你观察力不强。两边肩头一比较，就看出有点斜了。这是因为治肺病，这边给开刀拿掉了五根肋骨。"准是那一回"故事"冲上心来，他那个有点沙的声音有点发颤了，"那天我给抬上了手术台，水银灯全亮了，我闭起了眼睛，听到好像从很远很远地方传来的医生护士们加强手术室死静气氛的低语，我忽然想到死，脑子里立刻就飞出来好像是现成的这一句话了。"他于是几乎一字一字地读出这一句话：

> 会稽人张中晓，认真活过、读过、写过、爱过、恨过，在还很不愿死时，死了。

这后面的半句话一下子把我的感情捶痛了，张开口却没发得出声音。仿佛为了安抚我，他嚯嚯、嚯嚯笑了两声。"我现在活得很有信心，"他说，"我不是刚刚要走上岗位吗？但是，老耿，你说，有哪个人真能决定自己的命运？"我回答："如果问题只是关于死，那我看，连哪个人自杀死了也不见得完全是他自己的决定。"他欢喜地"哎呀哎呀"叫起来，说："你使我对你挑不起战了。你不知道，躺在医院病床上那些日子里，我想这个问题想得很苦很苦。一个很难很难跨越过去绕开过去的大疙瘩就是，承认不承认激动过我鼓舞过我的、像贝多芬要扼住命运的喉咙那样的精神没有现实的价值。我不承认。可是命运把人压倒在床上，我人好衰弱，就是抱只鸡来让我扼它的喉咙也肯定扼不住……"我截断他的话，说，"我知道你往下将说些什么，但是沉疴和孤独生出的心情往往会偏向羸弱而且狭窄的感伤，却并不因此就能长期统治人的思维。"他头摇过去摇过来、摇过来摇过去，缓缓慢慢说，"不错。不过我还是接着说我的。说简单些，人总是要死的。人，就是我这个人吧，我不能决定我什么时候死怎么样死，我可是能够决定，不管哪一天我怎么样死了，在手术台上那一句话就是我的墓志铭。只要不是猝死，那就即使像在重庆时那样突然一口气就吐大半面盆血，我也要拼在死去以前自己动手把这一句话刻在做墓碑用的一小块石板板上。"也许看出我觉得好笑却又笑不出来吧，他笑了笑，腼腆而认真，继续说，"实实在在告诉你吧，老耿，那年开胸做手术以后，我睡死了，后来，对我很好的一个病房护士，就是我给你写信说过的那个喜欢你的《论战争贩子》的绍兴同乡、也就是写过表明自己对胡风诗的真诚感激的小文章投给《文艺报》以表示反对那种对胡风《安魂曲》无理批评的那个护士，告诉我我醒过来过，还不清不楚对她说什么爱啊恨啊不愿死死掉了啊，还叫她拿张纸记下来。她说她教训我'你几时死了？说给你拿掉两根肋骨却一次就锯掉了五根，你还睡得像条猪，人家说你生命是钢做的呢。'可是，你知道我怎么对她说，我说我不知道对她说过，说过了我也不是说笑话不是梦呓，我对这件事是十分严肃的。我还是请她到病床枕头下面拿笔和笔记本子来（那天天气很好，我同她是在病房外边走廊上晒着正午的太阳谈话的），然后我念我的墓志铭叫她记下来，然后在她含泪眼睛的注视里签了名在下面，还写了日期和地点，撕下来递给她，请她留存着。还交代了一句：'我肯定比你先死，我来得及我就自己把它刻在墓碑上，我来不及就拜托你央人家刻一个。'她眼泪流下来了。你看，老耿，我这件事整个是很严肃很郑重的事，谁也不能笑话我。我相信你能理解我，我还很不愿意死，既不是怕短命也不是妄想要长生不老，是因为现在我还没做出什么工作，将来要做出能通得过我自己批判的够好的工作。可是那时我真有死的心情。"这使我仿佛也一起被裹在正午的太阳光里热烘烘起来，可是对着他期待回应的目光，我尽管有满胸膛荷载着纷纭感应的许多话语有若落在网里的群鱼那样互相挤压着跳跃地挣扎，却不知为什么说出口来偏偏是一句立即使他的目光暗下来也立即使我自己懊悔的话："简直是死亡浪漫主义，现实上可是生活得还太少呢。"看他那个带有沮丧的沉默，我连忙说我这句话说得太过分了，而且决不是我对他的故事的第一个反应。但是他摇着手说，"不，你说得对，一炮把我打沉了。但是，老耿，我刚才说的到底是我的生活故事中的一段真实而且铭心的情节。你已经知道我告诉过一个人，你是第二个人，她不会说出去，你也把它埋到心底里去吧，你有别的各种感想我相信我能想得到，想不到也算了，一个'死亡浪漫主义'的批评大出我的意外，恐怕也大出你自己的意外，然而是深刻地表明了我的弱点了。我会克服的。现在我给你讲我不要五分钟就可以讲完的故事。"他有生以来才不过二十一年的生活过程的确很简单，但他叙述中频频加上一个个"注释"——我想称之为"心路历程"——所花时间的总和恐怕够看完一部电影。但我只想转述和压缩地摘录他生活故事中和他走上——后来被切断了的——文学道路有关的段落在这里：

30 年代第一个秋天出生。

5 岁时，他父亲，当绍兴邮局东关支局职员（一度当过局长）的一个七八分旧两三分新的知识分子张绍贤，便早晨教他看图识字，晚上拿一册《左氏春秋》咿咿哑哑"唱"一段，完了就给他讲这一段（往往是半截的）历史故事。他莫名其妙，他（也许正是因此）又很要听很想要父亲一直讲下去。6 岁、8 岁和 11 岁的两年半里他读完了小学，所有没上学和上学的课余时间，都是由听他父亲"唱唱"说说《千家诗》、《项羽本纪》、《报刘一丈书》等等和翻看家里找得到的自己也不懂也懂点儿的《水浒传》、《小五义》之类填满的。

13—14 岁时考进绍兴县立中学读了一年初中二级，开始接触新文学，从徐志摩到艾青、从郭沫若到曹禺、从叶绍钧到巴金，从拜伦到高尔基，读得到的都读，最爱读的是鲁迅。也读了《语丝》、《创造月刊》、《文学》、《海燕》、《文学杂志》、《七月》等刊物各若干期。他模仿《热风》做作文，老师批评他"不走正路"，却得到不知为什么喜欢他的英文老师的赞许。他读的许多书刊都是这个英文老师提供的。他也模仿戴望舒的

《雨巷》写作自己的第一首诗《黑巷》，还记得有"我走进一条幽幽的黑巷，／眼睛酸了也好像还在开始的地方"（我可能记得不准）两句。

15—16岁，仍在练习簿子上写诗，也写散文，还自学英文达到能靠《英华词典》阅读原文版莎士比亚的诗和诗剧著作。

17岁得任职国民党盐政局的叔父之助前往重庆北碚相辉学院农艺系上学，年龄被误报为18岁（生于民国十八年—1929年）。课余阅读《文学大纲》、《十九世纪文学主潮》（按现在的译名）以及雪峰、胡风、朱光潜、蔡仪的各种文学理论，喜欢上阿垅和绿原的诗和东平、路翎的小说。在读过何其芳与吕荧关于客观主义问题论争的通信后写过长信给何其芳提出反驳，终因地址不明未发出。

18岁转学到重庆大学文学院。这年秋天暴发急性肺（结核）病（据医生说已有五六年肺病史）大吐血，回绍兴后转至上海就医，由30年代曾给汪精卫开刀取出子弹的沈姓医生主刀切除五根肋骨。翌年（19岁）返回绍兴居家疗养。这时广泛阅读中外文学理论。

20岁初涉文坛。这年（1950）在《文艺报》上开始出现对胡风长诗《时间开始了》之中的《光荣赞》和《安魂曲》摘引几行或几行也摘引不出的全盘否定的批评，他写信给《文艺报》编辑部提出这种批评对胡风的诗既不严肃也不公正，认为胡风的诗实际上是在对比过去与现在之中热情歌颂新中国的。他同时寄信到全国文联给胡风，表述他对胡风的诗的欣赏和出现那种不科学的主观随意性的批评的无法理解。他从此开始了和胡风的通信。《文艺报》一个姓萧的编者也给他回信，说胡风的诗"有许多牢骚和很多错误，现在不过是初步指出"；还叫他好好学习《在延安文艺座谈会上的讲话》、第一次文代会的几篇重要报告和"最新出版的《生活思想随感》",说这对他"有好处,可以帮助你提高辨识胡风的诗和理论的错误"。他因为恰好看到这"最新出版的"书,作者名字正是这个姓萧的写信人,他一不齿便不写回信去了,却用"罗石"的笔名写了一篇为胡风申辩的大约两千字的文章寄去,接着又用本名写去一篇,过了两三星期也还得不到一滴回应,他就先后两次写信去,既告诉他们"罗石也就是我张中晓",也指责这种对待青年作者的"贵族态度太恶劣了"、"与蛆虫一样可憎的官僚态度同新中国太不谐和了",却仍得不到一滴反应,"真是遭了邪了"。

21 岁时第一次发表文学短论《略论我们的文艺批评》(见于 1951 年 5 月 20 日,全国文学工作者协会上海分会编、附刊于《文汇报》的《文学界》周刊),署名罗石。这年 6 月 4 日又以罗石署名在《文学界》发表《〈武训传〉·文艺·文艺批评》,随即引起论战。这场论战在他发表《为了前进》一文(7 月 16 日,《文学界》)后,"草草结束"。

这次从早上八点多钟到晚上九点钟的谈话,只是因为他怕太晚回到通过王元化借住的杨村彬、王元美伉俪家就会太骚扰他们才不了了之的。我送他下楼——免得楼下人家那条丑陋的大黄狗又冲他妄吠——并走一小段路到弄堂口,他摆摆手走了却又回身喊我,说:"那回事,你第二个知道的那回事,你保住也是最后一个人知道,做得到吗?"他在微笑,我却感到他在战栗。我握住套着手套的他的手说:"不用说了。"

1967 年,"完全必要"、"触动每一个人的灵魂"的"无产阶级文化大革命"正轰轰烈烈地震荡五洲的日子里,50 年代前半期(1950—1954)以罗石、孔桦、甘河等笔名写作和发表文学评论而在文学界也少有人知的张中晓，50年代后半期刚过了不到半年（1955年6月），被一本当时最流行的畅发书——用1988年8月与我在广州东山酒家四楼偶谈一回的从加拿大回国探亲的饮茶人周先生的话来说——"一按成名天下知"的张中晓，留下一部叫人一看就感觉得到是写在他贫病齐集、身心交瘁之中的约30万字的读书手记《无梦楼随笔》原稿，便真是"在还很不愿死时，死了"，——在沉沉寂寂中，在痛苦的挣扎中，在不死的希望或希望的不死中……

自从从一个外调人员得知中晓已经逝世的信息，我不知有多少次想起他自作的碑文。有一次，1977年或1978年，黄永玉、张梅溪夫妇来上海，章西涯在美心酒家请吃饭，他知道我和永玉曾是同住在香港九龙九华径的朋友，约我也去，我去时，不见梅溪，另有余白墅在。谈话中，永玉问起张中晓，我告诉他张中晓已弃世，他迅速反应，说"他墓碑上只要写一句话，现成的：还是这个张中晓"。我差点就说中晓有他自己的一句碑文，但开口却换成了"他有没有骨灰都不知道"，于是出现无声的叹息。我后来对爱护过中晓的王元化、有三年与中晓共居一室的罗洛也尚且几回要说几回从舌头上咽回去，——虽然我想中晓也许也对他们谈过。我请老朋友们谅解，我没早告诉他们，并不只因遵从中晓的叮嘱，也并非以为说出中晓自作的这句碑文就非连同中晓之所以不愿意传布它的相关故事也说出不可，是仅仅因为，这是应当由第一次听到嘘嘘喃喃断续不清的散句、第二次笔录下来就也流泪了的第一个人、中晓甚至托孤一样悲凉地托刻墓志的那一个人来说的。但我不知其名也不知其所在的这个对病中的中晓很好的朋友，很可能还不知道中晓已经亡故，还在等待中晓的平安信息，寻问中晓的下落。二十多年过去了，算是高龄人了的我认为我不能再为了遵从中晓的嘱咐把纵然是"死亡浪漫主义"的故事埋在我心底里直到终于永远地埋没。我于是说出来了，我还要接着说出我了解的中晓的包括心灵活动在内的生活故事。——为了文学的前进而夭亡在受难里的一个普通人的人生点滴——我以为都是不能埋没的。

录自无序的记忆

1952 年文艺整风时候，吴强有一次在休息时间看中晓、罗洛、王皓和我打康乐球。完了，我去洗手，他过来同去，说，"我看张中晓打康乐球很活跃，可是开会时候他沉默寡言，有点静如处子模样，好像稳重好像矜持。"我回应了一句"你开会时也沉默寡言呀"就没再说什么了。可这是我头一次听到的认为中晓"沉默寡言"的话。

后来我多次听过和被问过仿佛真成个问题了的关于中晓的"沉默"。当然有以为这是"一种良好的习惯"以至"很有品德"的评价，大多则与此相反。约在 1952 年二三月里，在山东大学中文系受到"莫名其妙的批判"的委屈、"掼掉教授和系主任"的吕荧来到了上海。一个星期日上午，他为编译《列宁论作家》来找我要我所有的列宁著作中译本，恰好中晓也在我家。吕荧在和我谈列宁论哪个作家论得最精彩，从车尔尼雪夫斯基说到里德，他说还是论列夫·托尔斯泰的最多也最好。一直一声不响的中晓忽而说："我看还是论冈察罗夫的更精彩，十分尖锐十分确切地指明教条主义者的思想懒汉、奥勃洛摩夫性格。"吕荧不记得列宁说过这样的话，说"到目前为止，编译出版的马恩列斯论文艺一类的书里没看到这一条，也没看到有谁的著作里引用过"。中晓说了一句"老耿记性好，哪本书哪一页，他可以立刻翻出来"。那时我的记性的确好，真的立刻翻出来了。吕荧看了说："这么重要，这么具有不可忽略的现实性的论断，居然不编译到论文艺的书里，真莫名其妙！"到吃午饭时，吕荧问中晓，"你怎么三个钟头只说了两句话?"中晓还没回答，他又说，"几次到你们出版社也没听你说过一句话，没话说还是不愿说?"中晓这才说，"我没有什么好说的话。"吕荧称赞他起来了，连说了几个"好"，说"你只说最有价值的话，你刚才就是这样。言不在多，言在必中，我以为这是很好的品质，是尊重别人也尊重自己。"这年的六月里，舒芜提出"胡风小集团"的《从头学习〈在延安文艺座谈会上的讲话〉》在《人民日报》上发表了的第二天或第三天，不大来社的新文艺出版社社长刘雪苇忽然来社并立即召开了编辑部几个人参加的小座谈会，要大家谈谈看了舒芜文章的感想。几天后，我在淮海中路襄阳路口遇见满涛，他一握手就说"听说刘雪苇找你们谈舒芜那篇东西，罗洛反复反驳，你在一边不断提问题，就是张中晓一言不发。"我想他多半是听元化说的，没问，只说"是这样。雪苇说他要大家谈谈感想并没有别的意思就匆匆走了"。满涛说，"这个时候发表这样的文章，恐怕倒是很有意思的。你了解吗?"我不了解，我想罗洛和中晓也不了解。他说，"是啊，不知道。我看张中晓那样最合适，沉默是金子，沉默也是最高的轻蔑。不过，我和张中晓不熟，印象就是他几乎不讲话，也许他性情就是这样的吧。"

1954 年冬天华东作协召开"检查《文艺月报》工作"的扩大会或是 1955 年春天也是华东作协召开的"批判胡风文艺思想".的扩大会那时，中晓也参加了，和我一起坐在倒数第二排。中间休息时，我在会堂外边的廊道上吸烟，穿着长袍的韩侍桁走过来问我"坐在你旁边的就是张中晓?"我说"是的。你要认识他吗?"他没回答，却说他听新文艺出版社的朋友说，"张中晓这个人阴阴冷冷的，问三句不响一句，傲慢极了。刚才我看他倒是挺斯文的，静静坐在那里听得好像挺认真，你跟他说什么他也好像没见。不过他头也不转眼睛骨碌碌瞟过来瞟过去，好像很注意会场的动静。……"我不想听下去，用一句"看来你很注意张中晓"堵他。没堵住，他忙说"不不不。你别误会。几年前韦丛芜发牢骚，说新文艺那些毛头小伙居然目中无人。除了你还同他聊聊。他特别说了张中晓，说一次讨论马林可夫报告里的典型问题，他对什么是典型作了解释，别人没怎么样，就是张中晓一脸讥笑地看着他，干吗有意见不提。事后他主动去找张中晓搭话，张中晓也不理睬，阴阳怪气。方才有人告诉我坐在后面那排边上的就是耿庸和张中晓，我一时起了好奇心，才看了两次张中晓的，实在没别的意思。你看，我不对别人说，只对你说啊。"我说韦丛芜那次站起来解释典型，话没说完就惹出哄堂大笑了，并不像对他说的那样。但这个谈话使我知道，出版社中人是有说张中晓阴冷、傲慢，"问三句不响一句"的，只是我在社里反倒没听到过而已。世上历来既多公然的看客，也多私下的说客，都无非不暇自视自议的闲人、准闲人、次闲人以及"忙里偷闲"的闲人。对于这类说客的喊喊嚓嚓，倘不过是几滴污水，我以为鲁迅的方法最好，由它泼就是了。但中晓则确实是个不大爱说话的人。这可不是他慎防"祸从口出"。未尝一闻这古老"经验谈"的少儿不懂得引以"慎防"；待到懂得了这古训，中晓已认为这样的经验不足为训，单从清世宗时查嗣庭被告江西省试出题"维民所止"是咒骂雍正断头，终致瘐死后还戮尸枭首，可他出的三个试题中不但无此题而且无此四字，可见欲加之罪，没说的话也会给伪造一句就够叫人"祸从天上来"的。这是1951年秋季他和我第一次见面便作长谈时就说过的话。他的很少说话，大半是他少年时期缺乏对话——他把家常生活的谈话排除在外——人（几乎只有既是他的生养人又是他的启蒙老师和朋友的父亲），主要是和所读的书籍作思维与情感交流的无声的对话所养成的如满涛所说的性情；部分是因为他的肺活量受着切除五根肋骨后病症并未根除的压制，说话大声点快一点便都气喘得难受，更别提说得激动起来。他也不是对谁都不大说话。有一次，蒯斯曛来我们办公室看见中晓在同我说话就说"不晓得为什么张中晓在会上从不说话"，过后，中晓对我说"他想要听我说什么话，批评还是自我批评"。有一次，当社长兼总编辑的李俊民来编辑室同罗洛谈对阿垅《诗是什么》的审读意见。做思想工作吧，忽而大谈"领导艺术"起来，中晓默默地听，我插了一句"李社长要求被领导者有被领导艺术吧"，过后，中晓说我"真傻。人家愣了一下再眉头一皱就把你的减法当做了加法用了"。有一次，他说："我们对梅林说笑话甚至开他玩笑，对王元化，你能吗？"我说有什么不能的，元化也说笑话的。我忘不了，有一回在老贾（植芳）家，他开玩笑说小顾（征南）像捉奸的郓哥，说着就站起来作出弯背低头直顶西门庆肚皮的模样，同大家一起哈哈大笑。中晓却说他"不能"就立即换了话题。有一次，我对他称赞平时也不大说话的罗洛有时与人辩论起来变得好像反应灵敏言词锋锐的西塞罗，他说"这是因为他胸有成竹。你不行，你文章写得逻辑严谨，说话可大半是靠反应极快的即兴。"我问他和罗洛住在一起常常讨论些什么作品，他的回答是"没什么谈的"。他说他和我谈得最多了，"单是谈杜勃罗留波夫的文学批评，恐怕就谈了十次。你这个人没有心机，没有保留，我写的这篇稿子就有好些你的见解。"（他断断续续写了一篇约有两万字的《论杜勃罗留波夫的文学批评》，署名是与"苦海"相对的"甘河"。）中晓和我的对话，恐怕在朋友中真的是最多的。由于梅林的一再嘱咐，我和中晓相识前就通过信，1951 年第一次见面没说几句我就说了我不同意他批评电影《武训传》的短文着重批评的是编导者孙瑜，说他没想到即使电影拍出来没得到准许也公开放映不出的。我则没想到这个开头就使我们这次谈话连续了六七小时，第二次谈话的时间还要长得多。后来我们在编辑室面对面坐在一起，又都主要是审读文学评论稿子的，便往往有关于文学的谈话，——或者同一意见的互相补充，或者反而在简单的问题上争论得都笑起来。我因此以为，中晓也并非总是不大说话的。

文艺整风后期的第一个星期天，我正在写《〈阿Q正传〉研究》的最后一章，中晓来了，照例和两个小孩玩一阵，才让他们叫我下楼。没让我走近椅子，他"突然袭击"，张口就问我"你知道阿Q现在怎么样"。还在他刚来在上海那时，我就对他说过我在写这本小书，他没提出过这个问题。这时忽然提出，我猜想有可能是他看到我请胡风先生给看看的前四章，发现里面没谈这个问题。阿Q在他的"正传"里冤死了，阿Q的精神生命则活在不叫做"阿Q"的无数"阿Q"的生命里，他们或者本来就是阿Q_B、阿Q_C……阿Q_N或者就是像鲁迅先生指明过的小D长大了同阿Q一样的阿Q。20年代阿英在《死去了的阿Q时代》里言之凿凿地说"阿Q死去了"、50年代许杰在《阿Q新论》里也言之凿凿地说"到了今天，在我们全中国的地面，除了台湾，阿Q都已经死掉了"，可就连这样的见解也表明着阿Q在其"正传"中死后也还生活着，虽然被认为只是七八年至三十几年的也许是令人不快的真实。但我在小书里的确没有写死而犹生的阿Q的前程，——尽管从鲁迅写明的阿Q才想着"来了一阵白盔白甲的革命党"叫他"同去同去"他就同去了，随即就想杀仇人、搬财宝和选美女，可以多少看出阿Q的革命造反是无师自通地因袭了恐怕自陈胜王以来的造反农民的当然含有复仇与翻身内容的思想和经验，只不过他的深化到了无意识了的身份卑微的农村无产者意识使他在想着搬走赵秀才娘子的宁式床时也还是想搬到他借以栖身的土谷祠，于是可以从而测知阿Q之后的阿Q的前程。我不在小书里写这个，只是因为这越出了我自限的范围和篇幅而且以为这只应当成为一个独立的专题。中晓静静地听完了我这一大堆话又静默了一会儿，才问"说完了？"我想我可以说是说完了。他这才说他的。他说他应当承认对《阿Q正传》

我了解得比他全面和细致，理解得比他生动和深刻。东关那儿土改进程中他忽有所感，仔细地重读了鲁迅的《呐喊》和《彷徨》特别是其中的《阿Q正传》，不是没有留意到阿Q想把秀才娘子的宁式床搬到土谷祠这一句，可是没有从而想到这里阿Q现出了自己潜意识里凝固了的卑微的身份。"但是，你这几年到农村去过吗？"我去过两次，一次是1950年寒冬，我被《展望》周刊社派去宁波调查一个当周刊通讯员的农村小学女教师申诉的因写通讯遭受"压制批评"之苦的情况，只在访问县委书记后由一个小伙子带到一户贫农家去吃"咸菜哭"（"哭"是记音，不知其字）下带着碎壳的粗糙的饭，吩咐我"顶多给二十块（旧人民币）"时才面对着农民。那是那个阴暗屋子里的看来都奔七十了的一对老夫妻和被老大爷抱在双手双腿中间的四五岁的小孩。语言不通，好容易才似乎明白他们回答我的是："孙女儿提饭篓子送到菜地里给她爹爹阿娘和阿哥吃去了。"我只想着，听说过上海不少工人忆苦思甜起来都诉说日本鬼子占据上海那时候，日子好苦好苦，吃的是"六角粉"（磨碎的玉蜀黍。这也是记音，不知什么字），这对贫农老夫妻忆苦思甜时诉说些什么呢？另一次是1951年将近春节的也是严冬的日子的一天夜晚，由上海文学工作者协会组织去参加一个郊县土改进程中的斗争地主大会。我记得是同文协的一个魏姓（似乎在上海人民出版社工作）的人同去。会完了已十点半钟过了，走了一大段路挤上了电车，就看到胡风，就挤过去。他张口习惯地就问"感觉"——"你觉得怎样？"我说"好像没有小说里看到的那么热烈"。这的确就是我在那大会里的感觉。当时，似乎四处都有扩音喇叭的大放大鸣也使台上只剩对立的人的只能用想象去体会的动作了。总之，我这两次根本就没想到过阿Q。中晓于是说："告诉你吧，阿Q_X还是阿Q_Y，反正，凭着'真能做'，现在当了村里的积极分子。"我说"你这样说非受批评不可"，他立即反驳："你说阿Q辛亥那时就为要革命而死呢，他现在怎么就不能当积极分子？我说这个那个阿Q当积极分子，又不是说当积极分子的全都是阿Q。"他举了几个例：

一个阿Q一大早走街穿巷打锣喊"出工"，经过村干部家锣敲得特响特显积极，经过地主家（可不是大院了）就把锣夹在腋下，直闯进——姑且说是赵秀才和他娘子的浅闺（实在没有深闺了）嚷叫"好啊，你什么东西还在睡大觉！你现在是虫豸，晓得吗，虫豸！老子现在管你！要不看在你同老子算是本家，就拿这槌子敲你脑壳教育教育你，连你这个地主婆娘子！好，快扛起锄头上工地去！"一转身出门边打特响锣边"得得，锵锵，手执钢鞭啊啊啊……"早些时，斗争地主那时，一个阿Q扛着没子弹的步枪帮押了——就算是赵白眼赵司晨——几个陪斗的到了台后面，就跑到拥簇的人群里去叫喊找王胡——或者说找王胡的孙子。王胡说"你叫啥魂"，阿Q不响，把他拉出了人群，解下绕在自己腰上的麻绳，命令王胡"两手放到屁股上去"。王胡可舞起拳头来了。阿Q才不怕他呢，马上拿枪对着他，王胡猛地抓住枪管，多亏有个民兵干部大喝一声"你夺民兵的枪，找死！"阿Q说话了，他说明这是误会，他本来是来叫王胡去斗地主的，说王胡被剥削压迫得没破衫换还没工夫下河去泡泡，身上给虱子咬得都是疙瘩，该上台去控诉，摸出虱子来给地主看，"我就是知道他死活不肯跟我走，就是想把他绑起来押过去。"于是又大喊"开会了，大家使出力气斗地主老爷啊！"还有一个阿Q，"奖"到了一个"吴妈"，是假洋鬼子买给他白痴儿子当娘子的邹七嫂小女儿。假洋鬼子逃得无影无踪了，白痴还是白痴。阿Q跑去找被假洋鬼子凌辱过的小女子说："该你也翻身作主了！你这个反革命家属不好当啊，你可真正是十代贫农的后代啊！我带你去见村支书，去控诉，讲你也要解放，老子给你撑腰！"苦女子解放了，脱离白痴。老大爷老大娘带头说，阿Q做好事就要给他好报，于是……就不用说了。还有一个阿Q……

"不要讲了，"我说，"你瞎编一气，你的阿Q不是阿Q。"他叹了一大口气，说，这不是我没见识过农村里现在的阿Q就是他说得走了样。其实鲁迅早说过阿Q的本色形象：有农民的质朴和愚蠢，可也很沾了些游手徒的狡猾，却没有流氓相，也没有瘪三样。现在阿Q也还是这样。不过不是孤零零无依无靠了，精神胜利也有了些物质基础，有了些性格的发展和变化，这当中尤其不能不看见现在的阿Q是不管他怎么体会怎样认识他总是接受着现在的理论和实践的阶级教育的，何况还有无穷的榜样的教育。他说完了便张大他的大眼睛，简直是咄咄逼人地向我挑战："我说完了。你说是还是不是!"我笑了，说"你那副样子使我只能说不是"。

不记得为什么，1955年残秋，仍在上海建国中路那个大门上没挂牌而人称"第三看守所"里一个大得空茫的审讯室，戴着很有风格的眼镜——我老觉得镜片不时闪现浅红色的光亮——的审讯员把我和张中晓作了比较，开始审讯就说："张中晓恨一切人，恨我们的社会制度，反动透顶。我看你跟他差不多。"我又是——一如一个朋友所说——"嘴巴比头脑快"，开口就说"张中晓怎么会恨一切人"，不料立即就听到："这是张中晓自己说的，而且是对胡风说的。你们对胡风总是老实坦白的。"我不知道这回事。我说我不相信。我说张中晓决不会不懂任何人都不可能恨一切人，谁真能恨一切人，谁也就恨了他自己他父母、他被爱和爱着的人们；就算张中晓真说过这句话也决不会单单说这句话，"单单引出这一句话不能证明这样那样，断句取义往往倒是为了加罪于人"。"你胡说，"审讯员斥责道，"你还在为他辩护，还在向党进攻!"我说"我也是为我自己辩护，因为你说我跟他差不多。"审讯员不作声，在那里翻看着什么，然后盯着我说："你老实点，这里是法庭，你胡说对你没什么好处。现在你交代，1954年国庆节那几天，张中晓是回绍兴去了还是去了北京了，去以前同你说了些什么，回来了又同你说了些什么?"我觉得这个问题对于中晓真可能是个问题:他在办公室里说他要趁着几天假期回几年没回去过的绍兴探亲,其实却是去了北京。他去北京这事是在他回来有些天之后在办公室里和我谈天说到芦甸带他去故宫、北海看了看时,无意中说出的。但我连"你去北京了"也没问。凡是人家不告诉我的事我从来不问。我就这样回答,审讯员没有追问,抬起头换问别人的事了。

事后我记起来,中晓说要回绍兴那天午后,办公室里只有我和他,坐在沙发上谈过话,是我对他提出这次回去该解决他的婚姻大事。他眼睛闪光地看着我笑,好一会才说:"你一句话犯了两个错误,第一,我回去同谁解决婚姻大事?"我说"同那个对你很好的护士",他说这就是我的"第一错误,想当然"。莫非那个护士是男的?他说"女的倒是女的,对我很好也的确对我很好。我也的确对她很好,但是,"他眼睛黯然无光了,"我不能同她结婚。问题当然不在她比我大两岁,问题是,你别看我身体好起来了,胖起来了,我吐痰有时还带血丝。爱情多数是自私的,可是自私的爱情多数是残忍地戕害爱情的爱情。我告诉你吧,来上海前夜,我好容易才逼自己对她说出来,我们不可能生活在一起,在一起生活肯定是不幸的。我们都哭了,这是你能理解的。这也是对于爱情的残忍,但不是残忍的戕害,而是残忍地解脱。但是,你当然想得到,这么一次谈话解决不了什么,相反,她认为我这人这么一来真好、更好了,好像我这么一来我的人格就一下子格外崇高起来、更有被爱的道德价值了。可是,我恰恰在她的感情的真诚上看出自己的虚伪,……你笑了,哎,老耿,"他自己也笑了,羞涩地笑,"我刚才就看见你这样笑了,你当然是抓住了我哭了的原因。真的,一方面认为应该残忍,一方面又做出对残忍的慈悲的伤感,实在太太虚伪了。"他批评完了自己,颓丧地歪躺在沙发上。我想使他振奋起来,没凭没据地说:"后来你来上海了就残忍地实行了残忍,把两个人的爱情都杀死了，对吗？"他坐直起来露出了笑容，"你说得好可怕，不过现在回想起来已经不觉得怎么样了。友谊存在着，这比什么都好。过些日子她就做新娘了。"我立即说他这次正好给带祝福价值最大的礼品去，他嘿嘿、嘿嘿笑一阵，伸直食指指着我说："你的第二错误现在变成两条，b 条，她前年就去了南京了；a 条，我并不是要回绍兴。"看见我在发蒙了，他轻轻说，"但是你同别人说起来，就说我是回绍兴。我去哪里，将来告诉你。"可是，直到他以后随口说同芦甸去看看故宫、北海的时候，也没有告诉我他是去了北京，——可这也就是告诉我他去过了北京。

我不知道他为什么去北京。他没说，我没问。

几个月后，我从《文艺报》附发的《胡风对文艺问题的意见》（后来以被称为"三十万言书"扬名），看到胡风在驳论"在阶级社会里，无论怎样的现实主义都是有阶级性的"这种论断时，说了"现实主义底哲学根据是反映论，即唯物主义认识论（也是方法论）在艺术认识（也是艺术方法）上的特殊方式"，"现实主义就是文艺上的唯物主义认识论（方法论）"，我记起来了中晓有一次和我谈论这个问题的事了。1954 年春天的一个上午，我在看稿（模糊记得是雷石榆的《世界文学史》），坐在我对面的中晓忽然"呃，呃"地叫我，随即就问："现实主义有没有阶级性？"他面前一大本莫斯科外文书籍出版局的《列宁选集》翻开在桌上，我说"看来列宁没有告诉你"。他说，"没有，也许是我没有找到。毛主席说马克思主义只能包括而不能代替文艺创作中的现实主义，你觉得怎样？"我说"很好，排除了浪漫主义和自然主义。但是这里的马克思主义是概括三个组成部分还是只指哲学呢？"他说"应当是指哲学"，我说我也以为如此，并补充说，以剩余价值为重心的经济学的本质是辩证唯物主义和历史唯物主义，是这本质在政治经济学上的存在形式和表现形式。马克思在《资本论》序言里实际上说明了这一点。科学社会主义也是这样。"你认为怎么样？"他称赞起我来了，说我"说得又明白又深刻"，然后说，"我反反复复想过，但是没有把握，你这么一说，我想可以说了，就是，现实主义是唯物主义认识论和方法论在文艺上的特殊表现。你看这能成立吗？"我那时还只有现实主义是辩证唯物主义和历史唯物主义在文学领域的存在形式和表现形式的初步的正待深入探索的想法。但是就凭这初步想法，我觉得中晓的说法比法国启蒙学派的理解来得进步些。我因此说，"我看没有什么问题，但表述上要严谨些才好。"他只点点头，又另外提出"你怎么理解'资产阶级的现实主义'这个概念。"我说"这恐怕只能是一个省事方便的说法，顶多只能表示现实主义历史过程的现象，不能说明本质，作为概念是不科学的。……"我看见蒯斯曛向我走来了，中晓却"说下去说下去"地说，当然没有说下去，我被叫去谈对一部理论稿子的意见了。于是，当读到《胡风对文艺问题的意见》中有关这个问题的部分时，我立即把翻在这一页上的书递给中晓，他看了一眼便对我点点头，到了下班要分手了才对我说，他当时写过一些材料和想法寄给胡风。我问他为什么当时不告诉我，他说，"你那个时候很冷淡。你记得吗，那时候我拿了一大叠《文艺报》看，你说什么？你说'无聊，还回头去看这个'。"我记得这回事，不说话了。他这才告诉我，他去年国庆节是去了北京，"那时批判压制小人物批评俞平伯红楼梦研究的事已在北京开始传扬，文艺界气氛热起来了，我就是去看看热闹的。现在可变了……"他没有说完全，我也不需要他说完全了。

在这之后发生的我认为有必要记录下来的事，已写在了《枝蔓丛丛的回忆》（《新文学史料》1993 年第 2 期）和答记者问的《张中晓和他的〈无梦楼随笔〉》（《文学报》1993 年 7 月 12 日）里，我不想在这里重复了。

结晶在无梦里的人生的清醒

　　1982 年 3 月，伴同胡风先生来上海治病了几个月后回北京去了的梅志先生来信说，在上海时，中晓的一个弟弟找过她并交给她一包中晓遗留下来的读书笔记。她翻看过了，其中许多是关于古书的，约有三十万字写得密密麻麻，"可以看出他在贫病中仍然在努力"。"但是不加以整理，是很难读的，上海有朋友可以帮忙吗？"我想，笔记既是关于古书的多，找何满子帮忙整理是最合适的。于是同满子谈了一下，他马上应诺。于是请梅志直接寄给满子。后来我在满子家里看到，中晓自己装订成册的笔记三种分别题为《无梦楼文史杂抄》、《狭路集》和《随思录》。这些字写得密密麻麻的笔记看来有些无序，显然是有什么书读什么书，有什么想法就随即记录下来。虽然只读了零散的几段，我感觉到中晓在对事物的感悟和理知上显示了新的飞跃，感觉到一种经过强烈的思维的力度和情感的热度的冶炼而结晶的智慧的光华。后来，当路莘在读了中晓的遗稿而大为感动并凭着她的热情、勇气和勤学着手整理她素昧平生的中晓的笔记的时候，我才较充分地读了并肯定了我的这种感觉，而且从笔记的涉及广阔的思想领域而扩展了我的感觉的范围。

　　1993 年 5 月，我回答一个记者关于中晓 50 年代文学评论文和 60 年代的中晓遗稿的比较，说过：

　　　　现在倒回去读 50 年代的评论作品，大抵是会有一种或多或少格格不入的反应。批评文字中喷出那种"左"味儿的豪强气，中晓的文章有，我的也许更重。如果说这是由于作者某种程度上的幼稚和偏激，恐怕不如说形势比人强。时代风习成了一股潮流，那是十分可怕的。相对而言，中晓受当时风气的影响，我看还是轻的。《无梦楼随笔》不同于中晓以前的作品，一个明显的标志是，这部遗稿连结着作者置身的环境，以及特殊曲折的文学道路。中晓对历史、民族文化、人生、人格等等所作的理性反思，不是为了发表或"藏之名山"，他是为了弄明白纠缠于自己灵魂和情愫中诸多不解的问题。当时他贫困与疾病交迫，还陷在乡居没有互相启发、互相辩难的对话者的孤独中，于是前人的著作，古人的著作，成了他的谈话对象，辩难对象。囿于条件，他只能得到什么书就读什么书，但他的思辨异常清晰，《无梦楼随笔》处处闪烁着人生智慧的火花，恰似满天闪烁而亮度不等的星斗，以零散无序的表现而蕴涵其博大深广的丰实内容。

其中说到反思，是包括了对历史、现实关系和自我，为了比较确实地把握所追求的人生真理的。中晓的笔记里有一小段话说，"现代生活的真理不是江湖巫术。而古代的真理，也只能融会在现代人的人生要求中才能产生生命，只能在现代人的清醒的理性中才能迸发智慧的光彩"。可以看到，这是在"学术研究"名义下对古书古文的重印译白注疏释诂以及脱离现实的议论所不仅难以比论的。

中晓在 1966 年或 1967 年亡故，他的生命却清醒而生动地活跃在他的将为人们读到的笔记中，持续他的人生。

1995 年 6 月

写在阿垅《第一击》后面

一

　　属于中国现代文学史的《第一击》终于能够重新出版的时候，我们已经不能听到它的作者自己来诉说他的苦恼和喜悦了：他——说来令人惋怅——在为他所忠诚并执着地追求的人生和文学的真理及其发扬而受难之后，怀抱对于我们人间的希望和祝福离去人间已经匆匆过了十五个冬天和春天了。

二

　　这《第一击》，是四十多年前，年轻的作者作为一个下级军官，在我们受苦而不屈的中国人民反抗日本帝国主义侵略的民族解放战争全面展开的初期，在上海火线前沿流血了之后所作的报告文学作品的结集；原是胡风先生编辑、海燕书店出版的《七月文丛》之一。

　　在整个抗日民族解放战争时期，真切表现了抗战初期国民党政权统治地区中中国人民的当兵的儿子们愤激而艰难地打出沉重的"第一击"的这一本报告文学集，除了在武汉被日本军队侵占以前，也是在激起高涨热情的团结抗战遭到来自"峨嵋山下"的最初的公然破坏以前，曾以单篇逐一出现的方式陆续在《七月》上发表过之外，始终受到国民党政权的钳制而未能在它的统治地区出版。这个事实正是从对立方面分外明晰地反映出这《第一击》的艺术力量内在的政治性质和历史价值。国民党老爷们显然以其同人民的利益和意志的冲突而本能地意识到，这从他们的军队内部真确而强烈地揭现出来的爱国的士兵群众和下级军官发出的"第一击"，是呼应并汇入中国共产党领导的那一阶段的中国人民民主革命的历史要求和战斗要求的。事情也真是这样：从这些报告文学作品的艺术实践所实现的思想目的，从这艺术实践在客观方面引发激情和深思的社会个体之中显现为相应的物质力量，都表明这"第一击"，既是击在了日本帝国主义侵略者的脑门上，也是击在了那时的重庆政权的心口上。

没有自身的生命的文学作品纵使一时引起欢呼也将随即消失，而自身生命充实的文学作品大凡遭受斧钺之灾也仍必在前进的历史运动中呈现韧强的生命于活跃的社会。我们这一本从实际生活的土壤里萌长起来的生命力昂扬的报告文学作品的结集，无论受到了怎样邪恶的图书审查的压制，还是在 1941—1942 年间就挑战地出现在不准它出现的国民党统治地区了。单就我所直接知道的来说，在广东的梅县和曲江，在赣南，在闽西的一个小镇朋口，更无须说在战争时期的文化城桂林，都有人们郑重而热情地传递着阅读这本书。它甚至"非法"地闯上重庆的复兴关和歌乐山。这是四十年代的第一个冬天在香港出版的单行本。它只是还不是像我们现在看到的这样完全的本子：还没有编入《斜交遭遇战》，也还没有作者后来为这个集子所写的《前记》。它的书名是《闸北七十三天》，作者署名"S. M."。

此后，随着抗日战争的胜利结束，到来了的中国人民民主革命的新高潮在国民党统治地区表现为浪涛汹涌的群众性的民主运动，这本报告文学集由作者确定以"第一击"命名，冲破国民党政权的卑鄙而顽固的禁锢，以自己的力量加入了争取人民民主解放的斗争，在上海出版了。这个本子就是据以印出现在这个新版本的原本，作者署名"亦门"。

现在呈在读者面前的这本书，作者署名"阿垅"。这是我给改换的。S. M.、亦门、阿垅，本来都是陈守梅的笔名。在他生前，他先后较多地以 S. M. 和亦门的名字发表诗作品，以亦门和阿垅的名字发表主要是诗艺术论的文学理论著作。他另外还用过师穆、圣木、圣门、方信、魏本仁、曾心艮、张怀瑞等等笔名。但是，人们已经知道或能够知道，《第一击》的作者，从 1955 年 5 月被构入一个躁动规模越出国界的空间并长达四分之一世纪时间的错案（所谓"胡风反革命集团"案），到 1967 年 3 月瘐死，到 1980 年 9 月这个错案平反，到 1982 年 6 月在天津举行他和芦甸两人一起的追悼会，"阿垅"这个名字成为这一超过四分之一世纪过程中他的痛苦和安慰的集中表现的定名。显然，"阿垅"，较之他的别的名字更能在人们对他的认识中呈现他的晶洁的、正直的人格。

三

阿垅出生在杭州近郊的一个平民家庭，时间是 1907 年 2 月。这是亚洲的觉醒的时代。上一世纪中惊动了欧罗巴的著名的"幽灵"正向亚细亚游动并将——如同它在西方所做的那样——旋转东方亿万生灵的命运和性格。对于我们巍峨的、古老的"活的顽石"来说，历史的无情在其持续中酝酿着沸扬地转变为激情的历史，给在这个时候诞生在我们这个人间的受苦的、平凡而正直的一代人预备一条满布荆棘而通向花圃的动荡的、磨难的、发光的人生道路。不过这一切在这个时候都还在一片朦胧的后面。这个时候的中国地面上刚是吹起一股股带着海洋腥味的资产阶级革命的风，中国人民心愿中潜在的生活的曙光远未出现，写罢《摩罗诗力说》的鲁迅先生方正开始他持续十年的沉默中的紧张的思维和工作，在严峻地重新审视历史和现状，在热切地求寻深受封建主义奴役又备尝帝国主义凌辱的中华儿女的真正的生路，在积极地从事实现为完全的"精神界之战士"的最充足的准备。……

阿垅，这时是他那个自身是封建精神的一个载体的家庭的宠儿，并且当然从茫然无知的幼小时候开始就被本能地、善心而且热心地作为这一载体的应分的后继去培养。如果说，历史前进的每一步都经历着对历史因袭的桎梏的挣扎和突破，那么，阿垅之向鲁迅道路的前进，从而和历史一同前进，不能不反复经历艰难的自我突破的过程，——虽然这个自我所突破的东西按其实质乃是渗透到这个自我内部来了的、融合着旧精神传统的积淀而占有统治思想地位的外在世界的精神。这决不是阿垅独有的命运，但这命运在阿垅身上有它独有的表现形式。

差不多是在俄国的十月革命过后，看到了"曙光在前"的鲁迅先生以《狂人日记》结束了他的沉默而呐喊起来，一个空前的思想解放运动正在形成，而过了十岁了的阿垅，只是由于像所有负荷着力图改善家庭状况的家长的殷切冀望的儿子们那样，才刚得以进入一个私塾学会背诵"天地玄黄"和"柳暗花明又一村"。中国正在走上一个崭新的时代的起点，童年阿垅方才在默受古代魂灵的启蒙。但他，也许有一种像当今颇为流行的庸俗趣味的说法所形容的那样的"诗的细胞"，对无论"感时花溅泪"还是"青鸟殷勤来探看"发生了一种动情的迷恋。很难说这个孩子能够感受遥远年代以前的诗人们的叹息和呼号、踯躅和追求的人生信息，他总是以儿童的真纯反馈着诗艺术之所以能是诗艺术的真和美。于是，尽管不久之后，他就由于他父亲对他的希冀被经济压力所挫折而不复能够上学，他在成为他家庭的辛勤的辅助劳动力的同时，仍然被古诗所吸引而投入辛勤的自学。——我们将看到，这对阿垅后来的成为诗人和诗艺术理论家显示一种深刻的意义，却先给予阿垅以一种梦魇一般的纠缠。

1925 年，青年阿垅由长辈亲戚送进了杭州的一个绸布店当了徒工，过了两年光景，蒋介石背叛革命所引起的社会动荡就使那个绸布店倒闭了。阿垅第一次经历了那个惯于以辛辣的严酷挤碎天真的美好憧憬的社会的迫压。不过，"学而优则仕"不得便退而求"经商致富"的梦想本来只是属于他父辈在他的身上的寄托，他因而也就不特别感受这一回失业的全部社会苦味，他的苦恼是在于他从而失去了才刚开始的独立的生活。

没有新的就业的门路，又耐不住自己的不能自立生活的二十岁的阿垅，这时产生了走出他的家乡到广阔的外间去寻求别样的生活的想法。这当然得不到他的家庭的允诺。他陷于没有出路的严重的苦闷之中了。可是正是在这种情况下，这个没有什么学历然而多年来一直在持续地刻苦自学的青年发现了自己的真正的能力的方向：他开始了写作，开始卖诗卖文挣点钱了。但这却不是他的文学道路的真正的起步。最初发表在杭州报纸上的旧体诗，过了不多长的日子就没有一首能够完整地留在他自己的记忆里了。他倒是在许久以后也没有忘记他发表那些旧体诗时候所用的古里古怪的笔名——"紫薇花藕"，并据以在后来作自我回顾的时候，对着年轻的诗人朋友罗洛，批评自己起初的作品沾有"鸳鸯蝴蝶"的气味。这是一个十分严厉而未必公正的自我批评，——罗洛在《诗人阿垅》一文中引了阿垅仅能记得出的若干残句表明，他当时所作的不过是些歌咏杭州景物的山水诗。

写作而能有哪怕很是微薄的收入，这毕竟使困顿中的阿垅喜悦和感到鼓舞，他居然想凭靠这微薄的收入的积储来实现他的走出家庭的愿望。他没有料想到这明朗化了他的家长和他之间的矛盾。有这样一个这一时期的阿垅的故事：他不知第几回向他的家长庄严地表述自己的志向而受到威厉的反对和斥责之后，他突然迅速攀上他家屋旁边的一株大树的顶梢，以粉碎自己的决心粉碎了力图压制并逆转他开拓自己人生道路的意愿的家长的封建威权和顽固意志。可以想象，和亲人的这场致命的斗争在事后的若干日子里一定使他每想起来就既激奋也痛悔，但也一定硬着心肠以一种经常的威胁使疼爱自己儿子的父亲痛苦地处于一种经常的妥协之中。两三年后，他果然依靠以异常的节俭所一点一滴积蓄起来的稿费收入，单身到了陌生的上海，并且考进了前身是南洋公学的上海工业专科学校。他当然由于这样走进了一个对他说来是全新的生活而十分振奋；他可是还不知道，他实际上走进了一个较之他的家庭严峻百倍而且多的是冷情和凶险的社会。"租界"，这个第一回使阿垅现实地感觉到了中国的耻辱的东西从反面给他灌输爱国主义，而且，这个自身纯洁的、这以前重要的是从古老的真诚魂灵得到诗的启蒙的年轻人，能以他的真诚质朴的诗的心灵抗拒半封建半殖民地的集中形态的大都会醒醒生活的污染，可是还缺乏社会经验和思想锻炼的充满诗意的头脑是不是避免得了"无声的中国"的社会意识中威强部分的迷惑呢？纯洁和真诚，这在那个时代往往成为人的不幸的弱点。

阿垅进入工业专科学校，这只在求得未来的生活出路这一点上是他的本愿，但他的确从而获得他未尝有过的崭新的知识，并且——也许可以说是以诗的想象——对"工业救国"这个在当时的青年爱国者当中仍然很有吸引力的梦想，怀有了向往的情感。但是这时期发生的"九一八"事变和几乎是接踵而来的"一二八"事件旋转了阿垅的感情趋向。帝国主义野兽在我们国土上肆无忌惮的残暴所制造的我们许多同胞的血肉模糊的尸体，以及，随随便便就毁灭了我们文化集中表现之一的东方图书馆（阿垅总忘不了，在他进行自学的漫长日子里要借到一本书来读有多么大的困难），使他的心也着了火了：他想要投笔从戎，想要像反抗侵略者的十九路军的士兵们那样，在战场上对罪恶的敌人实行以杀还杀，当然，他没有可能立即实现他的这种意愿，而且淞沪之战很快也就被国民党政权对侵略者的实质上的屈膝所结束了。

但是，从军报国的意向对这个时期的阿垅来说显然是深沉而坚毅的，以至于，当他从专科学校毕业，面对着对他这样缺乏有力的社会支撑的大学生分外冷峻的"毕业即失业"所伴随的生活威胁，而国民党的中央军官学校恰好正在上海招考它的第十期的学员，他就去报名投考了。他随即也就被录取并到南京进了这个军校。阿垅后来深刻地把握了爱国主义的人民的规定性的政治内涵，较之别人更有力和无情地批判自己那时政治上的贫匮和从而引致的这一回迷误。但是生活的辩证法当时也在这个忠诚于以真而善和美的诗的国民党中央军校的学员身上显示了它的真理和力量。事实上，正是在这个国民党用以培养它所需要的武装仆役的学校当学员的过程中，阿垅以亲身的经历获得对于现代"奥吉亚斯牛圈"的中国国民党统治集团的深切的认识。那块刻写着"精诚团结"金字的大匾下面放肆施行的封建主义和法西斯主义相结合的教育的每一个具体的表现，愈来愈有效地在阿垅纯朴质直的心灵上撞击出抗议的火花。但是阿垅意识到自己面对的是他一个人所不能战胜的巨兽，他只能痛苦地抑制时时涌上心来的怒潮。约在1934—1935年间，阿垅被组织到一支独立支队之中，参与一次在溧水一带举行的"大演习"。这个"大演习"被"机密"地宣布为是以日本侵略者为假想敌的一场生死存亡的战斗。这本来应当能够燃起当初所以要投考到这个军事学校来的阿垅的热情，然而不，阿垅已经对这个"机密"行动怀疑而冷淡。事实上这个"大演习"表现为军事教官和部队长官们的大游乐和对于劳动人民的大骚扰。事后，独立支队路经苏州，阿垅借用流行于当地的关于春秋时代吴王以三千宝剑殉葬的传说写了这样一首题为《剑池》的七绝：

> 赤虹紫电数三千，断送锋芒泉下眠；
> 若为后人留匕首，秦王头已落庭前。

这显明了他的诗的境界业已越出他早年的明山秀水，大跨度地闯进了政治领域，在吊古的形式里抒发他对三十年代的秦始皇的憎恶和恨未能除的愤懑了。

这诗，正也是在这个军校的日子，阿垅开始走上他的正式的文学道路的转折。他弃文就武，投错了军所进入的这个军校既以它自己的邪恶教给阿垅重新寻求别样的人生道路，同时也就驱使他转回到他追求过的文学。但不是回到"紫薇花藕"的局促而悠远的古道。他是在鲁迅文学的旗帜下按鲁迅方向前进了。大约也是在1935年，当时在上海出版的大型文学刊物《文学》，就出现了这个国民党中央军官学校学员以 S. M. 的名字写作的情调激越的自由诗，并且以它们内在的执着生活的痛苦和热情感动了读书界许多年轻的心灵，引起了文坛的注意。

但是阿垅也还只能留在这个军校，毕业后也只能接受分配，生活在国民党的军队里。越是这样，他越是以积极的文学劳动去抵制并压倒他置身其中的那个生活环境挤迫着他的窒闷的气压。这锻炼并炼成了他的强韧的、不屈的精神力量。这也使他能够使作为国民党军队中的一个军人的他服从于作为一个进步诗人的他自己，从而服从进步的人民事业。

1937年，反抗日本帝国主义侵略的"全民"战争在上海展开的时候，阿垅作为一个少尉排长处在闸北前线。读者可以从这一本《第一击》认出阿垅在国民党当局那种面对敌人的凶焰而欲战不战所造成的恼人的氛围中的身影。他和他的士兵兄弟们终于打出了带着自己的双重意义的愤激的"第一击"。但是过了没有多少日子他就负伤了：敌机对着他所在的阵地狂轰滥炸，炸弹的一块碎片打穿了他的面颊，他的坚硬的牙齿几乎全部给打碎了，却也因而挡住了弹片的深入。"任何不幸都带来多少好处"，阿垅的负伤使他有幸在治伤的同时脱离了他早已难于忍受而此时又连饷也不发给他了的国民党军队。他后来在一首诗里咏唱他的流血，把这看做是他"再生"的起点。

　　这所谓"再生"，不在于他肉体的生活的再获得（但是他口腔创伤没有得到认真的疗治，装上的假牙也不和牙床吻合，这对他后来的生活道路产生了某些影响），甚至也不在于他摆脱了国民党军人身份的束缚而重新取到了的人的单纯，而特别在于从此开始了走上人民民主革命的战斗道路。他在治伤的病床上就着手写作《从攻击到防御》。1938年初，他辗转到了湖南衡山，在那里的最初几个月内写完了《第一击》中的另外几篇，还写作了包括不少政治诗在内的诗作品。1939年，他通过作家朋友、原在党的长江局担任周恩来的政治秘书的吴奚如的关系，带着信仰和喜悦，克服各样的艰难，从他在湖南的所在远迢迢地步行前往西安，然后到中共中央所在的延安。吴奚如后来回忆说，他送阿垅到延安去，让阿垅化了名，准备他在抗大学习之后再回到国民党统治区、回入国民党的军事系统内部去为我们人民的革命事业从事情报工作和统战工作。这个预定的工作当然是庄严的革命工作。可是对于阿垅本人来说，好容易走出了黑暗的国民党的军事营垒、正在一步一步地走向光明的"革命圣地"的路途的时候，他真能想象他还要重新投进那个使他十分憎恶的、令人掩鼻的、黑洞洞的狼窝虎穴吗?

他来到了他为之欢天喜地地流下泪来的延安,并且像所预期的那样,进入了"团结、紧张、严肃、活泼"的振奋人心的生活。这个热情的诗人又做起了勤奋的学生。他不但在军事方面积极地吸收新质的营养,而且以诗人的旺烈的热情努力于把马克思主义科学和无产阶级的政治要求融化在自己的思维和情感。他醉心于这个能够自在地呼吸革命气息的所在。但是,安然不是他的命运:几个月以后,当他正因牙床炎症化脓而发烧的时候,他坚持参加一次野战演习,他以在实践中的奋不顾身的行动跃进,却摔倒在杂长着蒺藜的野草地里,眼球被刺破了。这使他的延安生活在他的一生中只成为简短的"一度":组织上根据实际情况,让他到西安治疗眼伤和牙病;大家——包括阿垅自己——没有想到,他这一走就再也没有能够回到延安,没有回到他比拟为充满着蜜的蜂巢的、他心爱的延安的窑洞,——当然,没有回到那里仅仅是他的肉体。他在西安治愈眼伤牙疾之后,通往延安的交通线已被国民党方面严密封锁了。那时候,即约在 1940 年春,国民党军队侵占陕甘宁边区淳化、镇原等五县的同一期间,国民党在兰州、西安等地成批地设立了囚禁共产党人、爱国民主人士和进步青年的"集中营",并沿着陕甘宁边区展开所谓"点线工作"的大规模的特务间谍活动。阿垅没能闯得过或潜得过封锁线,而在西安的逗留又面临着难于打发的生存的威胁,他终于下了决心重回他视为罪恶渊薮的国民党军事系统去实践吴奚如送他前往延安时向他提出的使命,通过旧时"中央军校"的几个同学的关系,进了国民党的战时干部训练团第四团。但他在那儿不久就认为这不是获取重要军事情报的所在;他认为既然要做这个工作,那就得深入虎穴,——到那个军事系统的心脏部门去。因此,当着中华全国文艺界抗敌协会正在征文的时候,他就带着他早些时候所写、这时在西安修改并定稿了的长篇小说《南京》到重庆去应征，同时在这个国民党党政军首脑集中的"陪都"寻找攫得虎子的机会。他的应征小说《南京》以第一名中选，却得不到出版，后来甚至不知哪儿去了。但是，呕心沥血的结晶失没的痛楚被获得肝脑涂地为革命的特殊阵地的昂奋所淹没：他有如执着利刃冲入巨兽的血口去从内部杀伤巨兽那样，考进了国民党陆军大学了。如果说，他第一回进入国民党中央军校就他自己而言是一个迷误，那么，这一回他却是带着预定的清醒而明确的目的。当时，了解他的朋友们都被灼烫地感到了他的悲壮的、自我牺牲的精神。

这样，在国民党陆军大学和随后在中央军校的大约六年里面，阿垅发挥自己最大的能动力，既艰难地忍受险恶而卑污的环境所制约的生活，又能在高度警惕的同时利用他的国民党军人的身份掩护自己从事反封建和反法西斯亦即反国民党的革命文学活动和为革命收集和传递国民党军事情报的活动。

这个时期是他的诗创作的繁荣期，——他的政治诗大部分就是在这些年月里以各样的化名写出和发表的。这时期，他还为在桂林出版文学书籍的朋友编集过一本当时未能出版并终于失去了的散文集《希望在我》。同时，他也开始了文学评论的写作。他还尽可能地参加进步文学界的活动，和诗恳地社、平原诗社和希望社有经常的联系，协同朋友们编辑文学刊物（例如和方然一起编辑《呼吸》），出席年轻的诗人们的座谈会并阅读和帮助修改他们的作品……就这样，他在文学的鲁迅思想和鲁迅方向的实践上，贡献了他的动人的才智、能量、热情和心血。

这期间，他实现进入国民党军事系统的意愿，把所能获得的情报和材料送给了他愿望为之献身的中国共产党。这样的事在当时是悄然地做出的，并且一直——即使在新中国建立以后——也没曾公开地说出过。做有益于中国人民革命事业的工作，在阿垅看来乃是每一个正直的、渴望和争取社会解放和人类解放的人应分的义务，——就像他尽管处身在国民党军事机关却不求个人的夤缘发迹而且不做有利于国民党政权的事一样，是出于对祖国的历史前途和自己的人生追求的统一的忠诚。阿垅正是由于这样的正直和忠诚而无论如何意想不到他后来会被误谬地构陷为革命的敌人。一些未必不了解或定能了解他原来是一个形式上的国民党军人、实质上从事有益革命事业的工作的进步作家的人，昧心地公然污秽他的人格和形象。他们显然正是利用了公众对阿垅作为一个国民党军官所秘密地为中国共产党提供情报的无所了解。当中共中央平反了株连阿垅于其中的错案，特别说明了阿垅为革命事业做了有益的工作，这于是也就宣布了那种加在阿垅身上的罪名原来是渗毒的谎，并非无缘无故的错误在客观上表现为对公众的公然的瞒和骗。现在，人们多少已经知道，作为国民党军官的阿垅的家曾经是国民党特务追捕的进步青年的庇护所，不少从国民党统治区奔赴解放区工作和学习的人是得到这个披着国民党军人外衣的阿垅提供的"路条"通过国民党的封锁线的。阿垅的诗人朋友绿原至今未能忘记，1944年热天，他曾受阿垅的委托带一包袱的东西给住在重庆市郊赖家桥的胡风，他送到后才和胡风一起看到，那包东西原来是十几册国民党军队的编制和部署的印本和图表。这些国民党军事材料随后由胡风交托廖梦醒同志转送到延安去。像这样转递阿垅送来的情报和材料给党的事，胡风现在记不清经手了有多少回。1947年春，阿垅尚未平复一年前家庭的严重变故——他与之"相爱甚苦"的妻子张瑞由于迷惘于当时现实的丑恶和人生的幸福的严重矛盾、留下了不到一周岁的儿子小沛沛而自杀——加于他的心灵的创痛，有一天忽然收到一封匿名的警告信，威胁阿垅说："你干的好事，当心揭露你的真面目！"阿垅弄不明白这警告信来自谁，然而从而明白，他为革命事业、为进步的人民文学事业而作的事，国民党政权方面已有所发觉。他细心地安排了他在成都的未完的工作，安排了他那还正牙牙学语的唯一的儿子的生活，只身逃亡了。5月，他才到达重庆，国民党中央军校教育长关麟征发出的追捕他的通缉令也到了重庆了。他于是又匆忙逃出四川，逃亡于南京、上海、杭州一带。但是，就是在逃亡期间，他仍然在可能的条件下利用他和某些国民党军人的私交获知某些国民党的军事情况，不止一次及时地经由中国共产党党员、诗人罗飞提供给中国共产党在上海的地下组织。

在逃亡期间，阿垅又依然是一个辛勤的战斗的作家。他自觉地以诗歌和文学评论的形式在政治战线和艺术战线进行复杂的、严肃的斗争。一方面，他不顾身受国民党军方的通缉，又还正置身于施行白色恐怖的国民党统治区，而分外鲜明和顽强地写作了许多嫉愤、雄辩和峻刻的政治诗，锋锐地直刺国民党政权的中枢神经，同时扫射支撑这个政权的美国的杜鲁门政府。他也写作了一篇篇威严而犀利的评论撕碎为国民党当局服务的帮凶文学和帮闲文学的华衮和华章。一方面，他以对人民、对革命、对文学负责的庄严态度，对那些在人民解放战争时期国民党统治区中散布的迷惑人心的虚伪的乐观主义、消沉斗志的缠绵的感伤主义、拿"革命"调色和调味的色情文学、迎合小市民趣味的大都会里的"山歌"和"哭七七"、实质上以自我为中心的客观主义以及所有这一切抱成一团的对于鲁迅传统的现实主义的嗯哨冲击，进行了严肃的批评和抵制。由于他在进行这种批评的同时正面论述了面对人民民主解放斗争的现实的现实主义的文学要求和创作规律，从而表明了他所作的批评对于进步文学内部而言又是积极的自我批评，是以健全地提高、扩深和发展文学的战斗作用为目的的。人们现今如果读得到他这方面的作品，当可从中感到，这种自我批评意义上的批评，其内在的深刻性，对于中国人民文学的前进运动，是曾有其意义并仍有其意义的，——虽然他有时过于猛烈而苛严，有时不免有所"走火"。

1949年5月，上海的解放也解放了阿垅。他写作抒发对于解放的感激的诗歌，坦荡荡地阔步行走在属于人民了的上海大路上。他接着就被选入出席中国文学艺术工作者第一次代表大会的华东代表团，6月里到了北京。第二年春天，他参加了天津文学艺术工作者联合会的工作，担任创作组组长和天津文学工作者协会（后为天津作家协会）的编辑部主任直到1955年5月。这六年，是阿垅从事文学工作的最后的六年，除了热心和负责地忙于他所承当的职业工作之外，他以惊人的精神力量阅读和协助修改相识和不相识的青年同志的几百万字的各种样式的文稿、在口头上和书面上回答和讨论从四面八方来的种种文学问题、无餍地阅读多种学科的书籍，还仍然写作了成百万字的诗和论文，——尽管由于不知怎么说才好的原因而大都得不到发表。

这以后的日子——直到1967年3月17日离去人世，阿垅是在牢房里度过的。在掌握他这期间的命运的人们告诉我们以前，他的狱中生活对于我们来说暂时——应当是暂时——是一页页的空白。但是可以确定，阿垅自知是无罪的，阿垅自知是忠诚于自己深挚信仰的马克思主义科学的。阿垅能够无怨地忍受对于一个正直的人说来是非常重大的政治上的玷辱，因为坚信涂抹在他身上的所有污秽总有一天会被除去。遗憾的是，得不到及时和有效的治疗的骨髓结核症过早地夺去了他的还在狱中的生命，他没有来得及亲眼看到他与之关联的错案的平反和体会这一错案的平反所生发的积极的现实作用，没有能够和同他一起遭到无妄之灾而未死的朋友们继续自己热爱的事业。

四

阿垅的著作，除这一本报告文学集《第一击》，过去出版过的还有诗集《无弦琴》、文学论文集《人和诗》、《诗与现实》（三卷)、《诗是什么》和《作家的性格和人物的创造》。此外，阿垅还有大量尚未编集或虽已编集（诗集《苦蜜集》、散文集《希望在我》和《咆哮的铁》）而有待出版的诗、散文和文学评论文，也都是我们文学事业中光亮的存在，都应当得到关注、搜集、整理、出版或重版。

1984 年 7 月，夜雨大作时

回忆童晴岚

一

　　大抵就在四人帮破碎三年的时候吧，在厦门的××同志忽然来找我。作为一个闽南人，我在闽南生活过的零零碎碎的春春秋秋，总共不到我的年龄的五分之一；作为一个在上海的福建人，我可说几乎没有一个互相交往的老乡，——尽管我知道有着不少的福建同乡在上海。××同志来了，就用闽南话交谈了，于是，我感到了分外的亲切。在那苦难十年的最初几年，我在路上偶尔遇到看来是"大串连"来了的说家乡话的人，总是情不自禁地跟着他们走一段路。我那时和许许多多人共同着一个著名的绰号，叫做"牛鬼蛇神"，在被"扫除"之余，是已颇受了"只许规规矩矩"的勒令教育了的，所以，我跟着他们走一段路，实在并非想放肆寻机会同看来是"大串连"来了的同乡搞"串连"认乡亲，——我不过是被他们所说的家乡话牵引着罢了。乡音能有这样的魅力，这对于我——说也惭愧——正是新鲜的体验。这回和××同志自由自在坐在业已发硬的沙发上用家乡话畅叙，我内心是愉悦的激动，想必他是会感到溢于言表的。

没想到，在漫谈中，××同志忽然问起我认不认识童晴岚，而这正是我要向他打听下落的朋友啊。

"童老已经过世了。"他说，眼睛一下子似乎灰黯了。

我惊愕了一阵。我本来是冀望能和晴岚重新取得联系的，——我们阔别超过四十年了！

这以后，我面前多次出现晴岚的白皙的面庞和比我十七岁时候还短一巴掌的身材，——我不曾看到过不是青年了的诗人童晴岚。

二

1936 年下半年还是 1937 年上半年——记不清了，总之是我还在厦门双十中学新闻科的学生的时候，由于常常到《星光日报》去，有一次就在那里遇到童晴岚，也就相识了。那个时候，他是《星光日报·星星》的一个诗作者；我，算是在同一个《星星》上发表过一些幼稚又是胡乱写出的小说和杂文。他的名字和作品，在这以前大约两年就是我所熟悉的了，我还知道他参加了蒲风等人组织的中国诗歌会，为中国诗歌会厦门分会的筹组、成立和活动化了心血。他倒也是知道我的：刚听了我叫做"丁琛"的时候，他使我臊红了脸地赞许说，他读过《江声报·大众谈座》上我"抨击苏雪林污辱鲁迅的杂文，很好，是应当这样重重地刺她几下的。"但这话也使我感动，觉得这个雅静地微笑着、说起话来又轻又慢、显得十分平和的诗人，原来内心里面是弦着强劲的、搭上利箭的弓的。我们第一次相识，竟能在《星光日报》社楼上那个宽敞的编辑部门外的过道上站着谈了总有半小时，——虽然大半是我唠唠叨叨回答他的简单的问题。我一直能够记得的却只有他要走了，下了楼梯两三级又回身踏上一级，迟迟疑疑地对我说的一名话：

"不晓得怎么讲，"他对站在上面的我仰起面，眼睛直盯着我的眼睛，似乎总是文静地长在他脸上的微笑没有了，"也许，我想，你在《大众谈座》发表的那些文章，不如给《星星》登。"

我当时完全不懂得他这话的意思。于是成为一个疑问，执拗地盘结在我的心上许久，我本来可以在当场或者在往后几回和他相遇见的时候向他询问的，但我从没问过，仿佛我很了解他的意思似的。当然，我不问他，是愿望由自己来解决问题。后来，我自以为我多少明白了问题的所在了。

问题，用"史无前例"时期的流行语之一来说，就是"派性"。但我并非说晴岚那里沾染了什么派性。在左翼文学队伍内部发生的所谓"国防文学"和"民族革命战争的大众文学"两"派"论争那时，在厦门也没有激起使我此刻留有印象的风波。但厦门文学界的朋友们那时缺乏一个联合的组织——当然可能是我不知道——是一个事实。就我所知而又能记得来说，郑书祥负责编辑的《星光日报·星星》那时确实团结着较大的作者群，蒲风、叶可根、晴岚和听说不久之后被国民党政府逮捕了的丽天，就都是它的经常的写稿人。《江声报·大众谈座》不是每日发刊的，编者姜种因是个被认作安那其主义者的人，但它这个报纸副刊照样受到国民党政府的虎视。《华侨日报》有一个叫做《天竺》——如果我没记错的话——的每一期的附刊，是天竺文艺社的马寒冰，即50年代流行过的歌曲《骑着马儿过草原》的歌词作者编辑的，它的倾向是很明确的。《华侨日报》的副刊的名称被我忘记了，编辑是翁朗云，也是个写诗的朋友。这四个报纸副刊，就我当时近乎无知的幼稚的认识看来，以为是一条战线上的弟兄。我向他们都投过稿。但他们，也许除开《天竺》，相互间似乎并不协同作战，倒是为一些我早也忘却了的什么问题在你一篇我一篇地争论，这特别是发生在《星星》和《大众谈座》之间。那时，厦门还别有一个文学"花圃"，名为沉吟的人编辑的《江声报》的"正规"副刊（不记得名称了），不知怎么，以我那时的眼光去看，总感到这别一个报纸副刊在旁不出声，欣赏地观赏前面两个报刊的"斗争"。

1937年7月6日，我在前往上海的"济南"号轮船上碰巧遇到了也坐这条船去上海的姜种因。他已经辞去了《大众谈座》的编辑职务，并且作了这个副刊的寿命不会长了的预料。我把我以上的了解和认识告诉了他，他沉默了好一阵子，然后沉甸甸地说：

"我们也有错误，因为有偏见。本来，大敌当前，大家是应当联合起来的。不过，反抗日本帝国主义侵略的战争一定会爆发，战争一定会教大家立刻团结起来。"

第二天，轮船还在大海上航行，卢沟桥事件发生的消息传来，抗日战争确实爆发了。

当晚，我在动荡着的、破浪前进的轮船上，在昏昧的、然而不失为一种光芒的灯光下给晴岚写信。我把姜种因的话告诉了他，并且说"既然我在《大众谈座》发表杂文是《星星》也可以登出来的，那么，这两者不是也有共同之点吗？"

这信从上海出发，两天后我却去了南京。待到我再回上海，已是"八·一三"全面抗战展开了。

我没有收得晴岚的信。

三

1937年11月尾，我从上海回到漳州，和朋友陈青园编印了四期文学刊物，自己很不满意，却招惹了特务的关注，于是出奔闽西。那是1938年春天的事。大约8月，我又到漳州。听我姐姐说，我们在上海文化界救亡协会训练班的同学邓家梁，在厦门青年战士服务团，改名邓贡直，也到漳州来了。我打听到厦青团住在原来的龙溪师范学校里面，就去看邓家梁。

那个学校，我算是熟悉的：当我刚学会摇晃晃走路的时候，我母亲邵倩侬是它的校长。但那时，它对于我是陌生的。那里面，放肆的知了们竞赛着歌唱，房子那里却是寂静得很，望过去没见个人影。我想一定是我来得不是时候，人家正在午睡呢。我看一眼我自己的影子还不到一尺长，想走了。但真叫鬼使神差，我却走过球场，走进南边那一片小树林里，我很快发现一株青松树下，一个人靠着它坐在地上聚精会神地看什么书，从茂盛的树叶滤过的斑斑点点的阳光有如白色花似的在他的周围和他的蓝布裤子上热烈地开放。我感到这个景象的诗的庄严和美丽。生怕骚扰了这情境中的人物，我于是轻轻地绕开走，不料，我的胸口立即挨了不轻不重的一击——一只冒失的蝉儿飞过来撞了我了。我"哎"的一声还未叫完，连忙回头去看是不是惊动了那个读书人。我立即看见他望着我，并且一下子站起来，同时叫出了我的名字。

原来这个人是童晴岚。

这个邂逅真叫我们两人都兴高采烈，然而谈起话来，仿佛没有分别过似的。我马上就告诉他方才我把有如坐在白色花丛里全神贯注的他设想做了一幅魅人的油画中的人物，而且想因此作一首诗，他呢？他轻轻笑了两声，算是回应了我的话，却立即翻开他手里的《反杜林论》，拿出平在里面的一张纸递给我，说："刚才写了个十四行，你看看。"我当场读了两遍，——后来还抄过，此刻也还记得。

　　　为什么人们热情讴歌的春天这么寒冷
　　　挺着流血和胸脯悲唱的知更雀倒下了

我还不曾知道晴岚写过十四行，写过这样沉郁而愤慨的诗。它使我惊讶而激动。觉得这比我先前读过的他的诗集《南中国的歌》和发表在报刊上的诗更具有深刻的思想和激情。我知道，晴岚在厦门沦陷后到了海沧，再从那儿到漳州。厦青团正是面对着凶厉的国民党政府的刀钺。我怂恿他把这十四行寄出去发表。

"你太天真。这诗和你想象的那幅油画一样，现在都不合时宜。"他微笑，缓慢地说。

我感到，他的微笑不是以前我所熟悉的那样带着柔的喜悦，而是一种控制着忿懑的特殊形式了。我于是也发觉，大我十岁光景的晴岚，这时不过二十七八岁吧，形貌竟有将近四十岁的样子了。他精神上一定担负着过多的现实人生的苦恼。然而他仍然给人一种谦和的、镇定的印象。

这一回，我没有看到我特意去寻找的邓家梁，但却看到赵家欣，也看到了洪学礼。

四

这一年初冬，由于在厦门大学旁听得不到文学要求上的满足，我离开长汀到了龙岩来，借住在一个亲戚在那儿工作的汽车公司的宿舍里。当时的龙岩集合着几个汽车公司，使得这一个从前的革命根据地成为"交通枢纽"而呈现出一种膨胀的、虚幻的繁华忧愁。我所住宿舍边的宽长的甬道里经常通宵达旦地发出麻将牌的劈里啪啦的声响。夜晚，所有的酒楼饭店都拥挤着来自专区公署和各个汽车公司的各等人物和花枝招展的妓女们。但是，这里也有如伊·爱伦堡所说的那样，和荒淫无耻的这一面相对，活动着另一面的庄严的工作。每一期地下出版的共产党刊物《前驱》都被宝贵地从这一人传给那一个人。机智、勇敢和活跃的斗士竟然能够动员失身卖笑的一些年轻妓女为支援抗战卖鲜花，甚至能从她们当中发现并培养出在一个似是叫做《星火三千万》的话剧演出中担当主角的戏剧人才。……

就是在期间，在这样的龙岩，有一天将近晚饭的时候，有一小队卡车从南边驰进了龙岩。在它们停下的地方，有着不少看来早就等候在那儿的荷枪的士兵。正在大街上的我忽然看到，以"音乐家"身份活动的军统特务蔡继琨出现在那儿，挥着手，仿佛他在指挥什么交响乐，对着一个穿得整整齐齐的胖子说话。我看见从车上下来随即被押进那个大屋子的人当中，有几个面熟的人。当我看到晴岚也被押着，我震动了。我想那些受难的人一定是厦青团的。我慌忙回汽车公司去找王尚玉先生。

王尚玉先生是龙连汽车公司的常务董事，听说早年在东南亚什么地方做过什么教师。他这个人也常常在那条甬道里打麻将，但也总是和职工们很近，还曾经参加大街上搭起的舞台上演出宣传抗战的话剧。当我看到晴岚落难的时候，能想到可找寻帮忙救出晴岚的人，只有他。可是我刚刚向他说出我看见晴岚被押着，王尚玉的脸色一下子严峻起来：

"你这个婴仔，你管人家这个做什么，走走走。"

我无奈。怨恨自己怎么会求这个"老狐狸"。

夜里，我失眠了，徒劳的失眠，觉得自己无能为力。想不到第二天，一个我并不很熟悉的年轻职员跑进我的宿舍，拍拍我的肩膀说"憨人，你好出去放鞭炮了。"我莫名其妙，而他却又神秘地眨眨眼睛走了。

好几天以后，公司里一个熟人告诉我，晴岚的朋友终于把晴岚救出来了。"不过，现在还不能让他出来，过几天你再和他见面吧。"这天晚上，我居然和我的亲戚和他的伙伴上了酒楼，喝醉了酒。

几天以后，晴岚就以童霖（他本名童霁霖）的名字在这家龙连汀汽车公司当了职员。在我离开龙岩去赣南以前的不多的日子里，我算是和晴岚生活在一个所在，听他背诵普希金和马雅可夫斯基的诗，谈论《冰岛渔夫》和《安娜·卡列尼娜》，为对现实主义和浪漫主义的理解争论得我气得要死而他却少有的哈哈大笑。

五

1939 年我在江西，1940 年我在桂林几个月，又回到福建沙县，不久就到建瓯《闽北日报》当编辑了。因为兼编副刊《闪击》，在共产党地下工作者的协助下，组织起"闪击文艺社"，闽浙赣三省都有该社社员。这时，我和晴岚才有较多的通信。我要他给《闪击》写稿并参加这个文艺社，他说绝不能用他写诗的名字"童晴岚"给我写稿，原因是易于理解的，这不仅会使《闪击》受到来自国民党政府的更多注意和威胁，而且使晴岚暴露了踪迹。那时，我的确也没在什么报刊上看到童晴岚这个名字。但他并非没有写作生活，事实上《闪击》就发表过他的一首诗，非常遗憾的是我忘却了他所用的名字，也没法寻到《闪击》来查找了。1941 年 3 月，皖南事件后，我在建瓯站不住了，跑到永安小住一个时候，便前往桂林，却在赣州留下了。大抵在我经过瑞金的时候，我看到几天前的龙岩的《闽西日报》，那上面使我吃惊地刊登着龙连汀汽车公司的几个朋友的"自新启事"。我又为晴岚担起心来了。这个汽车公司瑞金站的人倒知道童霖还在公司里。五六月间，我收到晴岚寄到建瓯而终于从桂林转到赣州来了的信，说他"不久将往西南"。没有地址，甚至没有确切的地方。我和他失去联系了，而且从此没有得到他的下落，直到老李同志告诉我他已经逝世。

六

应当说，有一天，我本来是能够知道晴岚的下落并和他联系上的，然而没能够。那时，我正在看守所里坐班房。由于十分偶然的机会，我在一个刊物——不知道是《人民文学》还是《文艺月报》——上读到了晴岚的诗。如果我印象没模糊，它是写农村风光或什么植物的。我能够比较确切记得的是，我当时的心情是复杂的：又喜悦又苦痛，既被回忆也被想望绞缠着……

现在晴岚的肉体的生命已经不复存在，他的谦和、热情和执着追求真理的诗的生命，应当和他的还在积极活着的友人们的心灵共同搏动着。那么，感谢你，晴岚。

1981 年 2 月　上海岚皋路寓所

温枫其人

　　翻开忽然收到的温枫（刘炳贤）遗著《霜枝集》，立即入眼的便是一首题为"自喻"的打油诗：眼睛给蒙住了灰布片、拉着磨盘团团转磨麦面的骡子，"汗流浃背几十里，原来还是老地方"。立即记起来了，恰似十一年前吧，大难初解，我好容易找到了阔别该有二十七年了的温枫，他说久矣不写他擅长的杂文了，"没时间写也怕写了"，只是"偶尔胡写些旧体诗词"，于是就给我念了这首自喻骡子诗。那时我只顾劝他重操椽笔，全不留意他这打油诗表达的心情。万不料这一回翻开《霜枝集》就重会这首诗，也许因为我正躺在病床上之故吧，一时心潮着火似的翻滚。

　　虽然在抗日战争结束前后的几年里，温枫在重庆就发表过许多杂文，1948 年间在台湾出版的《抗流小集》的第一本就是温枫的《投石集》；居然1983 年间绀弩还向我问过他在重庆编《商务日报·茶馆》时的作者、他未曾一面的温枫"哪里去了"，"温枫"这名字，在文学界恐怕却是很少有人知道的了。他十七八岁时当小贩，接着当小工，十五六岁读了小学，十七岁考进中华书局柳州分局当学徒，国民党军队湘桂大溃败时流亡到重庆才当上了中华书局总管理处的译电员和文书。尽管自学得很出色，开始写作并发表许多作品了，出版杂文集了，他也还是评量自己在文学上缺乏才能和价值。1945 至 1946 年在重庆时，我几回邀他去看望先后编辑《茶馆》的王郁天和聂绀弩，去看望编辑《大公晚报·小公园》的罗承勋，他都连忙说："不不不，到那里我会手都不晓得怎么放的。"但他在中华书局，后来在上海市普陀区人民政府与同事们相处，我看到他都是有如在江河里的鱼，游得自在而欢畅，全无拘束。1951 或 1952 年间，我问过他"要不要参加作家协会"，他头和手一起摇，作了不出声的回答。莫非他认为自己真不配上文坛吗？不见得。《霜枝集·后记》和附录的《作者自传》，都就有着包括 80 年代在一些刊物上发表杂文在内的他从事文学写作的记录。大抵，他不以为或者还简直好笑从事文学写作还非得有个作家的名义或身份吧？也不见得。倒是这首自喻骡子诗透露他的一种严肃和心事。这首诗，也许看来可以说是并无多少新意。旧来就有人以磨麦骡子喻叹自己的人生蹉跎的诗人。然而，温枫不同，一种不以所作的劳绩的努力自慰而以进步在无进步状态中的无奈自愧乃至抱持对谁都不起的情怀，无非产生自他总在毫不自满之中不断提高对自己的要求的人生志愿和态度。想起刘禹锡有过"天与所长，不使施兮"的伤感，我惊奇于温枫把"不使施"的过错也归为自己的"不长进"的海涵。

然而，《霜枝集》实在太单薄了，所收诗文远不足我所知道的温枫作品的十之一二，远不足显现温枫温良谦恭中分外刚直而锋利的性格面貌。——虽然我很感谢编集和出版温枫这部遗著的人们，是他们的工作成果使我回想起了许多没能写在这儿的温枫和我的友谊故事。温枫 1988 年 12 月逝世时，我不在上海，等到知道时，已是四五百天后了。此刻写这么一些字，姑作对他与我死生之别的三周年记。

1991 年底

枝蔓丛丛的回忆

无梦时记记旧时梦

好不容易或许好容易，我业已活过了七十年，抽屉里有一张堂皇的"上海市尊老一条龙服务高龄老人优待证"。我不曾也不想使用这个"优待证"，不是由于几次听说过谁谁掏出它来反而受到嘲弄，更不是由于我对到了七十岁才能享有它不识好歹不懂得感激，我仅仅是由于不知老之已至，还仿佛才不过三十五六岁，正当旺年。几年前，一个文学事业上很有成就、三四十年前和我一样被做成"胡风反革命分子"的朋友有一次对我说："鲁迅才五十六岁就死了，我比他那个年纪多活了十岁了，还有什么好顾虑，还不该多写该写的东西吗？"他说得挺好，一时感动了我。但我又觉得这老当益壮的话里正含有着一丝"老了"的气味。我偶尔确也有"老了"的似乎良好似乎不良好的自我感觉，例如在换了几个书架搬书上架完了便有点儿直不起腰的时候，特别是在听人说昨夜梦而我却无昨夜梦可说的时候。我记不出我无梦已有多少年了，俨然成了个"老人"有多久了，我却记得 1955 年下半年到 1956 年下半年在牢房里夜夜做梦，而且一睡着了就不断地做梦到天明。那一年里是我空前也必将绝后了的梦的丰收期。后来我就曾经想：那时要是能被允许写一本仿何其芳《画梦录》书名的《苦梦录》，——因为大量的梦是烦忧愁苦的，还因为我实在苦于没能不做这么多的苦梦，——内容难说不配供土的和土洋结合的古详梦家之传人施展本事。现在，除了三个梦一直没忘掉，别的许多梦无论如何费神也还没有记得起任何一个。这记牢了的三个梦，倒不苦，却都短都怪，大抵就由于既短且怪，所以记住了。一个是，身边的空气陡地分裂并结成一块一块不规则的冰，却有规则地组合起来把我从脚、小腿、大腿直到头颈，紧紧围困住，我刚想"这就是世界末日么"，一块冰就拢住了我的头脸。我立即醒了过来，坐了起来，大风连同它带来的雪立即扑落在我的面上，我摸着了棉披上面积着了的薄雪。另一个：雾茫茫的小河上蓦然飞起来一小群羽毛发出色彩绚丽的光的小鸭子，飞快地飞过去，我惊讶地自语"哎呀，多美"，视线赶紧跟过去，却不见了。我又是立即醒了过来，一道手电筒的光正从门上的小门洞那儿消失，随即就是关了门上小门的声音，而还在要擦亮眼睛的我也感到眼睑上有点儿尚未结成眼矢的粘液了。第三个梦，是唯有的一次，梦见了胡风先生。在很宽敞的那个审讯室，他坐在一列三张桌子后边的正中的主审讯员的位子上，一脸严峻，冷冽的眼光直瞪着和他面对面隔着几尺距离坐着的我。我满心诧奇：他怎么审问我来啦？他忽然举起巴掌猛击一下桌面，严厉地问："你交代！胡风怎么是反革命？胡风哪点上反革命？"我很委屈。我说，"胡先生，你这个问题我问了不只三百遍了，没有一个回答能叫我……"我还没说完，不知哪儿传出话来："一个君王坚信他打个喷嚏欧洲就伤风了；一个君王刚疑心哪个臣民打个喷嚏，他的天堂伤风了。历史已经证明而且还将证明：意识决定的存在是虚妄的而不是现实的存在，这个意识本身是由它所处的现实的存在决定的，无论这个意识表现得多么强硬还是多么衰弱。"我从坐着到站了起来，眼光上下四处寻找也没寻找到说话人，胡风也不见了。我忽然浑身发烫。醒过来了，反复思索怎么会做这个怪梦，一点道理也没思索出来，直到无梦了的这几年里也还是一点道理也没思索得出来。现在有的只是尚压积在记忆里的并不是梦的往事了，——虽然我愿望那却不过是梦。

"胡风派"及其升级

"原来你是胡风派的，你怎么不告诉我？"大抵是 1946 年春二三月，在重庆，世交朋友、把《飘》改编为四幕剧送请胡风"看看"过并准备把《财主底儿女们》改编为多幕剧的居仁，也就是胡风《人环二记·出西土记》里提到的陈君，这样地谴责我。我可是因此才听说到"胡风派"这个词。居仁说，是他的在《时与潮》的一个朋友（我没记住他说出的这人的姓名）告诉他我是"胡风派"的。他说，"人家说到胡风派时，表情和口气都透出敬重的情感，说以前的《七月》和现在的《希望》都升腾着一股非凡的灼热的勃勃生气，思想在艺术里，艺术在思想里，使人感受到它的真诚和亲切，同时接受它——无论诗、小说、理论甚至杂文。"至于根据什么说我是"胡风派"，回答却太可笑了：根据《希望》上有我的杂文。那一时期，单在重庆，储安平创办和主编的八开本杂志《客观》的《副叶》（聂绀弩编辑）几乎每期都有我的杂文（有的署名是绀弩给起的名字），曾敏之主编的《新生代》也有我的杂文，我就是"储安平、聂绀弩派"兼"曾敏之派"吗？《大公晚报》和《新华日报》都也发表我的杂文，是不是因此我就又是

"国民党政学系的"又是"共产党的"呢？我还不仅为《商务日报》写杂文（王郁天和聂绀弩相继编辑的副刊《茶馆》），而且写经济问题的社论（先后应吴清友、李紫翔之嘱），莫非我于是又是这个报社社长、三青团头领之一高允斌的"高允斌派"？当时就在《商务日报》当总校对的居仁只能对着我傻傻地笑。他完了，我倒反给他个安慰：虽然我不知道有个"胡风派"，人家敬重编辑《七月》和《希望》的胡风，派给他一个"派"，把在《希望》上写过几篇杂文的我派到这个"派"里去，承蒙看得起，却未免太抬举我了。

万没想到，过了两三个季度吧，我已在上海写《拆散的日记》（《文汇报·笔会》）时候，同尚丁和吴群敢一起发起组织一个预定学习《资本论》的读书会。很快，参加这读书会的人数多到没个地方容纳，于是就以之为基础扩大为分设几个组的"我们的俱乐部"。年底到第二年（1947）春，上海摊贩进行反抗国民党政权杜绝他们生路的连续斗争，学生群众举行激愤于美军强奸北京大学女生的反美反蒋示威游行，国民党则召开"国大"、驱逐共产党代表、进攻延安，接着就是全国大中城市学生展开反饥饿、反内战、反迫害的壮阔的反蒋介石国民党统治的斗争。这期间，我不满《笔会》不断刊登波特莱尔的诗的短文发表后两天，"我们的俱乐部"生活组的召集人、1948年4月成了我的妻子、1957年9月在严重扩大化的反右派运动中被迫害致死的王皓就对我说，她的年长的朋友、从前左联一诗人的夫人告诉她："耿庸是胡风派"，还加了注解："胡风派就是胡风搞起来的小宗派。"还有不知是理性化的浪漫还是浪漫化的理性的判断："耿庸那篇文章看起来是攻击波特莱尔，其实是攻击编《笔会》的唐弢。谁都一看就猜得到，那当然是胡风叫他写的。"王皓猜得到吗？王皓说，她要猜的话也不会猜得到是这么回事，又为什么要猜呢？我自己则是当事人，用不着猜。我写这篇东西，胡风根本不知道；靠猜作出武断并进行传播的人尽管聪明伶俐热心热肠却到底是猜错了传播错了的。但我倒从而明白，胡风和胡风派，并不单像居仁说的那样受到敬重，正好相反地是也受到歧视、嫉视乃至仇视的，——我记起这之前几个月路过广州时偶然看到的，响着切齿声"冒险""冒犯某权威"而非但平平安安而已的大文章《读了〈文艺工作底发展及其努力方向以后〉》来了。

但我的短文真的得罪了唐弢：《笔会》刊出他的对我进行人格侮辱的《编者告白》。我于是写了作为回答的《略说"不安"》。并在文后对有人说我前一文是"胡风叫写的"作了否定的说明。这篇稿子投寄给郭沫若主编的《文汇报·新文艺》，却得到了杨晦先生约我面谈此稿的来信。住在上海幼稚师范专科学校里边的他的宿舍离我所在的宣怀经济研究所很近，我就去了。这以前，我读过他翻译的《雅典人台满》，也读过他评论曹禺剧作和别的几篇论文，留下点儿他的评论带有学院气的印象。但不久前看了郭沫若《新缪斯九神礼赞》（这标题可能记误）中举出杨晦、舒芜、黄药眠（列名次序记得是这样）为文学评论方面"谁个能够否认"的三个代表，觉得很是有趣，因而记得牢，因而还想象过这几位中居第一位的杨晦倒是政治性强于学院性的吧。可是一见到杨晦，这想象连同留有的印象全都走了样了：穿着旧棉袍子的杨晦正从他年轻的夫人怀里抱过他们的还小的孩子，听到站在房门外的我寻问杨晦先生的声音，侧过头来就说"你请进，请随便坐，我们就这个房间，孩子又发烧了，乱糟糟的"，好像确知来找的准是我。随即就说，"《新文艺》这周刊，郭先生出名，我出力，我还要教书还要抱孩子，只好对不起请你来，"他边说边把孩子放在床上、沏茶、抱起孩子——母亲工作去了。"要告诉你，一是你的稿子下期就登出来，二是登出来后恐怕要惹点麻烦，你要不要考虑一下？"我不知道会惹什么麻烦，如果是招恼了唐弢，那可是已经招恼了的；会不会倒使他因为发表我的稿子受到麻烦呢？他说不，他不在乎。他接着就说，从前鲁迅先生说左翼文学是唯有的文学，现在也大体是这样，但是在这样的文学界里，情况却是复杂的，与现实要求不协调的、近似于抗战时期出现的文学"与抗战无关"的理论和实践，正在上海以不作理论喧嚣的方式进行着与反内战反迫害无关的文学实践就是其中的一种现象。说到这里，他忽然问："你认识胡风吧？"我认识的。他于是说，"有不少人背后说胡风搞宗派，我觉得胡风在工作作风上是有些宗派。但是，要说搞宗派，搞宗派的就只有一个胡风吗？不见得，大不见得。"他摇头，又摇头，歇了口气，才补加了一个感叹："太复杂了！"大概看出我的困惑，他说，他也许不该对我说这些话，但我总归会了解这些的。他说明，他是由于觉得，对于文学界中种种存在于生活态度、创作思想以至作家关系上的氛埃一般的风气，看来得靠相对说来没有成见、没有顾忌、生气虎虎的有见解的青年一代来冲破、冲垮，因而才说这些话的。但他感叹对这种风气的冲破"很难很难，需要顽强的、一代又一代青年的韧性。我很希望这样的年轻人踊跃上场"。他说，"同你的文章一起，下期《新文艺》还要登出另一个青年的文章。可能招惹麻烦，但是值得。"我一直静静地听他说话（他似乎也不需要我说些什么），脑里一时闪过鲁迅的话：20年代的中国，终于只能孤寂悲哀地放下箜篌的沉钟社却确实是最坚韧最诚实最挣扎得久的文学团体。这时，这个看起来年纪大我一倍的沉钟社之一员的杨晦，形象上给了我一种"他衰惫了"的感觉，在说到文学界里漫散着一股氛埃一般的风气的若干具体事例时还仿佛有一种抑制的愤懑和无奈的伤痛的沉忧，然而情绪是兴奋的，内心里显然颤跳着一个文学事业从业者未灭的或复燃的、寻求清明世界和清明文学的心……

　　隔《略说"不安"》发表一天，我去文安坊看望胡风先生，想听他对我上次请他看的小说的意见。自从认识以来，无论同在重庆还是同在上海，我都很少去看望他。也是因为投稿，应约到在天官府的文化工作委员会去和他第一次见面当时，我就觉得，我并没有什么值得说的事可以对他说，而他，虽然一副从从容容的神情，我却有他正在有事忙着的感觉，事实上这次他话还没说完就被人请走了；我因此一直不想去打扰他，去了也是稍坐一会儿就走的，——除非他忽而来了兴致地向我提出个我能参与讨论的问题。说到这种使我能在他那儿多坐些时间的例外情况，我立即记起在重庆有过一次：不是1945年尾就是1946年头的一个晚上，为了告诉他吴清友已应诺为希望社募捐但没把握能多募捐到钱的事，我到在中华全国文艺界抗敌协会里他临时住处去，没想到几句话说完，他却问我觉得路翎的短小说怎么样。我那时还只看到过《希望》第二期里那一组路翎的短小说。我觉得，在仿佛不费力气就从人们往往忽略了的处在日常生活活动中的小人物群里发现各有特征的性格及其内在分量不轻的意义举起来了这一点上，路翎有契诃夫那样犀利的透视力和锐敏的感知力。路翎也和契诃夫一样感同身受地体验一定性格的人物在特定环境特定事件中的心理反应，但是表现所体验到了的心理活动的方法不同，大体上说，契诃夫把人物对事件的心理反应表现为相应的行为反应或者由人物自己表达出来；路翎则是直接描写心理反应生发的瞬间情绪变化。我随意举出契诃夫的《坏孩子》和路翎的《王老太婆和她的小猪》作为例子，虽然两个短篇小说殊异的历史内容不适合比较。胡风说，例子一下子没有选好，没什么，可以理解我的意思。"把路翎和契诃夫的短篇小说作比较，你有根据，这又能令人感到兴趣，"他说，"你写它一篇怎么样？"我犹豫起来，不单因为他没有说点儿他自己对路翎那些短小说的看法，而且我还有个自己没曾解答的问题。他似乎觉出来了，问"是不是有问题？"我冲口说说出这个问题来了：我读《罗大斗底一生》时觉得，它当然是现实主义的，但是是不是也带有表现主义倾向呢？胡风没有立即回答，也没有反问我怎么会有这样的感觉，是在稍稍停顿之后才说："不。作者有科学的世界观指导。"这个我以为是抽象的回答使我沉默了一忽儿。我坦诚说，我只是从片山孤村那儿皮毛地懂点表现主义。"不过，"他说，"表现主义是什么，到现在为止，也还是鲁迅翻译的这一篇说得最明白。"我说了将试试看能不能写得出他提议的那篇稿子，就向他告别了。这次在上海文安坊他家里，也较多花费他的时间，也是他打开话盒子的。模糊记得，我在拐进文安坊时遇到木刻家王琦，他刚从胡风家出来，说看到胡风的书桌上有一个写着我的名字的信封，大概正要给我写信，"你来，他信就不用写了"。我想未写的信准是要谈我的小说稿的。不料胡风给我开了门，开口就说："打起笔墨官司来了？"按一种似乎习俗了的话说，是"打起笔墨官司来了"，而且还没有打完，——谁知道唐弢是否善罢甘休。胡风转个话题，问，谁说我的文章是他叫我写的。我说，还说我是"胡风派"呢。他毫无感觉稀罕的表情，说出了简直和我从居仁那儿听到的话一个模样的话来："还不是因为你在《希望》上写稿。"我于是告诉他在重庆时和居仁的那次对话，还问他："真有胡风派吗？在《七月》《希望》上发表文章的人就是胡风派吗？"他有点感慨起来了，他说他从不曾想到他的名字会和派字联结在一起，可是"胡风派"这个称号却有些历史了，是他还在左联工作时候就由对文艺问题认识不同的人们给叫起来的，的确一来就带有贬斥性的歧视，所以接着就判定是什么"宗派"了。怀有善意的人也说"胡风派"，多半不了解这个称号本来藏有的心思。我插进一句话："杨晦说你在工作作风上是有点宗派，但是要说搞宗派，那可不见得就只有你，他说'大不见得'。"接着我就回答他关于杨晦给了我怎样印象的询问。他于是说："《希望》发表吕荧批评杨晦的《曹禺论》的论文，听说杨晦很不高兴，不过没看到他进行反批评。从他发表你对唐弢的回答看，他大概对文艺界的现状多少是不满意、有意见的。但是，"他说，并立即转回到宗派问题，"文学上本来就免不了有各样的派别，中国新文学的童年时期就有为人生的艺术和为艺术而艺术的两个派别，或者说是现实主义派和浪漫主义派。这当然只是大体上说的，事实上一方面在这两派之外还有别的派别，另一方面在两派内部也各有色调互有差异的派别。这些派别本来应当认作是文学流派。但是由于长时期封建思想的渗透甚至达到反封建的人们的头脑，文学流派如果没有对封建思想的充分自觉的警惕和排斥，就不免沦为宗派。宗派性、宗派、宗派主义，本质上都是封建主义。具体情况可就复杂了，甲派中的张三李四在某个问题上会同情、支持或是利用乙派中的赵大钱二反对他们由于某种原因正要反对的丙派的周五吴六，等到出现另一个原因，就跟着变化出另一副脸孔。封建主义也实行实用主义的。"我不禁说出"市侩"，他说："是的，是市侩，也是政客。已经不是做什么文学艺术工作了，然而仍然舒舒服服当他们的文学家，在他们派里成了出色的人物，在文坛上又好像他们是无派别性的主持公道的君子。"我从不知道也未想象文学界里有这样的人和事，我因此感到惊奇，虽然记起他论文中有反对市侩主义的话、《希望》还明白表示拒绝中庸主义，我还是脱口就问他："胡风派也是个宗派吗？"他立即回答说已经说过了，最初听到"胡风派"那时他都不相信自己有个派，更别说不明白创造"胡风派"的人把哪些人拉扯成一个"胡风派"。他说，他是在所谓"两个口号的论争"中才完全明白了所以选用"胡风派"这名称"不过是理论交锋的对方选择了他们看来抗力最小、最可以放心打击的胡风来给他们视为他们的反对派的一方命名罢了。那时雪峰叫我不要在争论中再写文章，我自己也不想再写了，不是没话说，是强咽下去，是要看他们到底是在打击谁"。我想起了三十年代读到的、喊"国防文学"口号的一个刊物在一期里刊出鲁迅说明"民族革命战争的大众文学"的文章的同时就对鲁迅开起火来的事。我觉得我明白了。恰好这时庄涌来，我就走了。我和胡风都忘记了我请他看的那篇小说。（后来才知道他把这篇小说托顾征南带给楼适夷，发表在《时代日报》。）

这之后两天，杨晦先生打电话来要我下午到他那儿去一趟，说"料到的事发生了，你来了再说"。下午我一到那儿，他就说，"惹来的麻烦大了。你和曰木的文章登出后一天，唐弢同另外一个人向报社提出辞职，说是社方怎么允许干出在自己报上打击自己人这种事。但这还不是他们提出辞职的实质性理由。实质是，报社经济困难，唐弢同另外那个人从邮政储金汇业局弄到钱给报社，他们提出辞职是从经济上威胁社方。社方因此对他们七劝八求，有话好说，不要辞职。他们于是提出除非《新文艺》主编郭先生出面向唐弢道歉，否则坚决辞职不干。社方没法，找我来了，要我代表郭先生去道歉。我不同意，我说他们写文章到《新文艺》来好了，我可以给它发表，要不然我可以陪他们一同辞职。结果当然谈不拢。我后来同意第二天同他到郭家去，大家商量。现在找你来，让你知道这么回事，听听你的想法。"除为使他陷于麻烦很过意不去之外，我在惊愕里没有什么想法。过后我觉得，唐弢他们那样真叫人又可笑又可气：对付两个小人物的小文章，值得他们动用那么大的心计，做出那么弯绕的举动，他们不觉得太藐视他们自己了吗？杨晦说："现在不谈这个。我有个想法，请郭先生写一篇平和公正的文章，作为调停，唐弢他们不再写争论的东西，你和曰木也不再写，问题放到以后再说。"我没有什么意见，只要唐弢停止争论，我可以不再写，曰木我不认识，不能替他表示意见。杨晦说他的这个想法未必会被接受，那就再看吧。我随即回到住处。第二天，吴清友来。这些日子他上午都来，口译瓦尔加的《战后资本主义世界经济的变化》由我记录为文字。这天他一来就对我说，昨天下午他在郭沫若家，谈话中，郭沫若忽然问有茅盾在内的在座的几个人："你们知道耿庸是什么人吗？"吴清友即回答"耿庸是很用功很热情的青年，他就在我那里"（吴清友是宣怀经济研究所所长）。我问郭沫若没说为什么事问我吗，吴清友说："老郭只说一句'是我们自己的青年朋友就好'，不晓得他什么意思。"我告诉他大概是因为他挂名编的《新文艺》发表了我的一篇东西。才过了一两天，杨晦打电话来说，郭沫若写的文章已经拿来，日内见报。他说，"唐弢那天也被请到郭先生家，郭先生会演戏，站起来就向他鞠了一躬，唐弢脸都红了。郭先生马上把他的稿子拿给唐弢，说有问题就请提，唐弢连说不敢不敢，但坐下来马上就看，郭先生在他旁边对他说，如果不觉得有什么问题，这件事就算过去了，两个青年那里我们去跟他们谈。郭先生这篇稿子是他先就写好了的，里边比喻你和日木是误砍了樱桃树的童年华盛顿。他说他知道你们，知道你是研究经济的，认为你是很用功的一个青年朋友；特别要我对你说，如果他文章里有使你感到委屈的话，请你谅解，争论的双方都顾全大局互相容忍，化干戈为玉帛。"我插了一句：说我是"误砍"，别人砍我砍得对吗？杨晦说，"看了郭沫若的稿子，我也觉得不公正，表示了意见，所以他说了请你谅解的话；我不能改他的稿，这也请你谅解。唐弢看了这稿子，说他赞成这事情到此结束的时候，那副表情就够好看的。他碍在郭沫若的分上，你就看在我的份上吧，好不好？"我说"事情真能这样过去，那就让它这样过去吧。"他还约我两天后到幼专晤谈。我到时去了。他独自一人默默坐着，头发好像一下子白出了许多。刊登郭沫若《想起了砍樱桃树的故事》的报纸就垂在他桌子的一角。他示意我坐下，在他脸上稍留驻一下的微笑明显含着苦意。我心里难过起来，可还没说出我想说对他负疚的话，他仿佛接续他方才中断的静思，仿佛自言自语地说了出来，"哪一个人能解决这么个矛盾，"他轻声缓语，"为什么我们向法西斯统治者争取民主解放，争取思想自由言论自由，我们却在自己权力微小、范围局限的一个文艺阵地里压制民主压制自由？"他停顿下来，我记起来了恩格斯谴责过当时德国革命党刊物出现这种压制行为的话，却莫名其妙地在这时候陷在我是在哪本书里读到恩格斯的谴责的寻思中，以致他往下说的话只是听到"……闹个人意气而不是维护真理，挟资本以行胁迫，为什么不严肃批评，反倒鞠躬赔罪，这助长了什么？火中凤凰！火中凤凰！什么！"他越说越响，突然一下子站起来大叫"我不干了！"我慌了，连忙说"你别这样"，"怪我牵累了你"，"算了，事情过去了，算了"，——说不出别的什么话了，尽管我心里也有火。这以后，我还几次去看望过他，谈些文学评论问题。他真的不干《新文艺》的编辑工作了。同年八月，我去了台湾，从此没再看到杨晦先生，只在1980年尾我在北京听说他在北京大学中文系，给他写了一封短信并附去刚在《光明日报》发表的、我被"淹没"二十五年后的第一篇重见世面的文章《真实散记》；回到上海后不久收到他的信，"想得到你受过了多大的折磨，"他写道，"你倒是更结实了，我在报上读到你的论文就这样觉得。"因为我就有再去北京的打算，没有给他回信，这个打算一拖再拖一直拖下来，1983年实现了，他却逝世了，我给自己留下至今未了的歉憾。

郭沫若的"故事"发表后几天，也在"我们的俱乐部"的朋友林同奇告诉我，他的同学冀汸看了那"故事"，气极了，写了封信给郭沫若，轰他一通。后来，我有一次问吴清友，见到郭沫若时听他说起过收到一封轰他的信吗，吴清友说没有听说过，不过他知道"老郭收到信通常是他太太先看的，重要的就给老郭，不重要的她就处理了。轰他的信大概不会给他，他气坏了她怎么办"。又过了些日子我才去看胡风先生。原是尹庚约定我陪他去的，过了约定的时间超过一小时了尹庚还没来，我自己去了。我向胡风大略地说了上次看他之后的这场已经乏趣了的有趣的听闻和经历，他平静地听完了，说："你说得好像是别人的事，与你无关，可见是很快消化了一次人生经验，这不容易。其实，动用一个大人物来对付小人物一篇小文章，"我插进一句"还有日木的一篇"，他笑了，继续说，"那就说两篇小文章，但是一样，你总是很被看得起、看得重了的一个，你本来可以好好高兴一场。"我说："这不变成阿Q啦？"他哈哈笑起来，"你没有高兴过啊。"他说，"不管怎么样，这一幕究竟给你体验到了一种文学界里的非文学的或文学以外的风气。"谈话没有继续，——尹庚拿着我留给他的写明胡风住址的条子赶来了。两个分别10年了的左联时期的朋友开始了对谈。但他们没有交谈多久，梅志回来了，胡风立即问梅志什么事，梅志回答了什么，胡风忽然一脸怒气地说什么。尹庚和我对望了一下，赶紧站起来说："老胡，今天我来迟了，四点半还有别的事，我们以后来。"出了门尹庚问我"什么事"，我也不知道。他随即说，他刚听说我是一个"胡风派"。我说这样说我的话我听腻了。

可没想到，1952或是1954年，"胡风派"被升级为"胡风小集团"、"胡风集团"并接着升为"胡风反党集团"、"胡风反革命集团"。这个被终结在"砍樱桃树的故事"上的故事也被网入了《关于胡风反革命集团的材料》，我于是也被当上"胡风分子"，而且被迅速提拔为"胡风反革命集团骨干分子"了。

魂兮未尝离去

1955年5月13日，星期五，好些西洋人视为"黑色"的不吉利的日子，在没这个迷信的东土，走运走红的舒芜男士发表了他呕心编著、成了从对胡风进行似乎是文学思想的批判撤转为明明白白的政治讨伐之关节的《关于胡风反党集团的一些材料》。先前，即在四十年代下半期那时期，我不喜欢舒芜的论文，无论是出大名的《论主观》还是没出名的《论因果》，对他的杂文作品则颇为欣赏，——当胡风给我一册《挂剑集》时，我就对他这样说过。我还说，舒芜的杂文，有些是鲁迅式的，很好；有些是周作人式的，卖弄学识；虽然毕竟有学识好卖弄，匕首本有的锋芒可就被弄得没了锐气，好比冲水太多了的苦茶没了苦味。胡风说，舒芜的杂文迂回婉转，能引人入微，也方便于瞒过书刊检查老爷，"不过，也的确有些周作人气，有合适场合可以向他提一提，让他参考参考"。我可没有这个意思。我事后倒是想过：胡风先生早就就"霭理斯的时代"问题多少剖析过周作人的半是叛徒半是隐士，要是那时他顺便说说一旦半叛半隐皆不得便将如何致身，那么大抵就预言了周作人的前途。这个想法就是在读《挂剑集》的过程中冒出来的。但我还是颇为欣赏这个杂文集里的好些篇，诸如《耶稣闻道记》、《"国字"的奥妙》和说是献给钱穆教授的《"致身"法钩沉》——虽然我以为这位教授的名字也可以视作一种典型，虽然我以为这种典型的致身法何只限于作者从古书中举出的两例。也许就由于如此吧，读着毫不迂回婉转而弩张剑拔了、后来知道没多少天就改题为《关于胡风反革命集团的一些材料》的舒芜的杰作，我脑子里竟然纷扰地出现他的《青面圣人》。

当然想到胡风。不是由于我自动而是由于我被加入这个我不相信其为实有的"胡风反革命集团"。事实是，读到舒芜的杰作过了不到40个小时我就因此被逮捕并关进牢房里了，而在这之前，张中晓在夜里九点多钟来告诉我，新文艺出版社晚间紧急召开、我则因下班就回了家未得到通知而未参加的大会上就点了有我在内的"胡风分子"的名。但我想到胡风，还只是想到他为他长期执著的实践的现实主义不被理解和招致憎恶而面对着了他难以避免的灾祸。早些日子，王戎让他的妻子章茵子带了胡风给他的一封信给我看，我此刻模糊记得，胡风在这短短的信里说，春天来了的时候，他把自种的一盆南天竺从北窗搬回南窗，现在沐在阳光里蓬勃了起来，他很高兴，他没有什么要做和可做的事了，除了保护最宝贵的东西。我感到这几句话隐隐现出胡风沉重的心情。王戎那时已在他所在的电影文学创作所内受批判，我还是给他打电话，问"最宝贵的东西"是指什么，他立即回答："现实主义。你说还有什么比现实主义更宝贵?"我想也只能是如此。那时胡风的实践的现实主义理论已被大批判了几个月了。然而我没有排除得了胡风心情沉重的感觉，我不知道也不能想象胡风会有侍弄盆景的逸致闲情。现在想到胡风面对灾祸了，却没去再想他要保护的最宝贵的东西是什么，就给他写去了一封信，说他是受难的普罗米修斯。（胡风收到没收到，我始终不知道；1966 年 4 月我临被释放前给我看过就收回去的关于我的结案处理决定里，我给胡风的这么一封信却是印在其中的我的一条"罪行"。还在受审时，审讯员就已说我到了自己都保不住的时刻还给胡风写这样的信，"你看你有多顽固"。）哪里知道，过不了两天，我自己就遭了难：5 月 15 日天还蒙蒙亮，我就被一阵多人上楼的吵声闹醒，王皓刚问我谁走得这么响，吴强叫着"老耿老耿，起来吧"的声音就传进了房间。我问他什么事这么一大早来，他在门外说"无事不登三宝殿啊"。原来他是带着四五个穿便衣的公安人员来抓我的。我起了床就带他们到楼下厅里去（谈话中才发现便衣只留下一个在座）吴强掏出登载舒芜杰作的报纸，同时就问我看过没有，要不要再给我念一遍它前面的《人民日报编者按》。他盯着我，眼睛还带着笑，似乎他觉得有点尴尬。但随着问我几时认识胡风和怎么认识胡风，劝我把胡风给我的信"统统交出来"，说胡风的"问题很严重，你也不要当你是没事人"，但他往下说的话就越来越使我听不下去了。他说，"你的《〈阿 Q 正传〉研究》就是一本反党的书，你的家经常是你们胡风分子集会的地方，章靳以主持的那次华东作协批判胡风主观唯心主义文艺思想的座谈会上你还跳出来进行反扑，而且歪曲、诬蔑马克思主义，你们胡风分子在新文艺出版社干了许多坏事也都有你的份。别的不说了，光是这些就够证明你积极主动配合胡风反党反革命，在上海……"我打断他的话，站起来就说，"谁反党反革命，你不能随便说：我不反革命，我没有反革命……"吴强也站起来截断我的话说，"你不要跟我讲，"他说着，指一指坐在他旁边的便衣，"你跟他们讲。"那个也站起来了的便衣伸手递给我一张纸，说"你被逮捕了。在这上面签个字。"吴强走了，和便衣他们谈没用，我拿过他递过来的笔就在他手指指着的地方签了名，看也没看那纸上写着什么，却说我还没洗脸刷牙呢。他让我上楼去，我看见有一个便衣在我的房间，有个便衣在隔壁房间向王皓的五哥王文镇说什么。我刷洗完，跟着我的那个便衣从卫生间架子上拿起一把梳子给我，说"你梳梳头发"，我听他的话。但我要和王皓说几句话，却没看见王皓，他说她在楼下，你下去吧。我转身下楼就看见有一个便衣在我的小书房里翻书桌抽屉，我感到屈辱，感到一下子什么都不正常了，——虽然同时想到这在他们肯定都很正常，会有履行职业任务的光荣感。拿着一碟煎饼的王皓和我在厨房门口相遇，我张口就对她说"他们要把我抓走了"，她立即流出眼泪，我立即说"不要流泪，没有什么，你放心好了，过两天我就回来。小孩怎么不见了？"王皓说："他们叫保姆带他们到外面去玩了。你吃煎饼吧。"他们想得好周到，连孩子也支开了，——我心里想，拿了一张煎饼就回头说，"怎么样，走了吧？"他们的确周到，要我到厅里去把口袋里"用不着的东西"掏出来留下来，我口袋里只有一条手帕、小半包香烟、小半盒火柴、一些零碎钞票和一支派克金笔，这个便衣把火柴拨到一边却又拨回来，说"都带着吧"，我要把钱和笔留下来，他说"带着吧，有用的"，我又听他的话。于是往后门走，我在门口站住回头对王皓说"别焦急，我过两天就会回来，你也这样告诉孩子们。"王皓镇定住自己，叫我"有什么就说什么，没什么就不说什么，实事求是好了。"我感到她又要流泪，心里一下子不好受，却笑着向她说"再见"，赶紧扭头就走，——我不愿看泪水模糊了她的眼睛。

但我从此就没能够和她再见。我的书生气十足的乐观惩罚了我自己，"过两天我就回来"的自信被无情地变成了绝对和永远的谎话。不过，说过"再见"之后约四个月里，在大门外没挂看守所或监狱牌子的牢房里，我倒是好几次听到她读报的声音。那时我已经听到过张中晓、何满子和许史华的声音，并且从他们叫号提审知道取代他们名字的他们的代号分别是 1045、1046 和 1047；1956 年尾我换到隔着晾晒衣服被子场地那边的监房还听到贾植芳应答看守人员问话的声音并知道他被叫做 1042。我被叫做 1041，我于是推想我怎么竟是几个朋友中第一个被关进这儿来的。可我纵然留心也没听出王皓的代号，只是每当听到她的声音，我就感到心在收缩，感到牵连了已成了家庭妇女的她才真是一种罪过，一下子成了三个孤儿的三个无辜的孩子又怎么过活呢。后来，连使我心颤的她的声音也听不到了，我唯有用她已被放出去了的设想来安慰自己。1956 年秋天吧，感谢一个好心的承办员拿给我一小帧除了直头发变成曲头发之外没有变化的王皓照片，还告诉我她已经在上海文化出版社工作、大儿子东宁已经进了小学，使我有了一阵的欢慰。过了几年，我早已被关到上海市第一看守所里了，有一天，忽然也是这位好心的承办员带了王皓的母亲和二姐来看我。对前后坐了将近十一年牢的我来说，这是破例的唯一一次让我会见亲人，我很激动。她们给我带了一包饼干和我先后从报上看到很受赞赏因而要求王皓买给我的《青春之歌》、《林海雪原》、《红岩》与《红旗谱》，还有一帧 1956 年给过我一帧了的同样的王皓的照片。书得通过看守所领导才能给我，当一个训导员把书给我时却只有《林海雪原》和《红旗谱》，我问还有两本呢，这个训导员很坦率，说："那两本描写监狱斗争，不能给你，退回去了。"我没介意，后来偶尔同一个据说当过大学的党支部或党总支书记的同监房囚徒说起，看过那两部小说的他说，"那当然，怎么能让你从书里学到监狱斗争的方法。"我立即失笑了。拿到的两本书，我好容易花了几个月的时间才断断续续地读了一本，另一本则无论从正文第一页开始还是随手翻看哪一页，都没法读得下去一页，——尽管我渴读得把《马恩全集》第一卷和第三卷反反复复读了不知多少遍，把《宋词选》和并不很好而且早就读过的苏联小说《勇敢》都读得它鼓胀起来和散了页，还几乎包办了监房里每天的读报。可是一帧重复了的王皓的照片却执拗地不时揪我的心。那天，王皓的二姐在我走到她和她母亲近前的时候，第一句话就是"阿娃工作很忙，叫阿妈和我来看你"，我怎么没一下子就觉出这话没有多少真实性呢；他们两人那一副强忍着眼泪的神情，我又为什么只觉得这仅仅由于久别却相见在看守所、在公安人员的眼光圈里呢？我思忖，如果是她和我割断关系了，那么她母亲和二姐也不会来；那么，最大的可能就是她已经死去了，可我又不信，不愿信，不肯信，谴责自己是在诅咒她。但"她死了"的感觉比"她可能死了"的推想还强。我记起来1947年8月27日（据说是孔丘生日）同她在驶往台湾的轮船上谈论《红楼梦》的事，——是她突然说我在这旧小说里的人物中肯定"最喜欢林黛玉"引起的。我可一点也不喜欢林黛玉，而且不喜欢那里面的任何一个性格。她一脸是不相信的傻笑，又突然一本正经地问："尤三姐，尤三姐你也不喜欢？"我反用这个问题问她，她说，是的，她最喜欢尤三姐这个性格，"因为这个人刚强火烈，为了维护自己的人格尊严宁死不屈"。还有更使我惊讶的一次，我们在解放了的广州有半年多了，王皓经由身上带着一把小手枪的画家、《新商晚报》

总编辑戴英浪的介绍在据说和公安部门有关的荔湾海角红楼舞厅当会计的时候，戴英浪和我邀了为把家属迁居广州而从香港来找房子的严庆澍（唐人）到这个舞厅喝茶。中间我去找王皓，又跟她到后面一个房间去看了一下睡得正甜的我们的孩子，再到茶座时，戴英浪和严庆澍正在那儿谈论晴雯和史湘云。老严边拉开一张椅子让王皓坐边就问她"你一定也喜欢史湘云和晴雯，对不对？"王皓还没坐下就回应"我喜欢尤三姐"，不管人家讶异地沉默下来的反应，坐下来接着说："曹雪芹不公正，要不就是他不理解他自己写的这个性格的意义，才写了她那么一点点。我每次听说贾宝玉林黛玉反封建什么的就觉得好笑，他们头脑里的封建思想还少吗？他们反封建不过是拿封建思想的一方面反对另一方面。尤三姐就不同。尤三姐当然也是弱者，她也当然无法无力抵抗她周围环境的压力，她甚至得不到一点爱情的安慰，面前的出路不是屈服投降就是死，她不屈服不投降不肯死在吃人的人手里，她就宁肯自杀了。《大雷雨》里那个为爱情而自杀的卡杰林娜是黑暗王国中的一线光明，为了人就必须是人而自杀的尤三姐就更是强烈反封建的一团猛火……"虽然老严老戴似乎听得入了神，我还是打断她的话。"算了吧，"我说，"别忘了，尤三姐身上就没有封建气味吗？"老严老戴笑了，王皓也笑了起来，却又说，"对，对，连现在的人也不见得有多少人身上没一点封建气味，你也有我也有。可是尤三姐杀死了自己也杀死了她身上所有的封建鬼怪。"回想到王皓的议论尤三姐，我甚至觉得她如果真的死了多半是自杀死的。1966 年 3 月 24 日，我终于被释放的前十几二十分钟，以前未曾见到过的一位承办员向我提出的最后一个问题是："你想过王皓怎么样了吗？"我回答："我想过她或者同我离婚了，或者死了……"我还没来得及说出"她不会跟我离婚，更可能是死了"，他已经抢先说："是的，她自绝于人民，已经死了，她的死同你不相干……"我也抢过来说，听着自己的几乎是鸣咽的却毫不含糊的声音："同我相干，无论如何是同我相干的。"

从被捕那天起，我也没有能够和我的年轻的朋友张中晓再见。我在那个大门外没挂着看守所牌子而被一些囚徒说是"第三看守所"里，最后一次在监房里听到使我的心颤抖起来的张中晓的声音也是我这辈子最后一次听到的张中晓的声音。盛夏晌午的看守所格外悄静，我靠墙坐在床上吸烟（感谢那时还让我有一张床，一张书桌，每天有一包美丽牌香烟，甚至还有一只烟灰缸），巡望着陪伴着我的、另外三面墙上斑驳污迹在我的感觉里构成的各种形象不同而共同着愁苦神情的男男女女的面庞，忽然听到从隔房传来中晓沙哑地轻叫着"报告"的声音，叫了一次停一小会儿又叫一次，声音带着喘，我发急了，下床就跑到门那儿大叫一声"报告"，不料门上的小门吓我一跳地猛地拉开来，出现了那个我认为心地顶好的高大的解放军班长的脸孔。"是你喊报告的吗？"他问。我说："我是替隔壁监房里的人喊的，那个人喊了好一会儿了，声音太小了你听不见。"他说他听见了的，就是听不出哪个房间，现在听清楚走过来了，"以后不是你的事你可不能喊，要处分的。"随后我就在门那儿听他和中晓的音量都很小却很清晰的对话："你又吐血啦？""是啊，又吐血啦"，"今天吐几次啦"，"差不多没停过，吐了好多好多，我现在人很昏很软，支持不住了，请你……"，"我前天告诉他们了，我马上再去跟他们讲。喂，你们那两个，快来扶他去躺下来，他有事你们喊报告"，"谢谢你啦"。我听得十分难过，觉得发颤的心在下坠，仿佛看见这个十八九岁就害了肺病、切去了五根肋骨的朋友正在侧靠着墙支撑自己一大口一大口地咯血，而相距不过三步却阻隔着使我过不去的连闩带锁的两扇门，在外边此起彼伏的蝉鸣交响里我这个人却只能噤若寒蝉，我这个也许是唯一在他身边的他的朋友竟然对他毫无用处，徒然闷闷地火烧自己。1966 年 3 月获释后，也无从打听他的下落——不仅因为我还被戴着"反革命分子"的"帽子"，不能随便问人，还因为除了遇到何满子之外，没有遇到一个认识张中晓或虽然认识张中晓又可以放心去问的人，而满子也不知道中晓在哪里。我试寄了一张《解放日报》给在绍兴东关邮局的中晓的父亲张绍贤先生请转给他，希望他看到我的笔迹就会回应我无声的呼唤。这个希望逐渐地瘪下去瘪下去，终于在"史无前例"的暴烈中沉痛地完全消失（1967 或 1968 年里一次"外调"向我询问某人问题时，我说这人与罗洛和张中晓同住在一个宿舍里，他们比我更了解这人，问讯人说："罗洛在青海，张中晓死了，我们才来问你"）。然而三十多年来依然是 26 岁的中晓时常地显现在我的眼面前。1951 年，声势甚壮地批判电影《武训传》时，《文汇报·文学界》的一期的同一版上发表了罗石的《武训传·文艺·文艺批评》和我的《论诚实和负责》。我当时觉得，除了主张以电影《武训传》的编导者孙瑜为批评对象这一点我不能完全同意之外，罗石这篇文章的内容大体上是可以赞赏的，——我对问我对这篇短论的意见、负责编辑《文学界》的梅林这样说过。梅林告诉我，罗石是很有文学见识的年轻人张中晓的笔名，他已经写信给罗石提出和我通信的建议。这是我最初知道比罗石还要陌生的张中晓这名字。大抵到了这年 10 月，我才读到中晓的第一封短短的来信，觉得他对我有一种含着犹豫的亲切。我立即回信并给他寄去一册我的杂文集《论战争贩子》。隔了一段足可往来三四次邮程的日子收到他的第二封信，没有说一句他对我的书的意见，却使我感到突兀地说我得到了一个"很喜欢"我的"讽刺风格"的读者、他以前在医治肺结核时住过的医院里的护士、后来的朋友。过了些天我才寄出回信，他却突然来到了我的家。原来他到上海三天了，是王元化要他来正在筹备中的新文艺出版社工作的，已经会见过梅林和元化并通过元化的关系借住在杨村彬、王元美夫妇家里。我们一下子就像朋友那样，没有犹豫没有设防地谈起心来，简直是一气地谈了五六个钟头。有若一品锅或百货店又漫无边际的谈话里，有一个和胡风先生有关的断片，是中晓说起了的有关《时间开始了》在1950年所受到的不公正的批评。我立即说我那时在广州写过一篇以这个批评作例的谈批评的杂文，他说他是先给《文艺报》写信去提意见，得到萧殷的回信，"你猜他说些什么？他向我推销他的书，说读他的书对我有好处，我牙齿都酸了"。于是他不写信了，写了两篇稿子，他那个护士朋友也写了一篇，先后都投寄给了《文艺报》，一篇也没发表，也没退还，他就接连写了两三封信去数落他们。我告诉他，我的稿子倒是先寄给胡风，附了信说如果他认为可以寄给《文艺报》的话就请代寄去。这以前，我大概有两年没和胡风通信，而且到了这年的六七月里才又读到他的著作，就是王皓好容易借到并限定第二天交还的《时间开始了》之中的《欢乐颂》和《安魂曲》，是开夜车匆匆地读的。我虽然觉得《欢乐颂》中若干节的音调高到了非降八度我就没法朗诵，还是认为这两部诗沸扬着诗人真诚于祖国的新生的激情，表现了艰苦的民主解放的理想追求终于达到光芒四射的现实，当时的典型环境里的典型感情。可是没过一星期，却从王皓借来的《文艺报》的一期里看到沙鸥（模糊记得还有何其芳）的文章，从上千行的这诗里孤立引出几行来进行不顾自己体面的抨击，我以为这种批评轻率地毁损作品也亵渎文学批评自身的品质，决不可取，——这也就是我那杂文稿子的中心内容。稿子寄给胡风是王皓的主意，因为王皓认为稿子里"文学批评家胡风的诗受着了作诗的沙鸥的批评真令人有如面对一幅滑稽画"这一句可能引起误解的话如不删掉就该寄给胡风看看。胡风把稿子寄还给我，在信里说《文艺报》上对他的诗的批评，"真意并不在诗，这只从专门摘引诗的一小片段就可以看出"，而"你不和他们谈诗偏要谈他们的'批评'，这大半出了他们的意外。但他们还是会加强对诗的批评，原因一个是连他们也觉得沙诗人的批评太弱，一个要紧的是要迫使被批评的诗的作者自己出来检讨。""你提出文学批评本身的问题，能为难他们的，但你没有充分展开，没有深入为什么会出现这样的批评，你看是否作些补充。稿子由你直接寄去，署名也换一个，这样好些。"（胡风这信开头有一小段使我感动的话，说看到信封上的笔迹，就感到我回到大陆了，"果然你是在广州了，不用为你陷在台湾担心了。"）我的稿子的确存在他说的弱点，但我缺乏怎么会出现这种批评的事实根据（我那时没看到对阿垅的批评，我所在的《新商晚报》［司徒美堂出名办起来的］只有几种外地报纸却常常不知哪里去了，我又穷得买不了几本书刊，只偶尔靠王皓找她的朋友借书刊来看），即使找到，杂文稿就非改写为论文，否则就难以展开分析。我写信把这情况告诉胡风，说将把稿子一字不易地寄给《文艺报》，他们若是退回，我就再寄去，也许再写一篇一同寄去。还因为听叶非英先生说《光明日报》和《大众诗歌》也在批评胡风的诗，便在信里提了一下，希望他能提供给我看看。同时也就给《文艺报》寄去了稿子。（我说到这里还对中晓讲了叶非英其人：一个中国安那其人。和巴金是朋友，巴金的散文集《黑土》里描写他是"耶稣"，他很爱朋友，即使和他没有共同思想的朋友；王皓和她二姐带了五个孩子回上海就是他睡在火车站里半夜起来排队给买车票的。他在《光明日报》上看到批评胡风诗的文章，又听和他同在霭文中学教书的一个老师说《大众诗歌》也有批评胡风诗的长文。他对我说，那个老师对这回事觉得奇怪，他不奇怪，只是觉得来得早了些快了些，还觉得接着就可能批评巴金，他说明他这种感觉是从鲁迅答徐懋庸那封信里驳斥当时对胡风和巴金的攻击这一事件来的。我不以为然，我说胡风做文学评论工作容易受到不同见解的人的反对，抗战末期和解放战争时期就受到批评，巴金从事文学创作，不大可能遇到这种事。非英说

"现在不就是在批评胡风的文学创作吗",我立即联想到胡风说对他的批评"真意并不在诗"的话,而非英往下说的"我看问题在于人与人的关系,你忘记鲁迅说徐懋庸他们搞宗派吗?那时候他们还不过抓大旗当虎皮,就在胡说什么胡风是'内奸'、巴金'破坏'联合战线,胡风听鲁迅的话,没有反驳,巴金却反驳了,你想现在会没事吗,我看有一天还会有向鲁迅算老账的事呢"这段话,我就一时语塞,但也恍然了悟现在出现这种批评甚至是有其历史根据的。中晓说,"你这个朋友有眼光。"(果然,后来中晓可能看到,我则在监房里从报上看到,巴金受到了批评,从他以"余一"发表的杂文到他的小说,——虽然我记不清他受批评的年月。在惊醒许许多多人的"完全必要"的响当当的日子里,巴金所受的则何限于批评,中晓却恐怕已无所知了。中晓无所知了的还有很非常而很不及时地指责鲁迅答徐懋庸一文的宏篇高论,更有千奇百怪的、三十年代小报流风的种种对于鲁迅的蜚语与诅咒。)我接着继续告诉中晓,《文艺报》倒是相当快地给我退了稿,退稿信里没有一句关于我的稿子内容的话,却说胡风的诗"不良倾向是明显的",他们收到许多来稿来信都提出了"严正的批评和展开批评的要求","因此,来稿不用"。当天,我就把我的稿子原件(稿子第一页上贴有退稿邮票,他们没用,依然贴在那里)再寄给他们,并附信说我的短文"针对的也正是一种倾向不良的批评现象,希望你们再看看我这稿子,如果认为我不该引出对胡风《安魂曲》的批评作例子,那我可以补引几个对别人作品的批评作例"。我依然要求稿子不用就请退回。但这一寄去就了无消息:不退稿,不回信,好像这样就能够不了了之。我随后给胡风先生写了信,说了这件事,也说了另一件事——《新商晚报》让我编一个文学周刊,希望他能够给写篇稿子来。胡风回信说我那稿子百分之九十九不能发表出来。(中晓插话"肯定百分之百不能发表,除了他们为了打击你才会当靶子发表出来")说我要编文学周刊应当去找欧阳山，请他领导和指导，还附寄梅志的一首童话诗来。但是周刊没有办成：戴英浪突然辞职，新来的报社社长虽然要当副总编辑的我接替戴英浪空出的总编辑职务，我可是由戴英浪介绍来的，决不干等于取而代之的事，8 月尾或 9 月初送走了王皓和孩子之后十来天，我寄还稿子给为流产的周刊写文的作者、把家里的家具分别送去给已搬到广州居住的严庆澍夫人杨紫大姐和留给保姆等等杂事之后，我也回上海来了。

1966 年 3 月，我从王皓的遗物中得到一本 1955 年 6·月人民出版社出版、单是上海人民出版社到 7 月就重印了 6 次的《关于胡风反革命集团的材料》，看到了其中"第二批材料"之四三、四五胡风给张中晓和四四胡风给我的信后面的"注"，正是有关《文艺报》与对胡风诗的批评的。这本"畅销书"，我相信中晓生前必定看到过，——只是他的想必令人感兴趣的感想已经令人无从获悉。但把我和他联组起来的"注"，它们所表现出的"注"者的才思与技能，我倒以为是值得见识见识的；但在列举它们之前，我得说明，1955 年 5 月，和我被逮捕同时或后来的被抄家中，不仅胡风、阿垅、方然给我的信，还连周建人、许广平、冯雪峰、雷石榆、叶以群、王亚平等等人给我的信，概被取去，到 1980 年 9 月冤案平反后，北京涉案的人被拿走的信大都交还了，包括我在内的上海几个人被取去的信则也许由于没用毕或仍有用而大都至今也不见交还，因而这里，我依据的只好是被肢解后纳入《材料》（第 70—72 页）里的有关残简。这残简之一《四四、一九五〇年八月二十四日胡风给耿庸信（自上海）》，里面有一句"如有同感友人，可弄一个小座谈会之类，现在需要这类工作，还得从少数做起"的话，材料的编著者对此作"注"："〔小座谈会〕胡风指示张中晓制造假的座谈会来为他的诗捧场，并反对《文艺报》对他的批评。"胡风给在广州的我的信怎么成了胡风对我还不认识的在绍兴的张中晓的

"指示"、"可弄一个小座谈会"怎么就是"制造假的座谈会"？这问题，不知在不在读者中发生，我却不能不产生这样的问题并且有"注"得蹊跷的感觉，设想这恐怕并非只是来自威权的"我这样说，你就当然是这样，他就当然应该这样相信"的思想逻辑的现实表现而已的。事实是，胡风给我信里的确有"可弄一个小座谈会之类"的话，我却没有弄过，我也不具有神魔似的人具有的能把胡风这话传达到我还不知道天底下有这么一个人的张中晓那里去的法术，后来张中晓在同我谈《文艺报》上胡风诗的批评问题时也没有"弄"什么座谈会的片言只语。不错，《材料》（第 68 页）编著人在《四三、一九五〇年八月十三日胡风给张中晓（自上海）》后面作有一个"注"，里面说："胡风这里所说的'抗议'，都是他策动他的反革命集团中的人作的。在他的策动之下，张中晓、耿庸等化成几十种名字写信到《文艺报》编辑部疯狂地谩骂批评胡风的人为'蛆虫'、'低能的蚊子'、'泼妇'等，并且用下流的流氓口吻写道：'谁要再说昏话，我就要×他祖宗十八代！'他们甚至捏造几十个人的假座谈会记录，寄给《文艺报》，威胁该刊，不许以后再发表对胡风的批评。"坦白交代：这个"注"使我发过傻劲，想要找到《文艺报》编辑部可能为了配合这本《材料》而具体揭发那样"疯狂的谩骂"、"下流的流氓口吻"和"化成几十种名字"中的哪怕五种名字、"捏造几十个人的假座谈会记录"中哪怕两个人的发言……的伟构杰作，遗憾的是没有找到，却找到了 1955 年 7 月 30 日《文汇报》发表的一篇妙极了的对我大加揭发的灵魂卑鄙丑恶的文章，里面说，"这个反革命分子耿庸，在 1951 年批判电影《武训传》的时候，利用了当时胡风分子梅林所把持的文协刊物《文学界》（上海《文汇报》的副刊），发表了很多文章，大肆攻击党和党对文艺工作的领导，在不到半年的时间内，就有四十多篇。"我感谢如此吹嘘我写作之勤且多，然而《文学界》是个周刊，即使每期发表我一篇文章，"不到半年时间"也超不过25篇，而事实是我在《文学界》只发表了有关于电影《武训传》的《论诚实和负责》与《关于电影〈武训传〉的创作倾向》两篇，不久之后，这个周刊就其故非我所知地突然停刊了。假如说这篇文章的作者孤闻寡见到不知道《文学界》是个周刊的情况，发表这文章的《文汇报》编者也不了解就未免太过分了。《文汇报》上还另有六个人署名的揭发我的"罪行"的千把字文章，说我"恶毒地说"《铁道游击队》"这本书一辈子也看不完"，因为"每天只在上厕所时看三分钟"。他们都是新文艺出版社的编辑工作者，居然不了解一下这部小说正是罗洛和我审读原稿（罗洛还为之作了大量文字加工）的；也显然算术欠佳，计算不出，这部四十万字的小说即使每天只看三分钟也用不着一辈子——除非夭死。特别令人惋惜的是魏金枝先生也竟如此，在《文艺月报》上说"当《人民日报》发表关于胡风反革命集团第二批材料的那天"，"《新闻日报》中的胡风分子李正廉"得知纸型已航空运到该报"重印"，"就马上打电话通知耿庸、张中晓等预作准备"，"耿庸还忙着打电话鼓励士气，说什么'忍受一下，熬过一时就好了'"，仿佛已是坐在监房里了的我居然还自由自在地在外面听电话、打电话乃至"鼓舞士气"——真不知是撰写童话还是神话。但是类以这种不负责任、无中生有的"揭发"，不仅这些文章中还有，而且别的文章中也有。为什么会大量出现这种倒是揭发其作者本人魂灵品性的文章，我看那是未必没受到一点儿《材料》编著思想、方法与实践的模范影响的。单就《材料》那个"注"所说的"张中晓、耿庸等化成几十种名字写信到《文艺报》编辑部疯狂地谩骂批评胡风的人……"来说，即使张中晓人言两亡，我这儿也不重复上面已经写出了的张中晓告诉我的话，被作为一个当事人的我无论被说到哪儿去总还是个人证，我就很知道，虽然我不是"坐不改名，行不改姓"的好汉，自己署上的或是报刊编辑先生代为署上的笔名（您要说是"化名"也可以）多得自己也记不清，我给《文艺报》投寄两次同一篇稿和附一封信，用的可就只是"耿庸"一个名字，不但没骂他们一句话，尚且只敢表示"希望"再看看我的稿子。还有，我是在胡风还以为我陷在台湾的时候就写了我的稿子的；要说谁"策动"我写这稿子，实事求是就不会说是胡风而只能说是《文艺报》上不公正地批评胡风诗的文章，——是文章而不是某个人，因为对事不对人是从事文学批评应有的科学态度，做人也是应该不做"无实事求是之意，有哗众取宠之心"的人的。

于是我也想起了正直的、真诚为文学事业而在受难中死去了的朋友阿垅、芦甸和方然。方然和我甚至未曾一面，大不如我和阿垅与芦甸之有过各一次见面谈天的机缘。1953 年初中晓要我寄一份《〈阿Q正传〉研究》校样给朱声时，我还连朱声就是方然也不知道。但是我们专门交换对契诃夫小说的感受和见解通了十来封信，就像我为了要写一本《鲁迅思想和鲁迅方向》的书和阿垅通了二三十封信交换认识和意见一样，我从他们那里得到知识的充实和认识的扩深。方然后来写作了关于契诃夫的系列论文结集投寄给新文艺出版社。我要写的书则才写了开头，笔就和人一同失去了自由。我是在《〈阿Q正传〉研究》出版后，立意接着写《鲁迅思想和鲁迅方向》的。我向胡风说了我的想法，即澄清三十年代以来迷雾一般笼罩着鲁迅思想面貌的所谓"定论"和"公论"的"前期进化论、后期阶级论"的形而上学的论断。胡风认为我这想法很好，但不容易，会遇到各样的困难。我说我觉得最困难的是弄明白达尔文主义以及其前后相关的例如拉马克与海克尔，左右相关的例如赫胥黎与斯宾塞乃至柏格森，过去和现在关于鲁迅思想"前期进化论"的论断都明显呈现这方面了解的贫困乃至全无了解。胡风说这倒是他也没想到过，"的确应当弄明白，总不能老说'将来必胜于过去，青年必胜于老年'就是进化论，太简单化了"。1953 年隆冬，芦甸从天津返江西探望他久别的母亲并准备接她到他那里去时路过上海，到新文艺出版社来，罗洛请他和我吃中饭，谈了半天话，中间间断地谈到我这本待写的书的写作问题，他说"应当趁热打铁，尽快把这本书写出来"，我可没法写。那时王皓失业，我必须在业余时间作文卖文来增加一点收入维持一家五口的生活，但我还是挤出时间读了我所能得到的达尔文及其有关的包括马克思和恩格斯论达尔文著作在内的许多书籍，也读了所能得到的与鲁迅及其作品有关的相当数量的著作，可以说大体上已具有了写作这本书的主观方面的条件。芦甸告诉我，阿垅据我和他的通信认为我"完全可以很快写出这本书，但是，他说，你可能担虑触犯了瞿秋白，有所顾忌，其实学术上应当是人人平等的"。我并没有这样的顾忌，但我的确对阿垅说过，论鲁迅思想，第一个要碰到的就是"诸夏怀霜"的"霜"，即瞿秋白，后继他的鲁迅思想研究者，就我看到的来说，到四十年代结束，基本上还是按他的"从进化论进到阶级论"的调子唱歌，似乎还不曾走出他在三十年代前半期所受的局限，似乎还拥挤在他的局限里打转，因此总的说来，我动笔写起这书倒反而方便得多，可以只就《鲁迅杂感选集序言》的相关部分说自己要说的话了。这话，我也对胡风说过，胡风先就笑起来说，他也在那个局限里打转过，不过他倒是早就认为就是在许多人都信从进化论宣传进化论的"五四"时期，鲁迅思想也没受到进化论的限制，然后说："你说的是技术性问题，其实是只要抓住有典型性的论点进行评论就行，不一定非指出哪个人来不可。重要的当然是要鲜明详细地写出自己对鲁迅的认识，让读者去比较和辨别。"我向芦甸、阿垅和胡风都作了诺言，要在 1954 年春暖时候着手写这本书，争取在冬来时写完。这个诺言没能够实现，吹了。我于是只有对这几位亡友的愧憾了。

跟着记忆走这么疙疙瘩瘩的一次

听说有个叫做《跟着感觉走》的流行歌曲，这"跟着感觉走"跟着就成了一个流行语，似乎比流行歌曲还流行，——肯定比流行歌曲还流行，于是又成了一种"潇洒"的行为指南、"潇洒"的人生哲学。我很钦佩果然能够实践"跟着感觉走"的人，因为我实在不能够：不止一次我在晕眩时感觉着我在空中翱翔，我可怎么也不能够跟着在空中翱翔，只能躺倒在床上。听说，而且不下十次听说，老年人喜欢回忆，不管对孙子、儿子、妻子、忘年交还是同是老年人朋友，用不了几句话工夫，就回忆起旧事，说起"我小时候穿陈嘉庚橡胶鞋才花七毛八分钱"、"像你这样年纪，七岁，我早自己烧饭洗衣服了，我还是个男的"、"你记得吗，那年我们十七岁，你是篮球健将，我一百米跑十一秒八"、"我先前比他们阔得多啦"、"我们那时候，生下来的孩子哪有才五斤二两这么点儿的"……我很相信老年人中有如此这般喜欢回忆往事的。我这个老年人可实在不在这样的老年人之列，因为我不喜欢回忆往事，至少现在还不喜欢。是因为我的往事太糟太伤心太叫自己羞得脸红耳赤于是害怕回忆吗？不不不，不喜欢距离害怕还有好长一大段。我不喜欢回忆，仅仅因为回忆总是执拗地面向过去了的事，花功夫把过去了的事拉回来还不如让它随便怎么样去，——现今、眼面前的无论瞬息万变、万息瞬变、忽然就变还是一变不变呆在那儿的事，看都尚且来不及看呢，何况还该朝前看。然而，您看，我这回竟然回忆些往事起来了，而且按照设想，要记录下来的回忆到了的往事还有许许多多，例如已经提到了的关于对电影《武训传》的批评，例如也已经提到了的关于《〈阿Q正传〉研究》，都是被视为与胡风有关的，就很有些有意思有价值的"故事"可以记下来，却都让它们自己走出这个回忆的记录了。何致于此？大抵首先就怪我的一向不喜欢回忆，没能培养个回忆的擅长，因而一旦作回忆，便跟着记忆走，刚回忆到了这事的一部分便连带回忆起来了那事并且又从而带出第三个事第四个事，枝枝蔓蔓、七七八八，弄得我自己都不胜其扰，只想赶紧闩紧水混浊了一样的回忆的水龙头，而且连忙闩紧。因此，我要交代，我这不仅不像文章的文章的末了，连同其中每个标题下的文字的末了，一概都得加上两个字：未完。

1992 年 3 月 30 日，笔直小斋

我和胡风的认识和交往

在 30 年代中期，我就读到胡风的一些文字。那时这只是使我知道，文学界有这么一个胡风，他搞理论，也翻译些小说，也写诗。我很不喜欢他的诗，对他的理论是不理解的。

1936 年，发生了两个口号的论争。那时候我当然是不理解论争的性质和意义的。但是鲁迅《答徐懋庸并关于抗日统一战线问题》中揭发的一些当时文艺界的情况使我从此留下了异常深刻的印象。鲁迅那时是支持胡风的，批评周扬的。

抗战初期，我在上海，对胡风所编的《七月》，觉得气息新鲜，——是从风格即形式而不是从内容上说的。

1938 年，我曾向那时在汉口出版的《七月》投过一次稿（小说），附信给编者（没有写明胡风）。胡风署名回了信，说内容接近的小说刚有发表，我的这篇就不用了。这是我和胡风的第一次接触，但对我没有什么影响。

1940 年初，我在桂林读到一些关于论争民族形式问题的文字，到夏天，我曾在福建什么报上（忘了）发表了两三篇关于民族形式问题的短文，我差不多是转述向林冰的观点的，而向林冰是胡风在这一问题上所"批判"的一个主要对象。

1943年，我在重庆，重读了一些书，其中包括胡风的书。这时候比较有些理解能力了，认为他同周扬30年代间关于典型问题的争论，他比周扬要正确些。正是从这个时候起，我对所读到的周扬的论文，总觉得缺乏思想深度，缺乏作为作家应有的热情。马克思主义在他那里变为庸俗唯物主义，但对胡风的理论也不完全信赖，特别是他的一些诗论，我总感到有神秘主义的倾向。不过，我那时候还说不出具体的道理。

抗战末期出版了胡风所编的《希望》。正是这个《希望》使我和胡风建立起关系。当时，我对所读到的文学作品，一般都感到极不满足。我深深感到一种窒息性的苦闷。《希望》给了"希望"，我特别从它的稿件中提到的"反中庸主义"感到了思想上的一致。这是因为我那时候认为，中国社会之所以成为马克思所描写的那样，是"一块活的顽石"，一个重大的原因，就是由于几千年的封建思想压罩着人们的头脑，腐蚀着民族精神的机体。其中，我以为危害最为深重的就是中庸主义。鲁迅毕生与之斗争不已的那种"折中、公允"，"比上不足，比下有余"以至"命固不可不革，但也不可太革"的社会思想倾向，侵蚀着和麻痹着受苦人类的斗争意志，而在思想战线上，甚至存在着冒充辩证唯物主义的中庸主义（折中主义），更是在科学的名义下贩卖古老的死魂灵。我的这个思想上的内因从被胡风来的"反中庸主义"的口号所引动起来了。开始从这一点上认为胡风果然不浅薄。加之看到《希望》上出现的许多新名字，以为他是注重培养文学青年的，我于是向《希望》投稿了。

但那个时候我在黑暗社会中的生活以及我自身早年所感染的无

政府主义性格，使我有些不轻信，所以我只是拿去两篇短文，并不附信。我还想看看。胡风却给我来了一封颇长的信，说从我的短文中读出我的痛苦和愤怒、热情和追求，不但决定发表我的文章，而且约我以后多给《希望》写散文和杂文。我满怀感激，并因此认为胡风是承继了鲁迅对于青年热情扶持的态度，不失为鲁迅指导的人，是和我那时候对之也求教过的其他人大不相同的。这样，我和胡风通起信来，但内容也只限于有关投稿的事。

1945 年春，我第一次在郭沫若负责的文化工作委员会办公所与胡风见了面。那时候我失业，正在帮一个朋友编文学期刊《热力光》，去找他写文章。一见面，二话不说，他开门见山考试一般问我对文艺界感受怎样。我说："看起来五花八门，却总感到空虚。"他抓住了"空虚"，说："对了，空虚。"我的所谓空虚是指读不到思想充实的文学作品，他的所谓空虚未必和我是共同的概念。但我当时却是以他和我有共同感受而觉得有思想的共鸣。

那时，胡风给我的印象是好的，但是还有一个问题，我对他的理论的神秘主义倾向的感受并没有消失。

抗战结束后，我和一个同乡朋友在一个晚上去张家花园文协找胡风，我是带着问题去的，即想问一下我对他的理论的上述感觉。但到了他那里，当面却说不出口，而且自己也把握不大，难以应付因此引起的讨论。因此就没有提。但是，胡风的妻子梅志（第一次见到）问我对路翎那时刚发表的一篇小说的看法时，我还是忍不住说："路翎的小说，我印象不坏。但是觉得不充分是现实主义的，好像是表现主义的，是不是这样？"胡风沉默了好一会才说："不是这样，作者是有科学的世界观作指导的。"这个回答完全不解决问题。但我看出了他的为难，没有再谈下去。

这次见面我接受他的委托，替他转请吴清友帮《希望》募捐经费。这年秋冬之交，我代表中华书局《新中华》杂志出席重庆杂志界联谊会，在会场看到胡风。我记得会是由侯外庐主持的，他先请左舜生（青年党的头子）讲话，然后请胡风讲话。我看见胡风白了他一眼，就转过头去。我当时感到，就是我也一定会采取这种态度。我因此觉得胡风和我在性格上有共同点。

这以后不久，胡风到我所在的宣怀经济研究所找吴清友拿募捐到的钱，并说他不久要回上海了。

1946年中秋过后，我到上海，去看胡风，由他介绍认识了正在他那里的贾植芳。这是胡风夫妇以外我认识的第一个"胡风分子"。

不久，我因为写杂文讽刺了唐弢和巴金，引起不少反击，还惊动了郭沫若出来写打圆场的文章。那时候，我到过胡风家一次，谈到此事，他说："为什么耿庸发表了两篇小杂感引起这么大的风波呢？因为耿庸是在《希望》上发表过文章的啊！"接着又说："人家说，你这两篇文章是胡风指使的。"我没有想过他的话里有其他意思，我只觉得牵连了他，很对不起。为此我在反驳唐弢的一篇文章后面，特别申明我写文章与胡风或其他人无关。

直到此时，我对胡风以及贾植芳他们，并没有比对我的其他朋友接近。那时，我同叶以群通信也比同胡风通信多得多——虽然我认为叶以群远不如胡风。

1947年，我曾受复旦大学朋友林同奇的委托，为他写过一封信给胡风，邀请胡风到复旦大学去作一次演讲。

1948年，我在台北，偶然读到一本香港出版的《大众文艺丛刊》，它正在批评胡风理论。我记得批评文章的作者是邵荃麟和胡绳等。我认为，革命阵营内部的理论斗争，是必要的。胡风的理论，就是我也认为是存在问题的。但是，一方处于帝国主义殖民地发起公开的批判（我认为这不妥当），另一方处于国民党统治区不能公开加以反批评（我不知道胡风已经作了反批评），这样，论争是单方面的，其结果就不能得出全面和完整的科学结论，在作法上也是不公正的。基于这样的认识，我写了一篇小文章分寄给胡风和《大众文艺丛刊》。（解放后，我看到它在胡风朋友编的一个刊物——也许是《蚂蚁小集》——上被发表了。）我的这篇文章，如上所述，实际上是站在胡风方面的。

1950年春，我在广州看到《文艺报》等报刊对胡风的长诗《时间开始了》的批评。我不同意这个批评，写了反驳的文章。但这不是起意要为胡风辩护，他那个诗我是不欣赏的。我是因为批评文字中批评胡风发牢骚，而我自己当时正是牢骚满腹的人，是这一点使我写文章反驳的（这份心情当时只有我的妻子读出来了，她说我是"借题发挥"）。但这篇文章寄给《文艺报》给退了回来。

这年秋天我回到上海，在《展望》周刊工作。我很不喜欢这个工作。由于贾植芳的怂恿，我开始给梅林编辑的《文学界》写稿，并由此认识了梅林和王元化。王元化并主动介绍我到上海人艺去教书。随着就认识了罗洛、张中晓、罗飞等人。从那时起，我和这些朋友日甚一日亲近起来。

1951年秋冬之交，我开始写《〈阿Q正传〉研究》，这本书本来是我在震旦大学的讲义，快讲完的时候，读到了冯雪峰的《论〈阿Q正传〉》，就起意以他为批评对象，写一本关于阿Q性格和鲁迅思想研究的专著。

1952年春天，我已被王元化转入新文艺出版社的时候，写完了初稿。恰好胡风从北京回上海，我交给他看。大约两个星期后，胡风给我打电话说："你的文章很好，很重要，有些想法同你谈谈。"之后的星期天，我就去找他。他拿了我的原稿和他的意见提要，记得有两页纸，其中大半是用语或技术性意见。他又说了电话里讲过的那两句话。接着就显得颇为激动地说："这可是一颗炸弹啊！"我当时理解这是对周扬及其势力说的。没有回应他的这句话。接着就讨论书稿。

第二天，王元化一上班就跑来对我说："胡先生说你有篇文章很好，我都不知道。"我说："没有带来，改好了请大家看看。"张中晓在一边说："胡先生说你很用功，毛主席的文章，我们也看了的，就没有发现你引用的那些。"

我看看胡风所写的意见，我并不都同意。倒是自己在重读原稿的时候觉得有些论点没有充分展开，需要加以补充，所以化了四五个晚上就边抄边改完了。只是某些字眼上采用了胡风的意见，例如我写"一个时代的心理"，他说"要说明是阶级斗争心理"之类。完成后，并没有给谁看，是出了校样后，才分给王元化他们看的。

当然也寄给胡风一份校样（他去了北京）。胡风等人的意见，我大都没有采用。另外，我加写了最后一章（这一章的校样也寄给了胡风，但他已经没有那么热情了，没提什么意见），就付印了。

在出版和发行上，胡风也用了一些心思，例如他考虑到新文艺出版社和泥土社都不妥当，最好另找个出版社。我还是交给了泥土社。书出版后，胡风希望我继续写对冯雪峰的批评文章。但我说要就鲁迅思想发展问题写文章。此后我就一心为写关于鲁迅思想发展的书做准备，不理会其他，这可能使胡风对我不满意。

从这时起，只要是署名耿庸的文章，就不被发表，我不得不用其他名字写文章，这些文章却都被发表了，后来知道了这是我用的名字，就又不能发表了。这时，王戎、何满子和我接近起来，在我当时的处境下，他们的友谊是我很重视的。

1954 年秋天，胡风提出了"意见书"。在意见书中，关于现实主义的问题，使我重新回到了先前对于胡风理论的困惑，那种神秘主义化的问题。这个问题始终没有解决过。有一个时期（解放初期）我用他的所谓"奴隶的语言"即弯弯曲曲的语言来加以解释，即认为，他的神秘主义倾向是由于使用"奴隶语言"之故。这当然不对，但我也没有继续考虑过这个问题。看到意见书以前，我自己已开始认为，只能用恩格斯关于现实主义的命题来理解现实主义，意见书并没有这个理解。但是，对于胡风的"建议"部分，我却觉得"满好"，只是不相信那是能做到的。

报刊上发表了许多批判胡风的文章，开始我几乎每篇都看，随着就不想看了，觉得说来说去都是那几句话，味同嚼蜡。我曾对王戎说，"要我写批判胡风的文章的话，在一个条件下我就写，就是容许我把批判胡风的文章一起批判进去。"我说："这些文章本身都需要被批判，是用一百个谬误来批判十个谬误的东西。"而对胡风的批判大量增加，我意识到，胡风的意见书已经是孤注一掷，多分是要失败的，而这一失败就意味完结。我该怎么办呢？讲起江湖义气来了，总归支持胡风，争取不失败或失败得不厉害，完结就陪他一起完结。

在这种与胡风共存亡的情况下，我心里虽然埋怨胡风那时候对我的疏远（不但不同我商量事情，甚至不给我写信，我只是从张中晓那里了解一些情况），我却要向他表明：我不是一个不够朋友的人。我给梅志写了一封信，形容胡风为"普洛米修斯"，喻示他"偷了火来"，却完结了自己。

直到此时，我始终认为胡风的问题是胡风同周扬之间的冲突的问题。随后我就被捕，在审讯期间，我也认为胡风问题是他同周扬的斗争关系问题。我向承审人员说："用政治问题打击胡风，是周扬公报私仇搞起来的。"只有在承认反对周扬就是反党这一前提下，我才承认胡风是反党及反革命。我那时候以及全部在押期间，始终不知道，也没有意识到，这是毛主席亲自领导的。

我不否认我是胡风反革命集团骨干分子。不否认，是由于以下几点：

1. 我和胡风在思想、理论上有共同的地方，特别是，在认为革命的人道主义是文学创作的出发点这一点上，和他是一致的。

2. 我认为和文学界其他我所知道的人比较起来，胡风理论要正确一些，为人方面也要好些。我以他为不渝的朋友，即使他有疏远我的情况下，也是如此。

3. 《〈阿Q正传〉研究》无论如何，在写作和出版上都处在胡风的关心和指导之下。

由于1和2，我教书也好，编书也好，都必然散布了属于胡风和我共同的思想，主张出版胡风分子的书。

但是，我认为，在我参与的活动中，我始终只反针对周扬以及周扬集团（我称之为周扬封建集团）的。我固然认为周扬在党内有很大的势力，却不认为周扬是党在文学方面的代表，我之所以成为一个胡风反革命分子，只是因为我处在胡风反革命集团之中，积极支持了胡风。这就是说，我承认我是一个胡风反革命集团的骨干分子，却不是一个自觉的胡风反革命骨干分子。

我在押期间和释放以来的思想^①

从 1955 年 5 月以来，凡是由于某一具体事务唤起的思想，即一闪念，则事过境迁，不复存在，也就大都淡忘。现将比较经常比较稳固的，还能说得起来的思想情况，交代如下：

十多年来（并且从前也是如此），无论在押期间还是释放以后，最多和经常盘旋在我头脑中的，是关于文学的种种具体问题。有时候，在心情低落的时候，在意识到自己将来势必改行的时候，我感到这种关于文学具体问题的思索，对于我简直是一种可厌的精神疥癣，不愿去继续思考。可是无论如何，它没有断绝，而且总是对我的思想起支配作用和占重要地位，以至于在审讯频繁的日子里，在心绪不定的情况下，也总往往难以控制地考虑着这一类问题。

---

① 本文另有第二部，是关于现实主义问题，因为是理论阐述，与本书体例不一，故未收，将另行发表。——路莘

在押时期，大抵 1963 年间，我曾一度很想死。我曾把这个思想汇报给了承审人员。那时在押已经七八年了，我已经看到周围许多犯人的案件都处理了，我成为了我所遇到的犯人中在押时间最长的人，而我还一点看不出我何时才能得到处理的任何迹象。一个案子拖了这么长的时间还不处理，是在我的见闻范围以外的。而问题还在于，我早已知道了，在上海，胡风案件的人犯，除了贾植芳、许史华和我，都不在押。（这是 1961 年或 1962 年间我住病院时遇到许史华，他告诉我的。他是从一些犯人中了解到的。此外，我已从报上看到关于王戎和何满子有关的新闻，也从《文艺报》看到梅林在作协大会上的发言，也看到王元化在《文艺报》发表的文章，也看到满涛以特邀代表的身份出席政协会议的报道，也知道张中晓保外就医。）这就是说，胡风案件的人犯也多数已经作了处理了，我由此就想不通，为什么我（以及贾、许）得不到处理。我想，该判我什么徒刑，有期徒刑还是无期徒刑乃至死刑，就判么，为什么对我采取这种置之不理的方式？我想不通。我只能说（对承审人员和看守所负责人员）："政府现在对我还不作处理，是我所想不通的。我想，不作处理就是一种处理，除此之外，我无法理解。"政府人员总劝我耐心和安心，甚至告诉我："你等转化么。"但我看不到前途，并且想，即使有朝一日放我出去，我也已经是一个废人，我还能做什么事？长期的监禁不但很大地削弱了我的体力（这叫我还能从事体力劳动吗），而且更是贫弱了我的脑力（我已经要变成一个无知的人了，至少对于新事物已经是一个极无知的人了），那么，我还有什么用呢？同时，这一期间，我已经感到，我的妻子已经不在人间了（那时候，承审人员送了我妻子和儿子们的相片给我，我妻子的那张是 1957 年间已经送来过一次的旧照片，如果她还活着，是不会送同一张相片的，还有，那时我妻子的家里人来看过我，而我的妻子却不来而且没有消息），我由而感到了家破人亡的人生悲剧。特别是，我那种总感到不被了解的心情，在这个时候浓烈起来。我想，我作为一个普通的人的时候，我就不被了解，而现在，当我是胡风反革命集团骨干分子的时候，我怎么能得到了解呢？反革命分子比瘟疫还避之不及，谁都只能了解你是个反革命分子，并且从反革命分子来了解你的一切，那么我将怎么生活下去……所有这些，使我想，我还是死了算了。我只要做完一件事，我死了就死了，毫无遗憾，这件事就是：把关于现实主义的本质问题的论文写出来，或者加上把鲁迅思想发展问题的论文写出来。但我当然不会自杀，亲自杀死自己无论被理解为"畏罪"还是被说成是"抗议"都不是我的本意，我就决不以自杀来结束自己的生命。我等待被杀———一下子被打死也好，慢慢折磨死也好，对我反正都一样，如果不耐烦等待了，取死之道在我看来是并不太困难的。

总之。我那个时候，可以说是死了一般地生活，或者说，活得像个死人，我无所谓，彻底虚无主义了。

当然，我也想到高龄的父亲和幼小的孩子。儿子是可以放心的，他们正在成长起来，他们有社会主义的大道可走。我可怜的是我的父亲，当他风烛之年失去儿子，是不堪卒想的。可是我在押地活着，也不过是给他一个渺茫的安慰（并且伴随着许多痛苦）而已。只要他能控制情感，他反而可以摆脱经常徒劳的牵挂。

因此，在那个时候，叫我找一条出路也好，叫我惜念家庭也好，骂我找死也好，我都无动于衷，因为根本不想要活了。

使我不复想死的，就是上述的论文没有写作。我那时候已经匆匆写出了《关于现实主义的本质问题》，但自己不满意，觉得还没有说明透彻，还没有写完自己反复思想过的一切。我自以为这个问题是重要的，自以为这个问题属于社会主义文学理论的基本建设之一，自以为这个问题的解决能够连带地解决相关的许多具体文学问题。既然这篇文章没有写好，就想用心写完它，所以我就还不能死。

释放前不久和释放后不久，承审人员两次对我说："你这个人很骄傲，自以为了不起，这是主观主义。毛主席总教导戒骄戒躁，你是又骄又躁，而且表现得很突出。这不好，许多问题就是这样产生的，你要注意，好好改一下。"我说："请你举个具体例子。"他说："你连坐在监房里都很骄傲。"我说："那里面都是犯人，乱七八糟的犯人，我对他们谦虚不起来。"他说："不是对犯人，是你自以为对文学问题也好，对哲学问题也好，很有自己的看法，你想你那些看法别人没有一个比你看得更多更高更深吗？"我没有话说了，承认他说对了我的情况，并且也确想改一改。

　　但是我实际上没有改。有两三次我自己想这个问题。在押的时候我想，我的骄傲确实是盲目性的。我看到的事情太少了，而我却只是在这个太少了的范围内看问题，看不到这个小小的范围以外的广大人民世界，于是就在这个小范围里自以为不错，自以为比别人强，迷信自己。释放以后，主要的报刊我都看到了，眼界已经不限于在押时候的狭小范围了，可是我所思考过的一些文学问题，还并没有看到有关的文章提出和加以讨论。各方面在十多年来的进步，是异常明显的，可是文艺理论上似乎还不是如此，相对地是比较落伍。我这种想法当然是骄傲的，妄自为是的，但我却又为自己辩护，到底是客观事实如此，还是我的骄傲使我如此感觉的呢？我觉得不是我的骄傲，而是客观事实。当然，这种想法就使我不去认真克服自己的主观主义，反而越加陷于骄傲。

1968 年 4 月 10 日

关于我的家庭①

一

　　我和三个儿子相处的时间很短，而主要又是在他们很小的时候。十多年来，他们是在外婆的抚养下长大的。在学校里他们可以得到良好的思想教育，在家里就很不同（他们的外婆虽然文化不高，缺乏新思想，但她是一个善良的老人）。从我在他们长大过程中不与他们生活在一起来说，是一件好事，免受我的坏影响。从家庭关系上来说，既然他们一懂事就了解自己的父亲是一个反革命分子，他们就理应不满意这样的父亲。朋友是自己选择的，父母却不是自己选择的，这个无法改变的客观事实不可避免地在他们心里投下暗影（无论他们自觉不自觉）。我一出来，就面对如何处理家庭关系的问

_____

　　① 这几段文字是耿庸当时的一些心情的片段。虽然简单，而且零散，但却记录了他对家庭和至亲受到伤害而感到的痛心。这是他经历和思想的一部分，特收于此。

题。在最初的几天，我和儿子们处于一种感情隔膜的状态（这本来是可以想见的）。我想让时间的增长逐渐在感情上缩短距离，这样结果就是，迄今为止，我和儿子们之间仅由一条自然的（即非社会的）脆弱纽带所联结着，只是空洞的父子关系而已了。但是儿子却表现了对我的关心。就我来说，今后不仅是要做他们真正的（不是名义上的）父亲，并努力做到成为他们的同志。

我对于妻子的死（她因为右派问题而自杀）一直很难过，常常想起，觉得对她负疚很深。我没能让她过好的生活，却实际上害死了她。在这样想的时候，总是心情十分沉重（这一点我只写信向我父亲略为吐露过）。有时候甚至想，我也死了算了。在公墓两次看过她的骨灰，总觉得她一个人孤零零在那里，十分寂寞，心里就特别难过，却又不能表现出来。我明知这种痛苦是无谓的，可是至今也没能摆脱这种感情。更别说从政治上去责备她了。

（1966 年 7 月 20 日）

二

我在押期间，曾经想过"如果出去，如何见人"的问题，但没有把自己的儿子考虑在内。释放当天，我才意识到，见儿子恐怕更使我惭恶愧疚得多：不但我没有对他们尽过做父亲的人的责任，而且在政治上成为了损害他们的现实负累。回到家里，孩子们对我是戒备的，我感到，这不仅是这个陌生人竟是他们的父亲，而且是这个陌生的父亲乃是害了他们的人。我心里不好过，却强作镇定，欺骗自己，客观上也欺骗了别人。

（1968 年 5 月 11 日）

三

我的儿子说，他走时不用我去送。他有朋友送行的。不送就不送吧。但我一路走回宿舍，一路想，三个孩子都走了①，以前两个我都没送，这个到底送不送呢？我不禁想起过去我父亲几次给我送行，又不禁想起我父亲一次给我的信中说三十年来和我在一起的时间统计不足三个月的话。我心情颇为摇摆了。竟想，恐怕我也不见得能与我的儿子有相处更多一点的时间，可能还不见得能见面。但立即感到这个情绪不好，岂有此理，骂了自己一通。

和儿子临别那天，反而无话可说（平时话就不多），觉得要说的话，例如好好接受再教育，他是用不着我来说的。他和送他的几个朋友要走了，他不要我送，我也就不送了。匆匆忙忙讲了几句话。就这样别了。

夜，心绪总觉得乱，对父母和儿子们的负疚，对自己的自谴，一闪的旁无亲友的孤独感……纷至沓来而既不成眠，又若无所获。

（1970 年 8 月 17 日）

---

① 耿庸的三个孩子在上山下乡运动中先后去了江西和黑龙江。——路莘注

出狱后与父亲的通信

两年间大约通了三十四封信，互告生活、工作、健康情况外，有以下一些事。

一、1966年间，他曾想来上海看看儿孙，我因为不可能回乡，觉得他如能来一次也好，因此作了商量。最主要考虑是两点：一是他年纪大，行动不便，旅行恐怕吃不消，二是我住房问题没有解决，无处居住。商量结果是不了了之，没有实现。其间，我也提出文化大革命后，如果可能的话，我愿意回乡从事农业劳动，既进行改造，也解决在沪居住为难问题，还可以就近伺奉老父，但他不以为然，说回乡务农是不可能的。

二、红卫兵扫四旧时，有人把我父亲的书籍（大部分是线装书）都拿到红卫兵组织去了，以致他有时需用的时候没了办法，曾叫我给他买寄一些古书（《诗词韵律》之类），我说上海也无从买到了，那些被取去的书可以请求看看能否取回。我曾向别人借了词韵，抄了给他寄去，后来买到一本诗词格律什么的书给他寄去。

三、他已年老多病，有次在路上看大字报昏倒被人送回，不久又跌倒，而经济为难，不能好好治疗，曾想要我弟弟给他寄些钱叫我转告。我告诉他以我的身份同台湾亲人通信不好，但出于无奈，已发一信给我母亲，没有下文，即不再写。有一次，他说香港有友人寄信给我妹妹，说起我母亲曾寄美元20元来，问有收到否。此间并无收到，我把这情况告诉他。

四、我寄过不少我读过无用的报刊给他。

五、他和陈伯达同志是朋友，曾说想写信给陈伯达同志，惟恐其忙，不想烦扰，我告以如有必要不妨写，否则是以不打扰为好。后来他没有提起，大概没有写。

六、他有一次提到他的学生彭冲（南京前市长，现据报载是江苏省文革委员会副主任），那时路上正有彭冲被斗坐飞机的照片，说是三反分子，我曾告诉他。

七、他寄过一篇未写完的自传给我看（后来寄还给他），问我的意见，我说，很可以写下去，因为他是联系历史情况的，我以为可供参考（他是写给家乡政协的）。

八、他曾给我寄过桂圆。

九、我多次给他讲我今后惟一心改造的话，他常用毛主席的话教育我。我告诉过他（社会刚提出清理队伍），清理队伍，像我这样的人，总是在清理之列，将来何去，惟人民之命是从。

十、最近他提出，如居住问题一时仍难解决，可以让我的一个儿子到他那儿去，我很赞同此事，独考虑户口转移问题，家乡地处前线，户口迁入恐有限制。

零零碎碎的事，记忆不起了。

四月五日（1968 年——路莘注）

附录

同行的日子

路莘

"一想到我也许很快会留下你一个人，我的心就颤抖……如果我离开你，你不要流泪，你一定要坚强。你还要……"

在耿庸离去后的孤寂的冬夜里，我想起了这句话。这是二十年前，在我和他结婚时，他对我说过的话。这些年我几乎把它忘记了，不是因为时间的久远，而是没有想过他离开后的日子。在他离开后最初的一段日子，想起他的这些话，我就不住地流泪。我不能自制。二十年前，在我们决定结婚时，他就觉得他会先离开我，因为我还太年轻，而他已经头发白了大半。他还觉得他会"很快"离去，不仅因为他的年龄，而且他在之前的几十年中历经沧桑，身心备受摧残，他的健康并不使他乐观。"很快"是多久，五年或十年？我不知道。一说到"离开"这个话题，我已经难过起来了，因此也就不能说下去。但这"很快"大概不是二十年。然而,我们一起生活了二十年。这也许算得上是一段不短的时间。离别总是必然(无论是谁先离开谁),但相遇是一种缘分,因为有了相遇,更有了相遇后的相知与相爱,生命中就有了幸福和美丽。

一、从同事到伴侣

1984年夏天,我从上海一所著名的理工科大学毕业,分配到上海辞书出版社工作,我在这里认识了耿庸。虽不在同一部门,但在同一单位,也算是同事。虽然很多人喜欢把他和我称做为"师生关系"或"师徒关系",但这都是不确切的。他和我从来没有工作或学习上的带教经历。我们只是同一单位里的同事,如果要换一种说法,那就是朋友。朋友是耿庸最喜欢说的词,我算是他许多"年轻朋友"中的一个。那个时候,胡风案早已平反,他已经是全国政协委员,还因为他对《辞书研究》的贡献曾是两届上海市劳动模范。他的妻子早在1957年去世,他孑然一身。可能就因为曾经有过的不同寻常的经历,而现在又有这样的荣誉,在出版社总是会引人关注并经常有人议论。我也就在这议论中听说了他的一些事,不过,并不觉得和我有什么关系,也是听到多少就多少,没有刻意打听过。

我与他相识是在我还在校对科实习的时候,他到这里来和别人谈了几句,走了的时候经过我的桌子旁,那天我没什么事做,正在看普希金的诗。可能因此引起他的注意,而我也当然出于对长者的尊敬向他问候,于是就谈了几句,说些什么已经不记得了。不过,从我这时认识他起,我感到他是一个很随和的长者。我很快就进了编辑部,和他所在的《辞书研究》在同一楼面,楼道里常常会碰见,见面的机会就多了一点。他虽然头发白了大半,但梳理得很整齐，衣着端正，说话和颜悦色，人很清瘦但身体却是笔直的，走起路来也颇有精神。见面总是要谈几句的，谈得多了，也就渐渐熟悉起来。

我对于他写作的了解，是从读他的文章开始的。他当时在报刊上发表杂文和评论。我最初读到的他的文章，是别人给我看的一本杂志上有他和何满子先生关于文学问题的通信，我立刻被吸引。我很惊讶在那样的处境里，他还能写这样的文章。以后我又看了他关于张洁小说的评论，也很喜欢。我是读理工科的，对于文学只是阅读的兴趣，并没有什么特别的意图。而阅读也是凭着兴趣，没有什么章法。但我不局限于读小说，我也喜欢读诗和理论文章，我一度能背出《红楼梦》中的很多诗和《奥涅金》中的大段诗句，当时也看过一些文学史的书或理论文章，但都觉得"不好看"。从读到耿庸的评论文时起，我就喜欢他的文章，在此后的二十多年中没有改变过。尽管有人认为他的文章句子欧化，读来费力，但我从没有那种感觉。我感到他的评论逻辑严谨而又富有感性内容，和我读到的其他理论是大不相同的。他的文字严谨有力，有较大的内涵容量。他的理论文章或杂文都有他的情感参与，所以从中能读到他的文学观念，也能感受到他对于文学的热情和他的生活观念。

在之后的两三年里，我和他有了较多的往来，特别是在他离休后，他常邀请我去他家坐坐。那时是坐班制，我当然不能请假到他那里去，而我常常是在有事外出，办完事情后还有时间的话就到他那里去，会在他的书房里聊聊天，也会在他那里拿几本书带回去看，下次去再换几本。我还记得当时从他那里借了一本《魔鬼辞典》，看了觉得非常有意思。而聊天的内容多半也与这些书有关，当然有引申出去的话题，总之比较随意，但几乎没有谈过他的经历，他的不幸。谈起来总是令人愉快的，他随和，说话风趣幽默。边抽烟，边谈话，屋子里烟雾腾腾的时候，也是他谈兴正高的时候。我和他在一起说话没有顾忌，没有压力。偶尔，我们也会一起吃顿饭，甚至我还陪他一起喝杯酒。

我似乎也能体会到他的一点孤单，不是在生活方面，而在内在的思想方面。在新潮迭起的 80 年代，他的文章常常是遭到冷遇的，虽然常有来来往往的人，但恐怕少有了解他思想的。我那时还年轻，对于他的理解当然也还有限。但我喜欢他的文章，可能正由于我不是毕业于文科，我不受新潮旧潮的影响，喜欢只是个人感觉。他的乐观和坚持也是我很欣赏的。我对于他处世态度的欣赏与认同应当是我们能够走近的主要原因。我从他的笑谈中有时也感觉得到他感情上的寂寞，而这更是不易被外人所体会的，我有这样的感觉，除了我比较敏感以外，也许也包含了我自己已经不自觉的对他的关心。

但这并不是说有恋爱这回事，直到我们决定要结婚前，我从没有觉得我们在恋爱，我没有这样想过。不过，感情这事，本身就往往发生于无意之中，如果没有潜在的倾向，结婚这样一件事，无论是对于他还是对我是不可能那么容易做出决定的。也就如他所说"你不能不认真，我不能不郑重"。而我们决定了，我不记得是谁先说出这个意思的，总之，我们决定了，就没有改变。

他曾说："我担心我能否让你生活得幸福。"

我曾说："我担心我能否有能力承受可能遇到的各种问题。"

但我们还是走到了一起。这当然不是有人所说的因为别人越反对，我们就越坚持。不不，婚姻对于我和他都是一件认真的事，我们还没那么肤浅，不会因为旁人的言行而决定我们的生活。我们结婚，只因为我们愿意共度人生。在之后二十年中，尽管生活遇到过各种困难，但彼此没有过感情的动摇，一点没有。

在耿庸去世后，好几个朋友都说了同样的话："他最后是幸福的。"而他们也几乎又说了同样的下一句话："这都是因为有了你。"这些话使我感到很欣慰。然而，幸福也许因为有了我，但却并不全因为我。幸福源于爱，没有爱是没有幸福可言的。而一个不懂爱的人是不可能获得幸福的。

他是一个珍重家庭感情的人，但他曾经有过家庭却受到了太大的伤害。这留给他太多的创伤。

在他1966年出狱后正式被告知妻子在1957年自杀身亡的情况，之后他写道："我对于妻子的死一直很难过，常常想起，觉得对她负疚很深。在这样想的时候，总是心情十分沉重。有时候甚至想，我也死了算了。在公墓两次看过她的骨灰，总觉得一个人孤零零在那里，十分寂寞，心里就特别难过，却又不能表现出来。我明知这种痛苦是无谓的，可是至今也没能摆脱这种感情。"

从1955年入狱，到1966年出狱，他和三个孩子分开了十一年。文革期间，他的三个儿子先后下乡，在送走他们时，他写道："三个孩子都走了。我不禁想起过去我父亲几次给我送行，又不禁想起我父亲一次给我的信中说三十年来和我在一起的时间统计不足三个月的话。恐怕我也不见得能与我的儿子有相处更多一点的时间，可能还不见得能见面。但立即感到这个情绪不好，岂有此理，骂了自己一通。"

以上两段话，是我在留存的他写于文革初期的遗稿中发现的。虽说零碎，而且简单，但却是他当时心情的记录。此后他和孩子又分隔了十几年。长期的分离，父子间是缺乏了解的，等他们相聚到一起时，多少是有点感情的隔膜。在这个"家破人亡的人生悲剧"中，他们都受到了很深的伤害，这些都是难以弥补的。

在他生命的最后二十年，他把他的感情都倾注于我。这种感情是深刻的，热烈的，细致的，它融入了我的身心，直至他离去之后，我仍然能感受到给予我的爱。

他是一个热爱生活并有生活情趣的人。他抽烟，喝烈性酒，喝浓茶。喜欢看足球赛，他可以半夜起来看世界杯。他虽然不喜欢运动，但他也乐意在山水间享受自由。1997 年，在厦门鼓浪屿，我们在一个茶室坐了两个小时，喝功夫茶，然后，他执意要上日光岩，我都感到累了，不想走了，他依然兴致勃勃。几天后，他又带着我七拐八拐，说要找一家粽子店，很特别的。结果真找到了。这是一家只有两个人座位的很小的店，居然能被他找到。等到可以坐下来，一人一个吃着，果然味道独特。2003 年，在新疆天池，他趁着管理员不注意，以敏捷的动作上了缆车，在旁边的告示栏里写着：60 岁以上者不得坐缆车，而他那一年已经 82 岁。他总是衣着整齐，这种习惯一起保持到他生命最后。但他也有"老了"的感叹。每年冬天，他因为经不起寒冷，总是在家里开着空调不能出门，他总会说："我是温室里的一棵草。"这个话与我刚认识他时他说"如果遇到秋老虎，我就做个秋武松"当然是有着不一样的心境的。

然而，无论他在怎样的心境里，在我们共同生活的日子里，我没有听到过他对于别人的怨恨，包括那些曾经伤害过他的人。尤其是在他最后几年，他有严重的记事和思维障碍，时空倒错。他表现出的苦难记忆中有紧张和恐惧，但没有仇恨和敌意。他总是谦和对待着他身边的人或陌生的人。他在急诊室会起身让座给别人，他在偶尔外出时看到别人身上有一片树叶，他要帮助拿下来（被我劝阻了，我怕对方没理解，反过来责怪，倒让他又受惊吓）。我深切地感受到他的善良，以及在他内心超然于荣辱和恩怨之上的人生态度。

二、文学：理想与遗憾

耿庸去世后，我和他的两个儿子（他的长子在 2002 年 10 月底因突发哮喘去世）决定不为他举行追悼会，不作遗体告别仪式，而仅以我们家庭的方式为他送行。我认为这最符合他的处世态度，也因此能表示对他的尊重。之后，曾有单位或组织要发相关的消息，征询我对他的身份表述时，我说：作家。其他都不重要。

他是一个作家。从十四五岁起，他就写作。在之后六十多年中，无论是在动荡的生活中，还是在狱中和文革的"改造劳动"中，他都没有停止过写作。他在"半生自述"一文中曾说，还在少年时，他就读过了家中万卷藏书（多是线装书）的十分之一以上。在他开始写作到1949年之前的十几年间，他写下过几百篇杂文和评论。在他的"年表"中也可看到他早年写作的部分经历。然而，那些文稿多未能留存。年轻的时候，他曾加入过共产党组织，但以后随着生活的动荡就自然"脱党"，这个经历后来也成为他的罪状之一。然而，以他自己的话来说，入党也是受到了朋友怂恿，离开组织对他不过是对朋友的分别的不舍。在他后来的"交代"中承认，他虽然协助朋友做了一些与组织有关的事情，但他对于党的事业确实缺乏理解。所以，说他"混入党内"也好，说他"逃兵"也好，他都无话可说。事实上，他从来都不是一个热衷政治活动的人，他也不是社会活动家。这一点无论在他年轻时还是在他有了"全国政协委员"的头衔后都是一样的。在他平反后，他也很少参与作家协会的活动。

耿庸在少年时期迷恋伤感小说和新月派象征派的新诗，而且热衷无政府主义思想。以后读到了鲁迅的《呐喊》、《彷徨》，被深深吸引。鲁迅的作品和鲁迅思想影响了他的一生。40年代他开始接受马克思主义思想，他对马恩著作的喜爱也一直没有改变，但这是从思想和学术意义上的。这很大程度上影响了他的文艺理论的写作。我从他留存的遗稿资料中进一步了解到，他读书涉猎广泛，从中国的古书到后来的西文各种翻译著作，他读了大量的书。直到我们共同生活后，他还又买了《四书五经》《淮南子》等等古书（文革时都被抄走了），他也读《圣经》《古兰经》之类的书。他敏锐，文风犀利，他的理论和杂文都能体现他的深厚和丰富的积累。

写作，对于他是一种参与社会生活的方式，包括思想参与和感情参与。

在我常常去他的住所借书和交谈的时间里，经常谈到写作的问题。零零碎碎，很随意，除了经常被他说得笑起来的印象，具体的内容记得不多。但有两句他在给我的信中说的话没有忘记。一是："写作是心灵的需要。"二是，在当时热闹地讨论着"文学的主体性"的时候，他认为这不是一个新话题，他说："人不仅是文学的主体，而且应该是世界的主体。"他的这两句概括，在我看来，不仅是一种写作态度，而且是他的一种人生态度。这两句话，也可以说，使我对他有更多的了解。它也当然地影响了我对于文学和生活的理解。

因为是"心灵的需要"，他在1955年至1966年被监禁的近十一年时间里，仍然不停地写着他的文学理论文章，他在"交代"中写道，他有强烈的写作欲望，如果不写，他不知怎么活下去。从他的遗稿中也可以看到，在他想象到"家破人亡的人生悲剧"并因此希望一死了之时，对于未完成的理论思考是他坚持的精神支持。因此，文学的信念，尤其是现实主义的观念，在他不仅是一个文学观念，更是一种文学精神。他因为文学而受难，但还是因文学而坚持。他在监狱里写了大量的论文和读书笔记。我在他的遗稿中发现了一份"交代"，就是一份文章目录，详细地列出了他写的文学论文，其中有：

《关于创作方法和世界观》

《关于批评的态度问题》

《关于辩证法的保守问题》

《关于"和平共处"及其他》

《关于现实主义的本质》

等等，从这份"材料"看，他还写过很多笔记，甚至还写了一个童话。然而，这些东西或被交上后再也没有踪迹，或是留存到文革又被抄走，最后都荡然无存。他出狱后仍然想这件工作，他常常在"劳动"之余写作他的论文和笔记，这期间所写的一部分后来收入了和何满子先生合作的《文学对话》。

80年代，他写下了不少文论，都是执着于对现实主义的维护，他竭力想澄清庸俗社会学对于现实主义有破坏，也想抵制现代主义对现实主义的否定。用他的朋友的话来说，真可谓"左右不逢源"。这在文学观念犹如时装发布而日新月异的时代里，他的坚持显然是不合时宜的。但他在这一问题上，从不敷衍，从不妥协。他理论上的坚定性一生没有改变。

写作关于现实主义和鲁迅研究的理论专著，是他在狱中就有的愿望，在之后二十多年的时间里，不仅不具备客观的可能，就连零散写下的文字也都丢失了。在平反后，他仍然没有放弃这个愿望，然而，之后，一方面常被别的工作拖住了精力，一方面，他在之前的二十多年里，身心备受伤害。平反初期，身体状况很差。以后随着生活状况的改善，健康状况有了好转。但随着年龄的增长，无论从精神和体力上对于这样的专著都有点力不从心了。他之后所写的一些论文《20世纪中国文学的一种遗憾》，《十月十九日随笔》等，虽然表达了他在这方面的思考，然而，他终于没有完成这两大专著，这是他一生的遗憾。

三、最后的日子

2004年，耿庸出现明显的记事和思维障碍。我随之离开了单位，回家专心陪伴他。随着他脑力的退化，他出现的精神状况使我震惊。从这一年到 2006 年两年间，他先后三次住医院。而每一次都使他的精神状况更加恶化。当许多事情在他的记忆中渐渐淡去的时候，有一部分记忆显然是深刻的，那就是被监禁和被"改造"的日子。也许是医院的环境模式的特殊，也许是病房管理的形式上的某些相似性，总之，对于他——一个有关特殊记忆而又已经失去正确判断力的人来说，医院也许激发了他对于牢房的记忆。他产生了极大的恐惧。第一次住院时，他对我说，旁边那个人是来监视他的，每次和他说完话就去汇报。他希望我想办法让他离开这个地方。他一天写了三张纸条，内容都是一样，要我想办法让他回家。他已经并不清楚这里是医院，只是认为他又被关起来了。这是我很意外的，也是之前在他身上没有发生过的。我一时有些无所适从。面对这一情况，我考虑再三，决定让他出院。这次住院原本是希望通过一些药物治疗，能改善他脑动脉硬化和腔隙性梗塞的症状。但医生也说，情况并不乐观。而重要的不在于乐不乐观，而是这一治疗在他已经成为了一种监禁，这不仅失去了原来的意义，而且实际上就成了折磨。

回到家中，虽然记事障碍是明显的，但他心情是愉快的。我仍然抱着不放弃的念头，试着问他："你身体不好，如果上次那家医院不好，我们换一家医院再试试？"

他的回答则是我意想不到的："不要，我和你分开，划不来。"我很惊异他用了"划不来"这个说法。好像他权衡过，计算过。但他希望在家里，这个愿望是强烈的。从那时起，我决心以我最大的努力让他在家里过他想过的生活。

然而，仅仅两个月，他因为气胸不得不再次住院。这一次，较之前一次更使他紧张恐惧。他两次拔掉引流管，要离开病房。在救治与反抗中他也许受到更大的惊吓和刺激，他突然对我很陌生。我告诉他，我是他妻子，他说："这话可不能乱说。我有妻子。"我的眼泪一下就涌了出来。我除了震惊，还几乎不知所措。但他安静下来又似乎感觉到我是他最亲近的人，在以后的十多天里，他只接受我的照顾，陌生的护工走过他的床前，都会引起他的紧张。并且对我说："你不要看她，她会报复的。"出院那天，我对他说，我们要回家了。他说："我不知道家在哪儿。"想了想又说："也许我儿子知道，但他在哪儿我也不知道。"他显然并不清楚他是在医院，他仿佛是回到了出狱的时候。

这前后两次住院的经历给予我心理巨大的震撼。这是我和他共同生活的十多年里从未有过的体验，也是无法想见到的。我看到了隐藏在他内心深处的创伤，这是在他脑力康健时不能看见的。什么叫做迫害？什么叫做"家破人亡"？未曾亲身经历过的人是无法体会到那种精神的伤痛的。

回到家庭熟悉温暖的环境，他又换了一个人，住院的事已经忘记了。他坐在书房里继续读书，有时也想写作，但终究未能写出一篇，甚至没能写出一段。在 2005 年春天的时节里，我常常带着他去我们熟悉的地方，或者对我们有纪念的地方。我们一起去共同工作过的出版社，一起去港汇楼上的大书店，一起去吃他喜欢吃的川菜和港式茶点，还有烤鸭。

除了我希望能拖住他的记忆，也还希望这样松弛的生活能尽量消除他对于外界的紧张。而他的兴奋和愉快的心情使我一时产生了错觉。五月底，《泰州日报》社长陈社先生邀请我们去泰州，我竟然接受了。我还希望这次旅行也许能使耿庸心情更好。然而，到达泰州的当天晚上，在宾馆陌生的环境里，他又感到被关押了起来。这使我们不得不在第二天就返回上海。这使我不再有侥幸心理，我清楚地意识到，他已经不能面对任何陌生的环境。

我们开始隐居于闹市，他已经不能和外界有正常的交流，而我几乎断绝了与外界的交流。我希望在这清静和安逸的环境中，让他能够保持心理的安定和正常的生活。

　　他的记忆力继续衰退。到这一年年末，他已经不能确定儿子和他的关系，但总是熟悉的人，于是"大家都是朋友"。而对于我，不论他能不能确认我和他的关系，他对于我的态度总是特殊的。只要一段时间看不见我，他就一间间屋子找，我有事出去一下，回来保姆就告诉我，他一直问我怎么不在。而我一回家，他就非常的高兴。我感到这有他对于我心理上的依赖以外，也有他对我的关怀。以前，我偶尔晚上有事回来晚一点，他就曾到大院门口等我。

　　然而情况还在继续变化。到2006年初夏，他越来越容易被外界的影响刺激，门外一有动静，他就对我说："他们要抓人了。"他每天说要去看他的父亲，他说父亲年纪大了，而且有病。（我后来在他的遗留的文稿中看到一段文革的"交代"，那时他最挂念的就是他年迈的父亲。）我当然不能在这样的情况下陪他外出，他对我非常生气。这是他最后几年中与我仅有的几回冲突（也可以说是我们共同生活中仅有的几回冲突）。

　　盛夏时节，他突发高烧不得不急诊住院，这又让他陷于惊恐中。尽管他处于40度的高烧，而且已经引发肺炎，但他反抗的力量却是惊人的。最后医生不得不用上约束带以强制使他接受救治。这种惊心动魄的场面，真是不堪回想，而在当时我几乎痛不欲生。这次病情严重，一度几乎处于生死边缘，但他终于以极强的生命力支撑了过来。后经过一些专家的会诊并用了相关的药物之后，他恢复了平静，又回到了家中。

　　走进了他离开了50天的家，他有点陌生了，显得拘谨。他环顾了四周，一次次问我，可以做这个吗，可以做那个吗，我说，这是你的家，你什么都可以做，你想做什么就做什么。他于是慢慢找到了书房，找到卧室，还打开了卧室里的洗手间的水龙头，他终于又回到了现实里。

经历了一次生死搏斗，能回到正常的家庭生活，我感到这日子是这样的珍贵。我只有一个简单的想法，让他在安逸的环境中保持良好的正常的生活。我因此几乎不接待外人来访，以免他受到心理上的干扰。

　　记忆在退化，身体的状况也在变化。但也许是家庭良好的环境，也许是一些药物的支持，他保持了安定的心情。他的听力一直很好，仍然十分敏感。他的视觉也很好，眼睛一直富有光彩。他讲话也很清楚，但因为有思维障碍，表达就逻辑不清，我需要体会他的意图。他还一如既往保持着他的生活习惯：每天早早起床，衣服穿得整整齐齐。早上总要问我："我的头发有问题吗？"我说："没有。"他说"那好！"开始他一天的忙碌。他常常忙着搬书，从书房放到客厅，从客厅放进书房，或者就拿着一本长时间地翻看，他那时已经有严重的阅读障碍，也更无法书写。他的阅读在我的感觉里似乎更接近于一种习惯，是他长时间的生活的习惯，几乎就是他的生活必需，就像吃饭穿衣一样。他依然讲究穿着，前一个夏天，他就拒绝有花纹的睡衣，他说，"那是汉奸穿的衣服。"到了冬天，衣服颜色较深，悄悄地对我说："衣服都是黑的，他们要整我。"我想起胡风用"黑衣"形容囚衣的诗句，就想到也许他在狱中也穿过"黑衣"。为了不让他穿"汉奸的衣服"，为了免除他有"整我"的感觉，除了不断地给他买新的他喜欢的衣服，我还自己给他做了一些衣服。当我在缝纫时，他常常站在旁边看着。在他最后的一年里，他比之前更不愿离开我，他总是跟着我，或者就叫我跟着他。他要进房间，就叫我："你也来。"我去洗澡，他在浴室外面等我，保姆劝他他也不走。有时候我们也外出。有几次我带着他到大院门口的小超市买一包鸡蛋（是特意带他走走的），他一定要他提着，理由是"我是男的"。于是一个白发老人提着东西，旁边的比较年轻的女士空着手悠闲地走出，必然是要引起旁人的注意的。他记不起自己的名字和年龄，却没有忘记他身为男士应有的责任。

这是一段非常的时光，是一段令人心力极度消耗的时光，是一段在我的心头每天都交织着爱与痛苦的时光，然而，此时我们远离外部的各种纷扰，在这宁静和安详中我也感到一种特殊的幸福。我并没有感到离别的日子已经到来。

1月8日，他突然休克倒下，由于叫不到救护车，他的儿子接到我的电话立即往这里赶，等他赶到，耿庸已经清醒。他拒绝任何人的搀扶或帮助，自己走进电梯，自己走下大楼的台阶，上了儿子的车——然而他并不明白要去哪儿。到了医院急诊室，实际的情况是，血压几乎量不出，体温不到35度，立刻进入急救。之后肺部感染加剧于1月18日去世。

我常常回想起的就是他以他坚定的姿态自己走出了大楼，他的这种姿态和他身体的实际情况是难以相符的，这是怎样的意志力？我想它只能来源于他生命中的一种尊严，不是理性支配的，而是几乎已经成为他本性的生活态度。

耿庸去世时87岁，他一生体验了各样的人生况味。他在《苦话》一文中曾写道："说人生味道苦多于甜要比相反说甜多于苦实在些。因为有甜，人才乐生不乐死，因为苦多，人才多向往、期待、争取甜。"这似乎也是他对自己人生体验的一种总结。

我在他2004年出版的《文学：理想与遗憾》一书后记中谈到他的写作时曾写道，他的文字是真实的思想表达，他不做敷衍之辞，也无应景之论。正因为如此，虽然他历经坎坷，而且多有遗憾，但却无愧于心。这是我对他文学生涯的理解和概括。

两三年前，在耿庸已经有记事和思维障碍但还能简单阅读的时候，他曾拿着我写的《耿庸纪传》一书来对我说："很奇怪，这是什么人，居然讲我的好话。"（之后没有多长时间，他在阅读上就有了很大的困难，可以读字却连不起词。）我在这里所写的不知道算不算"好话"，但肯定不能完全概述他的人生遭际和精神世界。这仅仅是身为妻子的我对于他的追思和怀念。

花城出版社推荐书目

世界文学大师纪念文库

普希金集	刘文飞	主编	45.00 元
陀思妥耶夫斯基集（上、下）	徐振亚	主编	68.00 元
爱默生集	范圣宇	主编	45.00 元
聂鲁达集	赵振江	主编	45.00 元

中国作家的精神还乡史

小说卷一　故乡	林贤治	肖建国	主编	42.00 元
小说卷二　边城	林贤治	肖建国	主编	40.00 元
小说卷三　黄金时代	林贤治	肖建国	主编	40.00 元
散文卷一　哀歌	林贤治	肖建国	主编	40.00 元
散文卷二　广场上的白头巾	林贤治	肖建国	主编	40.00 元
诗歌卷　旷野	林贤治	肖建国	主编	42.00 元

现代散文诗名著名译

地狱一季	（法）兰波著	王道乾译	10.80 元
巴黎的忧郁	（法）波德莱尔著	郭宏安译	12.80 元
夜之卡斯帕尔	（法）贝尔特朗著	黄建华译	12.80 元
博物志	（法）勒纳尔著	蔡惠廷译	9.80 元
泰戈尔散文诗选	（印）泰戈尔著	汤永宽译	18.00 元
拉丁美洲散文诗选	（智利）聂鲁达等著	陈实译	13.00 元

花城译丛

论宽容	（法）伏尔泰著	蔡鸿滨译	14.00 元
狄德罗的《百科全书》	（法）狄德罗著	梁从诫译	28.00 元
生命的悲剧意识	（西）乌纳穆诺著	段继承译	28.00 元
狱中书简	（德）卢森堡著	傅惟慈等译	22.00 元

花城谭丛

中国文字狱	王业霖著	16.00 元
中古文人风采	何满子著	22.00 元
旧日子，旧人物	散木著	26.00 元
灰皮书，黄皮书	沈展云著	26.00 元
哆馀集	黄裳著	25.00 元
春泥集	陈乐民著	26.00 元
教科书外看历史	邵燕祥著	28.00 元
一个大众社会的诞生	钱满素著	23.00 元

紫地丁文丛

寻找家园	高尔泰著	20.00 元
白天遇见黑暗	夏榆著	18.00 元
我的心在高原	叶多多著	20.00 元
未完的人生大杂文	耿庸著	16.00 元
下落不明的生活	塞壬著	15.00 元

满天星文丛

捕蝶者	筱敏著	16.00 元
纸人笔记	苍耳著	16.00 元
最后一班地铁	聂尔著	20.00 元
书与心灵的互访	周春梅著	20.00 元

忍冬花诗丛

多多诗选	多多著	22.00 元
王寅诗选	王寅著	20.00 元
周伦佑诗选	周伦佑著	16.00 元
陈建华诗选	陈建华著	18.00 元
杜涯诗选	杜涯著	18.00 元
郑小琼诗选	郑小琼著	14.00 元

"文学中国"系列

2003：文学中国	林贤治　章德宁主编	32.00 元
2004：文学中国	林贤治　章德宁主编	32.00 元

2005：文学中国	林贤治　章德宁主编	30.00 元
2006：文学中国	林贤治　章德宁主编	32.00 元
2007：文学中国	林贤治　章德宁主编	34.00 元

"人文随笔"系列

人文随笔：2005 春之卷	林贤治　筱敏主编	18.00 元
人文随笔：2005 夏之卷	林贤治　筱敏主编	20.00 元
人文随笔：2005 秋之卷	林贤治　筱敏主编	20.00 元
人文随笔：2005 冬之卷	林贤治　筱敏主编	20.00 元
人文随笔：2006 春之卷	林贤治　筱敏主编	20.00 元
人文随笔：2006 夏之卷	林贤治　筱敏主编	20.00 元

"声音"系列

| 与正义有关 | 赵国君主编 | 30.00 元 |
| 农民！农民！ | 黄娟主编 | 18.00 元 |

其他

鲁迅语录新编	林贤治编注	16.00 元
鲁迅：刀边书话	林贤治编注	18.00 元
我是农民的儿子（散文）	林贤治编选	16.00 元
当时光老去（散文）	陈实著	14.00 元
定西孤儿院纪事（小说）	杨显惠著	25.00 元
夹边沟记事（小说）	杨显惠著	35.00 元
衣钵（小说）	尤凤伟著	20.00 元
希特勒万岁，猪死了！——政治笑话与第三帝国兴亡史		30.00 元

（德）鲁道夫·赫尔佐克著　卜德清　林笳　王霹译

邮购书籍，请将书款汇至：广州市水荫路 11 号花城出版社图书营销部
（邮编：510075），并在汇款附言中注明需购书籍的书名和册数。

查询电话：（020）37602819　37604658

欢迎登陆花城出版社网站：http://www.fcph.com.cn